本书为江苏省教育厅江苏高校哲学社会科学研究重大项目"基于价值共创的高校图书馆阅读推广品牌构建研究"阶段性成果。

阅读文化育人丛书（2022卷）

书架上的指南针

孙莉玲　李爱国　主编

东南大学出版社
SOUTHEAST UNIVERSITY PRESS
·南　京·

图书在版编目（CIP）数据

书架上的指南针.2022卷/孙莉玲,李爱国主编.-- 南京：东南大学出版社，2023.12

ISBN 978-7-5766-1125-0

Ⅰ.①书… Ⅱ.①孙…②李… Ⅲ.①文学欣赏—中国 Ⅳ.① I206

中国国家版本馆 CIP 数据核字（2023）第 247887 号

责任编辑：许　进　责任校对：子雪莲　封面设计：王　玥　责任印制：周荣虎

书架上的指南针 2022　　Shujia Shang De Zhinanzhen 2022

主　　编：孙莉玲　李爱国
出版发行：东南大学出版社
出 版 人：白云飞
社　　址：南京四牌楼 2 号　邮编：210096
网　　址：http://www.seupress.com
电子邮件：press@seupress.com
经　　销：全国各地新华书店
印　　刷：广东虎彩云印刷有限公司
开　　本：700 毫米 ×1000 毫米　1/16
印　　张：15.5
字　　数：338 千
版　　次：2023 年 12 月第 1 版
印　　次：2023 年 12 月第 1 次印刷
书　　号：ISBN 978-7-5766-1125-0
定　　价：78.00 元

《书架上的指南针》
编写委员会

顾　　问：黄大卫

主　　编：孙莉玲　李爱国

副 主 编：李瑞瑞　蒋　辰

编委会成员：孙莉玲　李爱国　李瑞瑞　李晓鹏

　　　　　　刘珊珊　卢欣宇　李至楠

PREFACE
前　言

　　阅读是人类获取知识、启智增慧、培养道德的重要途径，可以让人得到思想启发，树立崇高理想，涵养浩然之气。习近平总书记在给首届全民阅读大会的贺信中指出：中华民族自古提倡阅读，讲究格物致知、诚意正心。他希望全社会都参与到阅读中来，形成爱读书、读好书、善读书的浓厚氛围。图书馆是国家文化发展水平的重要标志，是滋养民族心灵、培育文化自信的重要场所，在弘扬优秀传统文化、推动全民阅读方面发挥着重要作用。

　　高校图书馆也有责任为青年学生推荐经典好书，助力全民阅读。校园阅读推广的文化功能之一就是通过诸如推荐书目、精挑精选好书等种种方式引导师生成为"读者"，让每一个人在阅读中汲取精神力量。作为全国"全民阅读示范基地"和"江苏省书香校园建设示范基地"的东南大学图书馆，为倡导青年学生"爱读书、读好书、善读书"进行了诸多有益尝试。自2020年起，我们每年都会精心挑选出一批中外经典著作，汇聚一批优秀的图书馆馆员和阅读推广人，按照统一体例对推荐书目的基本信息和价值内涵等进行系统概述，撰写出导读文章并编撰成阅读文化育人丛书。

　　在导读文章中，我们坚持忠实于原著，客观准确地展现原著的思想精华和时代风貌；我们追求用导读人独到的眼光和评价尺度对原著做出富有新意的解读和阐释；我们突破独立作者认知的局限性，作品能引起广泛情感共鸣；我们探索固化馆员和阅读推广人的导读成果，扩大成果受益面。

　　丛书名为《书架上的指南针》。指南针是用来指引方向的，"书架上的指南针"就是指希望通过我们的导读，让读者能够在浩如烟海的书籍中找到最适合和最应该读的那本书。我们也希望通过这些"导读"引路,在青年学子和经典书籍之间架起桥梁,拉近他们和作品之间的距离,在读者心里埋下一颗渴望阅读的种子。中华民族自古提倡阅读,讲究格物致知、诚意正心,传承中华民族生生不息的精神,塑造中国人民自信自强的品格。盼望大家在阅读中遇见更好的自己,在阅读中走向世界!

最后,要诚挚感谢在本丛书撰写和出版过程中付出辛劳、贡献和智慧的各位老师、同学和阅读推广人。正是因为大家的鼎力支持和集体努力,《书架上的指南针》的2022卷才能如期出版,再次道声感谢!

《书架上的指南针》编委会

2023年6月

阅美，止于至善

——序《书架上的指南针（2022卷）》

焦 翔

　　《一个人的世界在书架上》是一本关于书籍的作品集，由英国阅读推广人亚历克斯·约翰逊编著，该书聚焦于17世纪到20世纪400年间久负盛名的作家、学者、哲学家们，精心挑选了11篇与书籍和阅读有关的短文，体裁涵盖散文、诗歌、评论和演讲稿。

　　读后受益良多，并一直期待着再多读些这样的好书，它像阅读导师般，指引和陪伴着我们去"爱读书、读好书、善读书"。欣喜的是当我看到东南大学图书馆主编的《书架上的指南针》阅读文化育人丛书时，便感觉两者有异曲同工之妙。读后更是感觉为我们尤其是当代大学生的阅读提供了"阅美"食粮，开辟了"善读"之道。

　　阅读的好处和重要性已经无须赘言。"旧书不厌百回读，熟读深思子自知"是传诵至今的苏东坡论读书名句，可见精读深思古代经典书籍，在中国传统读书人那里，从来就不是个问题。但读不读经典，读什么经典，怎样读经典等才是大问题。如今的现实问题在于，在以正确方式打开经典之前，一个偏见已然形成：经典意味着枯燥乏味。假如非读不可，就必得正襟危坐，打起十二分精神硬着头皮上——仿佛读经典等于阅读快感的剥夺。而怎样找到适合自己的书？读什么样的书对自己帮助大？如何在茫茫书海中选择要读的好书？这些是很多大学生面临的普遍问题。该怎么做才能让青年人特别是大学生们多读书、读好书呢？也就是说，如何才能有效和高效地做到"阅美"呢？

校园阅读推广的文化功能之一就是用种种创意活动来引导师生成为"读者",进而开卷阅读优良读物,发挥其中的知识、文化及精神的功效。可以用推荐书目、精挑精选好书的方式,让古今中外名作家的经典浮现出来,让每一个人在阅读中汲取精神力量,为一生奠好基、开好路。

"止于至善"是东南大学的校训,其至善是为人的"至善"、行止的"止善",也是治学的"至善"。扩而广之,"至善"也是我们人人要追求的崇高境界。这一切,"阅读阅美"可谓是重要的起源。

东南大学图书馆正是这样做的,每年从浩如烟海的书籍中遴选出30～40本好书,并组织专家、学者、馆员,按照统一体例对这些书的作者生平及作品产生的时代背景,作品的基本内容和思想内涵、主旨与情感、影响及价值进行深度导读。

全书共分为三个篇章:"文学与文化"展现了说不尽的文学巨著;"科普与教育"开启了通俗易懂的科普旅程;"哲学与人生"开辟了通向内在之路的深刻独白。其间不仅有名家的指点、教师的引导,还有图书馆馆员和学生的感悟,读来亲切可感,着实是一本不可多得的"良师益友"和"人生指南"。

应东南大学图书馆李爱国馆长之邀为本书作序,不胜荣幸。此书也将成为我深入学习和珍藏的"阅美"宝典。

让我们一起"止于至善"!

CONTENTS
目　录

文学与文化

科普与教育

哲学与人生

文学与文化

魏晋风度知多少

导读人：张天来

　　在东南大学读书的莘莘学子，似乎都有几分魏晋名士风度，这应该是受六朝古都文化底蕴潜移默化的影响。六朝古都金陵乃中国名士文化之渊薮，魏晋风度之舞台。杜牧《润州》诗云："大抵南朝皆旷达，可怜东晋最风流。"魏晋名士的才华横溢、生命体验、一往情深和玄学境界，为百代之后的中国人所永远追慕。魏晋风度堪称中国文化中"风流"的一脉。要想了解中国文化中"风流"一脉，研读南朝刘义庆编撰的《世说新语》是最好的路径。《世说新语》堪称名士教科书，是魏晋风度宝典，是文学、史学、哲学、艺术融为一体的经典。《世说新语》通过对汉末魏晋文人士大夫的清谈论辩和放浪形骸的奇行异举的描写，表现了魏晋名士的玄心、洞见、妙赏和深情。魏晋名士对才能的重视、对生命的珍爱、对个性的追求、对情感的执着在中国历史上可谓无与伦比，这使得他们成为后世文人遥想和追慕的精神对象。魏晋名士在清谈论辩、服药、饮酒、挽歌、冶游中展现了一种独特的人格美和艺术精神。《世说新语》语言简约、意韵丰赡，对后代中国文人精神、中国文学创作和语言艺术产生了深远的影响。

一、清谈与玄学

　　魏晋风度在中国文学和中国文化史上具有重要意义。鲁迅先生在1927年曾经做过一个演讲，这个演讲的题目叫《魏晋风度及文章与药及酒之关系》。在这篇演讲稿中，鲁迅先生的一个重要观点对后代乃至今天的学术产生了很大的影响。他说："用近代的文学眼光看来，曹丕的一个时代可说是'文学的自觉'时代，或如近代所说是为艺术而艺术（Art for Art's sake）的一派。"产生于浪漫主义文学(起源于法国)的"为艺术而艺术"一派对五四新文化运动以后中国文学创作和文学思潮产生了很大的影响。用"为艺术而艺术"一派的观点来看中国的文学发展历程,鲁迅等学者认为在魏晋南北朝时期中国文学就出现了自觉意识。

为什么中国文学在魏晋南北朝开始出现了自觉意识呢?文学自觉有一个先决的条件,这个先决条件就是"人的自觉"。人的自觉特别强调人的主体的自我意识。讲到人的自觉,需要简要追溯一下中国思想史。据班固《汉书》卷56《董仲舒传》载,西汉中期董仲舒在"天人三策"(《举贤良对策》)中建议:"《春秋》大一统者,天地之常经,古今之通谊也。今师异道,人异论,百家殊方,指意不同,是以上亡以持一统,法制数变,下不知所守。臣愚以为,诸不在'六艺'之科、孔子之术者,皆绝其道,勿使并进。邪辟之说灭息,然后统纪可一而法度可明,民知所从矣。"由于汉武帝接受了这一建议,儒学一跃而成为官学,儒家思想此后成为两汉时代的主导政治思想。作为主导政治思想来源的儒家经学对文人的个性实际上起着极大的束缚作用。但是随着儒家经学出现繁琐和附会的弊端,以及儒学所依从的政治制度开始走向衰落,到了东汉建安时代,原来居于主导地位的儒家经学开始走向衰微。

随着儒学的衰微,一种新的思潮开始出现在汉末建安时期。当时一些哲学家借助于《周易》以及老庄的哲学著作来改造传统的儒家思想。在中国的哲学史上,把《周易》《老子》《庄子》称为三玄。以三玄为基础形成了一种新的思想,即玄学。玄学到了魏晋时候,成了这个时代的主要的文学思潮。

作为一种学术思潮,魏晋文士通过"清谈"讨论了玄学诸多问题。这些问题有的比较抽象。比如说"有无之辨"这个哲学本体论问题,故置不论。玄学的另外一些问题与文学艺术,尤其与魏晋风度息息相关。《世说新语·文学》篇记载:"旧云,王丞相过江左,止道声无哀乐、养生、言尽意三理而已,然宛转关生,无所不入。"王丞相就是王导,东晋开国元勋、政治家。王导从北方来到了江左,也就是当时的建康城(今南京)之后,平日只讲四个问题,即言尽意论、养生论、声无哀乐论、才性四本论。

第一,"言尽意论"讨论的是语言和思想之间的关系问题。在当时的玄学家之中,关于言意关系有两个不同的观点,就是言能尽意和言不尽意两种截然不同的观点。"言尽意论"以欧阳建为代表,而大多数玄学家持言不尽意观,认为语言不能表达主体的内在的思想感情,这就是"言意之辨"。

第二，"养生论"，以嵇康等人为代表。嵇康写过一篇专论——《养生论》，这篇《养生论》今天还是我们中医学中的经典文献。在《养生论》中，嵇康提出能够保证身体健康的养生方法："是以君子知形恃神以立，神须形以存，悟生理之易失，知一过之害生。故修性以保神，安心以全身，爱憎不栖于情，忧喜不留于意，泊然无感，而体气和平。又呼吸吐纳，服食养身，使形神相亲，表里俱济也。"他认为有两种养生方式：其一，"修性以保神，安心以全身"，就是指平常我们在生活之中不要大喜大悲。大喜大悲会让我们个体情感在悲喜两极之间跳来跳去，这样就会影响我们身体的健康，所以要做到"泊然无感"，就是要节制欲望，心中无功名利禄之思。其二，"呼吸吐纳，服食养身"，具体来说，就是通过练气和食疗两个方法来养生。直到今天在日常生活中许多人还用这种方法来养生。但是，时人对嵇康的这种养生观也有不同意见，如向秀在《难养生论》中就肯定情欲，主张顺欲养生。

第三，"声无哀乐论"，这是一个有关音乐的问题。儒家重视乐教由来已久，但在魏晋时期，乐教也转化为玄学讨论的一个话题。作为一个音乐大师，嵇康写过《声无哀乐论》这一音乐专论。在《声无哀乐论》中，嵇康认为音乐作品是不表达情感的："声音自当以善恶为主，则无关于哀乐。哀乐自当以情感，则无系于声音。"他说音乐在某种意义上就是一种声音节奏的传达。声音只能用是否悦耳动听来评价，不能用表达什么情感来评论。实际上，嵇康声无哀乐论在理论上是站不住脚的。那么，嵇康为什么要提出看似无理的观点呢？实际上这针对的正是中国传统的儒家的音乐理论。儒家乐论特别强调音乐的教化作用，这本来也是非常合理的，但是过分地强调音乐的教化作用，就使音乐失去了独立地位，所以嵇康提出了所谓的"声无哀乐论"，这是玄学的一个重要命题。

第四，"才性四本论"。《世说新语·文学》篇载："钟会撰《四本论》始毕，甚欲使嵇公（嵇康）一见，置怀中，既定，畏其难，怀不敢出，于户外遥掷，便回急走。"钟会是三国时期著名军事家、书法家，精通玄学，与玄学家王弼齐名。钟会写成《四本论》后，想就教于嵇康，由于嵇康看不起钟会的人品，所以钟会很难当面将这本书递交给嵇康。《四本论》一书主要写什么呢？根据南朝学者刘孝标《世说新语注》，所谓"四本论"，就是"才性四本论"，"四本"就是关于才性关系有四种不同的观点。"才性四本"中的才就是一个人的才能，性就是一个人的品性道德。人既有道德，也有才能。但道德和才能之间的关系如何呢？魏晋时期,不同的学者关于"才性"之间的关系有四种不同的观点:同、异、合、离。实际上可以归结为两个基本观点:和同、离异。对一个人来说,他的才能和品性,同样重要且可以统一,也可能有主次之分,而不必统一于一体。

魏晋玄学还讨论一个命题,即"圣人有情无情论"。《礼记·礼运》:"何谓人情?喜怒哀惧爱恶欲七者,弗学而能。"《文心雕龙·明诗》:"人禀七情,应物斯感。"人都是有情感的,但是,魏晋文士要进一步追问的是圣人有没有情感。庄子《逍遥游》说:"至人无己,神人无功,圣人无名。"从这里很容易推导出"圣人无情"这个观点。玄学家何晏就认为"圣人无喜怒哀乐",当时很多人都赞同他的这个观点。但是,年轻哲学家王弼不同意何晏这一观点,他认为:"圣人茂于人者神明也,同于人者五情也。"他认为圣人和我们普通人一样都是有喜怒哀乐等情感的,不一样的地方在于,圣人有情而不为情所累。王弼说:"圣人之情,应物而无累于物者也。"王弼这句话说得精彩而富有智慧。圣人有情无情论这个命题直接关系到魏晋风流的主要的内涵,所以我们讲魏晋玄学的这些命题实际上就是让我们进一步去了解魏晋风流也就是魏晋风度的精神内涵。从某种意义上说,魏晋玄学基本命题是魏晋风度的理论基础。

二、玄学观念的生活实践

如果说魏晋玄学是魏晋风度的理论基础,那么可以说魏晋风度在某种意义上就是对玄学理论的一种实践。前面说过"才性四本论"是魏晋玄学的主要命题,讨论的是一个人的才能和他的品性之间的复杂关系。汉末魏晋时期,很多人对待才性关系的态度与传统的德才兼备观所持态度不同。首先值得关注的就是汉末建安时期著名政治家曹操。汉末建安时期,社会极为动荡,作为政治家的曹操,其理想正如他在《短歌行》里所说的那样:"山不厌高,海不厌深;周公吐哺,天下归心。"他的政治理想就是要统一天下。但是由于曹操出身于宦官家庭这个特殊身世,很多正统的文人士大夫不屑与之为伍,不愿意为他效力。于是,他三次下《求贤令》,在《求贤令》中,他的一个核心思想就是"唯才是举"。"唯才是举"就是,重用或提拔一个人的时候不再考虑他的德行如何,而考虑他是否具有政治、军事才能。以这种主导思想颁布《求贤令》后,曹操身边聚集了很多有才华的能人,其实力一下子得到了增强。汉末建安时期,曹操"挟天子以令诸侯","唯才是举"的《求贤令》不仅加强了曹操的政治力量、军事实力,而且对后代中国思想也发生了积极(或消极)的影响。曹操"唯才是举"《求贤令》的一个鲜明的特征就是重才轻德,这是"才性四本论"中"才性离异观"的一次具体实践。

魏晋士大夫由于受玄学思想的影响,似乎特别关注个体自我的价值。从《世说新语》中,可以举温峤、殷浩、王献之等人为例。东晋初期,温峤与很多士人一样,来自北方世家大族,平时自视很高,认为自己是天生的第一流人物。魏晋时期,沿袭汉末人物品评之风。温峤有一次旁听文人士大夫在一起品评人物,当第一流人物数完的时候,温峤因没有听到自己的名字而大惊失色。他本来以为自己应该属于第一流人物,但是现在他发现,在人们的心目中他还算不上第一流人物,内心极为失落。可见,温峤非常在意他自己在人们心目中的地位,这是重视个体自我价值的一种表现。尤其值得一提的是殷浩。殷浩年轻的时候与桓温齐名,但是他们两人都有好胜之心。一次桓温见到了殷浩,就当面质问他:"卿何如我?"(殷浩啊,你跟我比到底怎么样?)殷浩怎么回复呢?如果说我比你好,那当然就得罪了桓温,如果客气一点说我不如你,那也不是魏晋名士的做派。魏晋名士都非常具有自我意识。你看殷浩是多么聪明,他说:"我与我周旋久,宁作我。"多么智慧啊!从语言文字的角度来看,短短的一句话中出现了三个"我"字,其表达效果,既维护了自我的形象,又避免了和桓温之间的矛盾冲突。我们再看看特具个性的王献之。王献之,字子敬,书圣王羲之第七子。与他的父亲一样,王献之也是东晋著名书法家,其代表作品《洛神赋十三行》流传至今,前人评论其书法云:"丹穴凤舞,清泉龙跃。精密渊巧,出于神智。"某日,谢安见到了王献之,就当面问他:你的字写得很不错,但是我要问的是,你的书法跟令尊比怎么样?王献之怎么回答呢?王羲之当时应该是名满天下的书圣了,如果王献之说他的字比不上他的父亲,一点也不会丢面子。但是,王献之却说,"固当不同",各有千秋吧。而谢安却说:"外人论殊不尔。"那意思是说,在别人的眼光之中好像不是这样的。潜台词是说你的字还不如你父亲。这似乎刺痛了王献之,他说:"外人那得知?"别的人他会写字吗?他有什么资格评价我的字?从这里可以看出,王献之非常在意他在别人眼中的形象和价值,这是魏晋风度的一个重要的表现。

魏晋文人士大夫特别关注人的生命意义。生命意义可以分成几个层次,首先是个体自我的生命,还有他人的生命,甚至由人的生命推及其他生物的生命。

《世说新语·言语》记载：

> 桓公北征，经金城，见前为琅邪时所种柳，皆已十围，慨然曰："木犹如
> 此，人何以堪。"攀枝执条，泫然流泪。

　　桓温于公元369年北征经过金城（南琅邪郡郡治），看见自己曾经在做琅邪令时栽的那棵柳树已经长高长大了。他用手测量一下，树干大概有十围粗，这个"十围"之"围"是指两手的拇指和食指合拢的圆周长度。柳树跟松柏不同，松柏常青而柳命有限，柳树一旦长到十围的时候，大概就要干枯了。桓温见自己亲手栽的这棵柳树就要枯萎了，感慨万千地说道："木犹如此，人何以堪。"柳树长到十围是需要一定时间的。据历史记载，桓温做琅邪令的时间大概是公元341年，那时他还比较年轻，当他北伐再次经过琅邪的时候，时光匆匆，一晃过了近30年。桓温时已58岁，再过4年，桓温就去世了。桓温因为柳树十围联想到自己的生命的衰老而感慨万千，"木犹如此，人何以堪"这八个字表达的是对生命流逝的一种强烈感伤之情，这种感伤之情赢得百代之后中国文学家的共鸣，后它成为后代文学作品中的一个经典的典故。南北朝文学的集大成者庾信在《枯树赋》中将桓温八言演绎为一段诗章："昔年种柳，依依汉南。今看摇落，凄怆江潭。树犹如此，人何以堪！"经由庾信《枯树赋》演绎的文字再次对后代的文学家产生了影响，经由庾信演绎过的桓温八言引起了南宋词人姜夔的共鸣，其在自度曲《长亭怨慢》小序中写道："此语余深爱之。"豪放派词人辛弃疾在《水龙吟·登建康赏心亭》中也运用了桓温这个典故，词中写道："可惜流年，忧愁风雨，树犹如此。"这里用了桓温"木犹如此，人何以堪"的典故，一方面感叹时光流逝，另一方面表达理想不能实现的一种无奈之情。

　　桓温真是一个珍爱生命的人。他不仅珍爱自己的生命、人的生命，甚至把珍爱人的生命这种情怀扩大到大自然的动物的身上。据《世说新语》记载，桓温有一次去西蜀平叛，曾经过三峡。郦道元在《水经注·三峡》中就记载过一个民谣："巴东三峡巫峡长，猿鸣三声泪沾裳。"唐代诗人李白还在《早发白帝城》中写过："朝辞白帝彩云间，千里江陵一日还。两岸猿声啼不住，轻舟已过万重山。"郦道元的《水经注》和李白的《早发白帝城》中都写到了三峡两岸特有的一个动物——猿猴。桓温这一次征蜀带来很多士兵，有很多士兵可能没见到过活泼可爱的小猴子，所以第一次见到猴子显得特别的兴奋。其中有一个士兵跑到岸上

抓到一只小猴子玩耍。小猴子被抓，小猴子的母亲不干了，看到自己的孩子被人抓走了以后，跟着桓温的船队在岸上发出悲凉的哀号之声，意在提醒士兵放了自己的孩子。可惜在这个士兵看来这可能还是一件比较逗人的事情，他一直没有把这个小猴子放走。这个小猴子的母亲一直跟着这个船队奔跑了一百多里地，最后绝望了，纵身从山崖上跳了下去，跌落在船的甲板上，肚子跌破了，肠子都流出来了，真是肝肠寸断啊。桓温听到了这件事情以后，把那个抓小猴子的士兵赶走了。从这件事情上，我们看到桓温具有一种博大的仁爱的情怀，他珍爱生命，不仅是珍爱自己的生命、人的生命，而且还珍爱大自然一切生物的生命。

生命的意义首先是活着，更高的层次是自由地活着。《世说新语》记载高僧支公支道林的一则故事就能说明魏晋名士对自由生命的一种热爱。高僧支道林有一个爱好，就是喜欢养宠物，但是他的宠物与众不同，是非常高雅的白鹤。支道林住在浙东屺山的时候，有人出于对他的崇敬，送了一对白鹤给他。白鹤小的时候非常可爱，但是随着时间的推移，白鹤一天天地长大了，它可能要飞走了。支道林觉得如果自己宠爱的白鹤飞走了，怪可惜的，于是用剪刀把白鹤的大翅剪掉。此时，白鹤张开自己的翅膀再也飞不起来了，白鹤显得非常懊丧。支道林看到懊丧的白鹤时，若有所悟地说："既有凌霄之姿，何肯为人作耳目近玩？"白鹤的本性应该就是在天空自由飞翔，也就是说，在天空自由飞翔的白鹤才是真正的白鹤。有了这种感悟后，支道林就细心调养白鹤，让白鹤的大翅重新长成了。等到白鹤的大翅重新长成之后，支道林把它放走了。在天空自由飞翔的白鹤恢复了自由的生命。从这里我们看到魏晋名士的代表人物支道林对自由生命的一种珍爱。

魏晋的名士不仅珍爱生命，还特别珍视人的情感，甚至达到"情不知所起，一往而深"的境界。首先，我们看"竹林七贤"中的王戎。《世说新语·伤逝》篇记载，一次，不幸的事情发生了，王戎的孩子小万子不幸夭折了。他的朋友山简来探望他，王戎非常痛苦，山简说道："孩抱中物何至于此？"劝慰王戎不要过度伤心。王戎却说："圣人忘情，最下不及情。"魏晋玄学家在讨论"圣人有情无情"时争论不休，但是王戎非常智慧，他说"圣人有情"而能够忘情。如果无情，恐怕连人都不能算，还谈什么圣人呢？而你我这样一些人啊是最重情的了。所以他说："情之所钟，正在我辈。"

年轻的玄学家荀粲也发生了不幸的事情。他的妻子在寒冷的冬天发烧，那时候恐怕对热病也没有什么好办法。荀粲大冬天站在中庭,将自己的身躯冻得冰冷,然后用冰冷的身躯给自己的妻子退烧。这个办法不仅没有效果,还给自己带来了灾祸。他的妻子发烧去世了,而荀粲也因为这样不当的方式生病去世了。两个人的生命都消失了,但是我们看到了荀粲和妻子之间的那一片真挚的感情。如果说王戎因为儿子夭折而伤心不已是父子之情骨肉情深,那么荀粲之死可谓至爱情深。

魏晋名士的一些情感的流露似乎突如其来,说不清来由。《世说新语》记载,王廞王伯舆有一次登上了茅山的山顶,没来由地痛哭道:"琅邪王伯舆终当为情死。"《世说新语》记载人物的言语常常非常简洁,王廞为什么情而死,文中没有提到,值得我们思考。王廞登上茅山之巅后不由自主地发出这样一种浩叹——"为情而死",这是中国文学中登高题材的典型场景。

下面还有一个故事,主人公是音乐家桓伊桓子野。作为音乐家,桓子野特别喜欢动听的歌曲。一次,他听到有人在清唱,歌声婉转动听,他发出一声"奈何"的感叹。《世说新语》记载,桓子野每闻清歌,辄唤:"奈何!"据《古今乐录》,"奈何,曲调之遗音也",即一人唱,众人唤"奈何"帮腔相和。音乐家桓伊听到了好听的歌声,跟在后面帮腔相和。谢安对音乐家桓伊这一做法非常理解,他评价道:"子野可谓一往有深情。"作为音乐家,桓伊的这一做法是可以理解的,所以谢安用"一往有深情"来评价桓子野。实际上这个词不仅能够用来评价桓伊,而且可以用来评价魏晋名士诸多非常之举。魏晋名士的重才、重我、重生、重情,是魏晋名士一种人格之美的展示,也是他们艺术化人生淋漓尽致的表现,这就是我们要讲的魏晋风流主要内容所在。

三、放浪形骸的奇行异举

魏晋风流,在某种意义上就是魏晋玄学理论的实践。魏晋文人士大夫由于受到玄学思想的影响,在他们的日常生活中表现出对才能的关注、对自我价值的认识、对生命的关爱和一往而深的情感。我们可以说,重才、重生、重我、重情,从正面体现了魏晋风度的精神价值。但是,在《世说新语》中,我们还看到了魏晋名士放浪形骸的奇行异举,这些奇行异举包括服药、饮酒、写(唱)挽歌、冶游等。这些放浪形骸的奇行异举可能是魏晋名士在日常的生活中受到政治高压的一种应对。前人在"魏晋风度"的研究中特别关注两件事,就是药和酒。

药和酒能带来一种生理刺激,这种生理的刺激可能是文人在那个动荡时代寻求的一种暂时性的麻醉,看似消极,却也包含了一些更为积极的意义。比如,魏晋文士平居无事却喜欢唱挽歌。挽歌是古人送葬时所唱的歌,但是魏晋名士有时候会随兴所至地唱挽歌,真有点匪夷所思。从魏晋文学创作中不难发现,文学家有写挽歌之好。陆机、陶渊明都有三首挽歌词传世。如果向前追溯,汉代乐府诗歌之中就有《蒿里》《薤露》两首挽歌词。汉乐府《蒿里》《薤露》两首挽歌词是送葬时候所唱的歌曲,抒写的是对生命逝去的无奈与感伤。魏晋文人平居生活中写挽歌、唱挽歌,有几分生命的感伤,也有几分生命的达观。

魏晋名士还喜欢纵游山水,可称为"冶游"。在《世说新语》和《晋书》中,我们可以看到包括王羲之、谢灵运等魏晋名士都喜欢纵游山水。魏晋名士在纵游山水的时候有了新的发现,这个发现在中国审美历史上极其重要,即发现了山川之美。山川在很早的时候就是我们人类生存环境的有机组成部分,但是在魏晋以前,中国人总是以别样的眼光来关照自然山水。比如说《论语·雍也》中记载孔子说的那个名言:"知者乐水,仁者乐山;知者动,仁者静;知者乐,仁者寿。"在孔夫子的眼光之中,自然山水是人的化身和品格的一种写照。《世说新语·言语》载:"顾长康从会稽还,人问山川之美,顾云:'千岩竞秀,万壑争流,草木蒙笼其上,若云兴霞蔚。'"顾恺之用非常优美的文字来书写一路上美丽的景色。在某种意义上,"千岩竞秀"这几句话是一段精美的山水小品。山川之美的发现在某种意义上直接地推动了中国山水诗歌、山水文学乃至山水艺术的出现,所以我们要高度评价魏晋名士纵游山水时的新发现。

在《世说新语》中,尤为引人瞩目的地方是魏晋名士在面临危险等特殊场景时所展现的那种风度和气韵。这种风度和气韵可以表现为一种泰山崩于前而面不改色的镇定心态,可以表现为一种随性所至的放浪。《世说新语·雅量》记载,谢安有一次跟着众人坐船到大海上去泛舟,突然刮起了大风,大海掀起了巨浪。在波浪汹涌的大海之上,小舟随时都有被吞没的危险,所以船上的人开始有点惊恐了,都在高喊赶快上岸。这时候谢安站在船头,镇定自如,兴致不减,甚至还有点亢奋,这就体现出谢安和同行的人不同的精神风度。他非常镇定,即使在面临危险的时候,仍然面不改色,显得非常从容,这就是魏晋人所推崇的一种雅量。《世说新语·雅量》又载,夏侯玄有一次靠着一根柱子在写字,突然雷鸣电闪,将夏侯玄所倚靠的柱子都烧坏了,夏侯玄的衣服都被闪电烧焦了,夏侯玄仍然镇定自若在那里写字,旁边的人都吓得惊慌失措,跌跌撞撞。夏侯玄泰然自若的雅量就是魏晋名士特有的一种风度和气韵。嵇康临刑之前的表现应该是魏晋风度最典型的表现。《世说新语·雅量》篇载:

> 嵇中散临刑东市,神气不变。索琴弹之,奏《广陵散》。曲终曰:"袁孝尼尝请学此散,吾靳固不与,《广陵散》于今绝矣!"太学生三千人上书,请以为师,不许。

嵇康由于得罪了权贵,被关在大牢之中,后来被处以极刑。嵇康来到了刑场,当然还是那样镇定自若。临刑的时候问他还有什么要做的,嵇康说,能不能给他找一张琴来?作为一代音乐大师,嵇康临刑之前还想弹一弹他生平最看重的那首曲子——《广陵散》。他就像平时一样,将《广陵散》曲子弹完,说此时唯一遗憾的就是未能将这首曲子传给年轻人。他说到从前一个叫袁孝尼的人想跟他学这个曲子,他觉得《广陵散》不太适合年轻的袁孝尼,就没有教他。没承想这个《广陵散》也随着嵇康生命的终结而终结了,这可以说是最后的绝响。嵇康在即将被处以极刑的时候,仍然是那么镇定自若。此时他想到的不是自己的生命即将终结,而是感慨他心爱的《广陵散》曲子随着他的生命的消失而断绝了,这是一个大师对艺术挚爱之情的表现。

最后,我们看一下"雪夜访戴"的故事,故事的主人公是王羲之的儿子王徽之。这段文字非常简约隽永,集中体现魏晋名士一种旷达情怀和随性所至的放浪。《世说新语·任诞》载:

> 王子猷居山阴,夜大雪,眠觉,开室,命酌酒,四望皎然。因起彷徨,咏左思《招隐》诗,忽忆戴安道,时戴在剡,即便夜乘小船就之。经宿方至,造门不前而返。人问其故,王曰:"吾本乘兴而行,兴尽而返,何必见戴?"

这段文字,一下子把我们带到了那个皎洁的雪夜。王徽之住在浙江会稽,那一年冬天下了一场大雪,王徽之在雪夜中突然醒来,把自己的窗子打开,因为外面下雪,可能有点冷,于是王徽之叫人拿酒来,一边喝酒一边打量着外面皎洁的世界。他起来徘徊时想起了西晋著名诗人左思的《招隐》:"非必丝与竹,山水有清音。"是的,大自然本身就有一种无限的韵味啊。在吟诗的时候,他突然想到了自己的朋友戴逵戴安道。此时特别想见到这个朋友,当夜他就命人找了一只小船,乘着小船去找自己的朋友。经过了一夜的航行来到了自己的朋友戴逵家的门口,可以见到朋友戴逵了。此时,令人意想不到的事情发生了,王徽之来到了朋友戴逵家的门口,却突然转身离开了。随行的人觉得好奇怪啊,你不是今夜就要见你的朋友吗?现在乘了一夜的船来到朋友家的门口,推门就可以进去了,你怎么突然就离开了呢?王徽之说道:"吾本乘兴而行,兴尽而返,何必见戴?"经过一夜的航行来到朋友家的门口,是因为那时非常思念他,此时来到朋友家门口的时候,兴致却没了。兴致没了就不要勉强去见朋友,勉强见了反而不自在。这就是所谓的"乘兴而来,兴尽而返"。这则故事无论是语言文字,还是内在精神,都集中体现了魏晋名士随性所至的放浪与旷达。

魏晋名士还有诸多放浪形骸的奇行异举,本文不及细论,诸如服药、饮酒、裸裎、啸歌等。有些行为甚至突破了传统的儒家伦理规范,令人费解,后世对此也褒贬不一。其中包含着一种艺术精神的探险,这种探险未必成功,却有着耐人寻味的艺术魅力。正是这种迷人的艺术魅力,使魏晋风度赢得了百代之后的中国人永远的追慕。

魏晋风度,或曰魏晋风流,为凝重的中国文学和中国文化抹上一层热情烂漫的色彩,成为后代文人永远追慕的一个精神现象。魏晋风度是魏晋名士所呈现出来的一种人格美。魏晋名士通过他们特立独行的言谈、行为和文学艺术创作使得他们的人生艺术化。要想理解魏晋风度的精神内涵和魅力,研读《世说新语》是必经之路。当代哲学家冯友兰先生在《论风流》中说:"这部书可以说是中国的风流宝鉴。""这部书"就是《世说新语》。

从文学史的角度来看,《世说新语》是南朝刘宋宗室刘义庆和他身边的一些文人根据前代的史料编纂出来的一部笔记体小说,也可以说是记述了魏晋文人言谈举止的一部志人小说。从小说的角度来看,《世说新语》属于文学经典。《世说新语》同样也是重要的历史典籍,唐朝人编《晋书》时,大量有关魏晋人物的史料取自《世说新语》这部书。《世说新语》也是了解和研究魏晋玄学、佛学乃至绘画、音乐等艺术创作的重要典籍。所以《世说新语》在某种意义上是一部集文学、史学、哲学、艺术学于一体的著作,是了解魏晋历史文化和魏晋文人精神的重要典籍。

参考文献

[1]徐震堮.世说新语校笺[M].北京:中华书局,1984.

[2]冯友兰.三松堂学术论文集[M].北京:北京大学出版社,1984.

[3]宗白华.美学与意境[M].北京:人民出版社,1987.

[4]张万起,刘尚慈.世说新语译注[M].北京:中华书局,1998.

[5]朱铸禹.世说新语汇校集注[M].上海:上海古籍出版社,2002.

[6]余嘉锡.世说新语笺疏[M].北京:中华书局,2016.

[7]刘强.《世说新语》研究史论[M].上海:复旦大学出版社,2019.

[8]龚斌.世说新语校释[M].增订本.上海:上海古籍出版社,2019.

导读人简介

　　张天来,东南大学人文学院副教授,硕士研究生导师,国家级一流课程"大学语文"主持人。主讲中国古代文学、中国文化专题导论、中国语言文化等课程。

童年疗愈　精神自传　现实回应

导读人：张娟

　　《朝花夕拾》是鲁迅1926年写作的十篇回忆散文，1928年9月由北平未名社初版，被列入作者所编的《未名新集》。1932年8月改由上海北新书局出版。在《朝花夕拾》写作的同期，鲁迅还写作和编订了《野草》和《故事新编》中的部分作品，还有《华盖集》和《华盖集续编》中的杂文，《两地书》中鲁迅和许广平的通信，《彷徨》也是1926年出版的。这些作品都以互文的方式印证和体现出鲁迅此时的个人生活、精神世界和思想博弈。

　　我在硕士阶段曾经和导师合作写过一本书《穿越伟大灵魂的隧道——鲁迅〈野草〉〈朝花夕拾〉研究史》（吉林人民出版社2002年版），我负责的是《野草》的学术研究史梳理，在那个时候，我就对《朝花夕拾》产生了一种心结，期待着有朝一日可以重新阅读研究《朝花夕拾》。我一直觉得《野草》是鲁迅"向死而生"的生命哲学的表达，《朝花夕拾》则是在《野草》惨烈的精神追问之后，用追忆的方式对自己的童年做了一次疗愈，向过去的时光做了一场告别。《朝花夕拾》是鲁迅的一次成长梳理，也是鲁迅的精神自传。《朝花夕拾》写在鲁迅南下之际，这是他人生中职业、生活、感情变动最为剧烈的两年，这部散文集也是鲁迅对现实的一次文学回应。

一、《朝花夕拾》: 鲁迅的童年疗愈

　　如果说《野草》是惨烈的生与死的追问，《朝花夕拾》就是对童年记忆里的温暖反顾。《朝花夕拾》在《莽原》上连载的时候，名叫《旧事重提》，"旧事重提"强调的是生命"故事"的改写和重述，"朝花夕拾"则更有对过往的珍视。

早年的鲁迅常有虚无主义观念,消解自身也解构过去,但他现在愿意命名过去为"花",也许正是书桌上的栀子花给他的灵感。"带露折花,色香自然要好得多,但是我不能够。便是现在心目中的离奇和芜杂,我也还不能使他即刻幻化,转成离奇和芜杂的文章。或者,他日仰看流云时,会在我的眼前一闪烁罢。"趁着还没有完全遗忘,趁着这些旧事还算新鲜,即使不能"即刻幻化"、复刻,终归还是决心将其转化为文章,留住记忆里的瞬间。"我常想在纷扰中寻出一点闲静来,然而委实不容易。目前是这么离奇,心里是这么芜杂。一个人做到只剩了回忆的时候,生涯大概总要算是无聊了罢,但有时竟会连回忆也没有。中国的做文章有轨范,世事也仍然是螺旋。前几天我离开中山大学的时候,便想起四个月以前的离开厦门大学;听到飞机在头上鸣叫,竟记得了一年前在北京城上日日旋绕的飞机。我那时还做了一篇短文,叫做《一觉》。现在是,连这'一觉'也没有了。"鲁迅写作《小引》的时候,人在广州白云楼,经历了南下的辗转,这是鲁迅一生中一个重要的转折点,此时的鲁迅已经47岁。刚刚五一,广州已经炎热难当,夕照从西窗射入,已是栀子花开的季节,书桌上浅浅横一盆"水横枝","虽生之日,犹死之年"鲁迅延续着《野草》时候"绝望的抗战"的思想,抱着赴死的决心工作和生活。此时,鲁迅刚刚编定《野草》,《朝花夕拾》依然在《野草》的延长线上。如果说《野草》是一段生命哲学的文学表达,《朝花夕拾》就是沉潜入童年记忆的生命追问。

《狗·猫·鼠》写作的背景是"三一八"惨案,1926年是近现代以来的一次大变局的前夕。"仇猫"的背后,是爱童年的"可爱的小小的隐鼠"。鲁迅向来是有些独特的爱憎的,比如猫头鹰、蛇、老鼠等常人会憎恶的动物,却是鲁迅笔下的最爱,他常在文字中表达对其的敬意。在这种偏爱中既有西方现代主义的"恶之花"式的审美,也有独特的生命体验。比如对于"隐鼠"的爱,就连接着他童年时期的记忆,他满怀深情地回忆"几百年的老屋中的豆油灯的微光下"正月十四的"老鼠娶亲"的想象,这是孤独孩童的童话世界。鲁迅爱隐鼠,还因为其弱小,会被蛇袭击。充满同情心的幼年鲁迅,为其疗伤,将其养在书案上,当其为"墨猴"。在某种意义上,小小的隐鼠成了他童年时的玩伴和枯燥读书生活中的情感慰藉。吃了隐鼠的猫,自然便成为他仇恨的对象。《阿长与〈山海经〉》和《狗·猫·鼠》有个隐秘的关联。多日之后,鲁迅才知道隐鼠并不是被猫所害,反而是被长妈妈一脚踏死的。也许正是由于这件事,鲁迅在回忆的深渊里，将阿长打捞出来。阿长为他买来的《山海经》，成为鲁迅童年最珍爱的宝书。文章结尾时鲁迅抒情道："仁厚黑暗的地母呵，愿在你怀里永安她的魂灵！"这个时候感情激荡，阿长具有了象征意味。在鲁迅和阿长之间，隔着城乡伦理的巨大鸿沟，可能阿长永远不会明白鲁迅对她的感情源自何处，但鲁迅却怀着巨大的深情，对这些无名的被历史湮没、被社会遗忘的乡村女性们给予最沉重的纪念。《五猖会》是由《二十四孝图》牵引出来的童年时光，记述的是幼年孩子们最大的娱乐活动：迎神赛会。五猖又称五通，即马、猴、狗、鸡、蛇五种动物之精。旧时，五猖庙内供奉着青、黄、红、花、黑五种面孔的五个神像，另外还有一尊白面神像，庙内匾额上书有"六府修治"的字样。鲁迅对五猖会念念不忘，不是因为五猖会背后的民间传说和祈福意味，而仅仅是因为这是他童年生活里难得的游戏时光。

《野草》中的充满冲突与左右互搏的精神，在《朝花夕拾》中则转化成了借助童年回忆的温情疗愈。"我有一时，曾经屡次忆起儿时在故乡所吃的蔬果：菱角，罗汉豆，茭白，香瓜。凡这些，都是极其鲜美可口的；都曾是使我思乡的蛊惑。后来，我在久别之后尝到了，也不过如此；惟独在记忆上，还有旧来的意味留存。他们也许要哄骗我一生，使我也时时反顾。"周作人经常在散文中回忆故乡的美食，带着文人的意味和情致，鲁迅这样感伤而温情的时刻并不多。《朝花夕拾》是鲁迅难得的平静时光，他深潜入自己的回忆之中，凝视自己过往的生命，疗愈内心的创伤。

二、《朝花夕拾》：鲁迅的精神自传

《朝花夕拾》可以看作鲁迅的一次文学自传。鲁迅在《朝花夕拾》中讲述了自己的童年成长经历和教育经历，是回到自己原生家庭，追溯自己成长之路的一次精神回归。吴俊先生也谈道："《朝花夕拾》呈现出的是一种个人史的写作风格。"郭春林《一个人的"民国的建国史"——以〈朝花夕拾〉为中心》将《朝花夕拾》"看成鲁迅一个人的'民国建国史'，即他个人所亲历、体验、理解的'民国的起源'"。陈思和把《朝花夕拾》看作一部教育史，认为："这本书描写了一个典型的中国人的教育成长过程……反映整个中国从传统到现代转型过程中教育的变化，及其对一代人成长的影响。"还有更多的研究者关注到鲁迅在书中体现出的"精神还乡"的抒情特质。

《从百草园到三味书屋》是作者对儿时回忆的自传式书写。百草园是鲁迅幼年时的乐园,三味书屋则是他开启智慧的地方。百草园里有夏天碧绿的菜畦、高大的皂荚树、紫红的桑葚、又酸又甜的覆盆子、各种有趣的昆虫,还有长妈妈讲给"我"听的美女蛇的故事。百草园的冬天可以拍雪人,还可以捕鸟,带给了鲁迅很多快乐的时光。三味书屋则是鲁迅开蒙的地方,鲁迅把上私塾当作对自己的惩罚。"也许是因为拔何首乌毁了泥墙罢,也许是因为将砖头抛到间壁的梁家去了罢,也许是因为站在石井栏上跳下来罢……"这一系列带点戏谑的排比,活脱脱体现出鲁迅对于上学的抗拒和孩童的调皮。在三味书屋后面也有一个小园,这成了他们枯燥的私塾生活的乐园。而先生读书入神的时候,他们却在描绣像。多年之后的回忆中,学习到什么知识已经印象不那么分明,记忆最深刻的却是那些在规则中寻找自由和快乐的点滴时光。

《五猖会》中出行的一切都准备好了,父亲却要求我背《鉴略》,背不出来就不能去五猖会。虽然最后"我"终于完成了这个艰难的任务,但是"开船以后,水路中的风景,盒子里的点心,以及到了东关的五猖会的热闹,对于我似乎都没有什么大意思"。事情过去了40多年,作者"还诧异我的父亲何以要在那时候叫我来背书"。这个父亲和《红楼梦》里的父亲贾政何其相似,他们利用自己父亲的身份彰显自己的尊严,他们不懂得与儿童以平等的立场对话,他们唯恐孩子享受到童年的快乐。这种畸形的教育观正是中国儒家差序格局的文化传统造成的。鲁迅回望童年时,乡村伦理中的父权制度可能是使他感触尤深的成长之痛。对于父权制度、等级制度的反思和对抗,正是在这种日常生活的细节中逐渐萌芽、成熟的。

《琐记》中鲁迅决定:"寻别一类人们去,去寻为S城人所诟病的人们,无论其为畜生或魔鬼。"这是鲁迅的一次决然的告别。当年的周樟寿从绍兴去南京,是走水路。他乘船到下关码头上岸,然后从仪凤门进入南京城。最先进的就是江南水师学堂。鲁迅在江南水师学堂只待了七个月的时间,便转考入矿路学堂。鲁迅到矿路学堂学习地质,是他在南京的一次重大转折。他开始学习德语,了解自然科学,打开了新世界的大门。南京时期的学习,有意无意在鲁迅的人生中埋下了伏笔。在矿路学堂期间,鲁迅还接触到另一样新知识,就是现代医学。鲁迅看到了木版的《全体新论》和《化学卫生论》,慢慢悟出来"中医不过是一种有意的或无意的骗子",同时又从译介的书中了解到日本明治维新多半是发端于西方医学。这也促使他到日本后一度选择了到仙台医专学习医学。正是在南京的学习生活，使得鲁迅产生了出国留学的渴望。在洋务运动的背景下，矿路学堂会选派学生赴日留学。1902年，鲁迅作为被选派的六名学生之一，从横滨上岸，开始了自己走向世界的另一段旅程。

《藤野先生》描述的是鲁迅在日本的求学生涯。在仙台两年后，由于"幻灯片事件"鲁迅离开了仙台，此后和藤野先生再无会面，杳无音信。《范爱农》从东京的留学生活讲起。在东京的客店里，这些留学生们感受到的是全新的时空观和印刷媒体的"想象的共同体"。用藤井省三的话来说，他们正置身于"读书社会"，"这一时期，读书阶层得以登上历史舞台，既与近代教育制度的发展相关，也得益于明治时期出版事业的进步和发展"。如果说决心到仙台的鲁迅是为了更好地求知，学好医学技术，那么回到东京的鲁迅就是要唤醒一个群体，实现民族灵魂的改造，鲁迅以灵魂革命的方式更进一步介入到民族国家的改造中。

三、《朝花夕拾》：鲁迅的现实回应

《朝花夕拾》写在鲁迅人生变动最为剧烈的一段时间，是鲁迅借用回忆对现实生活的回应。从北京到厦门、广州、香港、上海，这两年可以说是鲁迅在空间上剧烈变动的两年，也是职业上从教育部职员向高校教授，再到自由职业者转型的关键两年。张旭东把这个时期的创作称作"路上杂文"，"其核心特征是外在的漂泊辗转同内心风景间的重叠与转换，通过反思、记述、回忆和恋人絮语，流注到一种更为自信、明确而富于表现力的语言形式和写作方式中去"。同时，结合鲁迅写作的现实时空，"值得一提的是，《朝花夕拾·小引》和《后记》分别写于1927年5月和7月，本身属于这个用文学形式和历史寓言回应社会政治领域里的恐怖与压抑的风格阶段"。

鲁迅有过"浩歌狂热"的革命时光，他早年加入光复会，新文化运动以来，他是教育部官员，又是写出《狂人日记》的青年导师和北大等多所高校的教师，一直处于民国舆论场的中心。《狗·猫·鼠》中的"仇猫"和"痛打落水狗"一样，都是鲁迅毫不妥协的革命立场的象征。在《无常》中，鲁迅对他所处的绍兴这个乡土空间做了一段描述。"凡有一处地方，如果出了文士学者或名流，他将笔头一扭，就很容易变成'模范县'。我的故乡，在汉末虽曾经虞仲翔先生揄扬过，但是那究竟太早了，后来到底免不了产生所谓'绍兴师爷'。"所谓"绍兴师爷"，固然有中国由来已久的地域偏见，却也是因为一段文坛公案。清代官署中承办刑事判牍的幕僚叫"刑名师爷"，善于舞文弄墨，当时绍兴籍贯的幕僚比较多，因此有"绍兴师爷"之称。陈西滢在1926年1月30日《晨报副刊》上发表的《致志摩》中曾讥讽鲁迅"有他们贵乡绍兴的刑名师爷的脾气"。鲁迅所讲的"模范县"则是对陈西滢的嘲讽，他是无锡人，曾经说过"无锡是中国的模范县"。在这篇文章中鲁迅细致而富有感情地描写道："这鬼而人，理而情，可怖而可爱的无常；而且欣赏他脸上的哭或笑，口头的硬语与谐谈……"写鬼实质是在写人生，写世事的荒谬与凉薄，写人间的善恶与真伪，更是对传统文化的深刻反思。

《朝花夕拾》写作的1926年，鲁迅46岁。1月女子师范大学恢复，新校长易培基就职，先生始卸却职责。同月教育部金事恢复，到部任事。3月，"三一八"惨案中，多名学生遇难，鲁迅写下《记念刘和珍君》，为避难入山本医院、德国医院、法国医院等，至5月始回寓。这段时间就是鲁迅所谓的"三篇是流离中所作"中的"流离"时期。7月起，逐日往中央公园，与齐宗颐同译《小约翰》。8月底，离北京向厦门，任厦门大学文科教授。9月《彷徨》印成。12月因不满于学校，辞职。1927年1月至广州，任中山大学文学系主任兼教务主任。2月往香港演说，题为《无声的中国》，次日演题《老调子已经唱完！》。3月，往岭南大学讲演。同日移居白云楼。4月至黄埔政治学校讲演。同月15日，赴中山大学各主任紧急会议，营救被捕学生，无效，辞职。7月演讲于知用中学，及市教育局主持之"学术讲演会"，题目为《读书杂谈》《魏晋风度及文章与药及酒之关系》。8月开始编纂《唐宋传奇集》。10月抵上海。8日，移寓景云里23号，与番禺许广平女士同居。同月《野草》印成。沪上学界，闻先生至，纷纷请往讲演，如劳动大学、立达学园、复旦大学、暨南大学、大夏大学、中华大学、光华大学等。12月应大学院院长蔡元培之聘，任特约著作员。同月《唐宋传奇集》上册出版。

"直到一九二六年的秋天，一个人住在厦门的石屋里，对着大海，翻着古书，四近无生人气，心里空空洞洞。……这时我不愿意想到目前；于是回忆在心里出土了，写了十篇《朝花夕拾》……"鲁迅一个人在人生的转弯处，看不清去路，也参不透前路，回忆是他的一次自我疗伤。到了真正的《后记》，鲁迅感伤主义的抒情反而不见了，更多集中于对"孝"和"无常"等这些学术话题的考证和研究，依然有着人世艰难的感慨，但是文学实践与现实经验已经代替了内心疗愈，他在这种学术性的文献研究中重新获得了人生的意义感。现实中的鲁迅,此时在中山大学的工作已经基本安定下来,写作、翻译、出版工作都很顺利,在厦门期间陆续完成的《朝花夕拾》,现在也已经基本编订完成,鲁迅似乎逐渐走出了心理危机,进入了人生下一个时期。《朝花夕拾》正式出版是在1928年9月,此时鲁迅、许广平已经落户定居上海,真正展开了全新的生活。

《朝花夕拾》可以说记录了鲁迅的一段人生转折期,留下了转折的大时代一个独特的精神样本,今天重读,依然可以带给我们多种向度的启发。

参考文献

[1]鲁迅.鲁迅全集:第2卷[M].北京:人民文学出版社,2005.

[2]吴俊.《朝花夕拾》:文学的个人史(之一):以《小引》《后记》为中心及延伸考察[J].写作,2021,41(2):5-13.

[3]郭春林.一个人的"民国的建国史":以《朝花夕拾》为中心[J].文艺理论与批评,2022(5):13-27.

[4]陈思和.作为"整本书"的《朝花夕拾》隐含的两个问题:关于教育成长主题和典型化[J].杭州师范大学学报(社会科学版),2021,43(1):49-60.

[5]宋剑华.无地彷徨与精神还乡:《朝花夕拾》的重新解读[J].鲁迅研究月刊,2014(2):22-32.

[6]藤井省三.鲁迅的都市漫游:东亚视域下的鲁迅言说[M].潘世圣,译.北京:新星出版社,2020.

[7]张旭东.漂泊之路上的回忆闪烁:《朝花夕拾》与杂文风格发展的缠绕[J].文艺研究,2022(4):69-85.

导读人简介

张娟,东南大学人文学院副教授,博士生导师。

该被珍视的政治变迁

导读人：陶锦良

　　《中国历代政治得失》根据钱穆先生1952年所做讲演资料整理而成，着重选择了汉、唐、宋、明、清这五个朝代，分别从政府组织、选举制度、经济制度和兵役制度这四个方面对各朝的政治制度得失进行了评析。阅读过程中，我们一同看过中国历代的政治逐渐衰败的过程，它犹如一个人的成长，从气血旺盛的壮年慢慢进入年老力衰的暮年。但历代政治的变迁都有其独特之处，其背后隐藏着立足于中国传统文化的政治经验，值得我们跨时代地去借鉴反思。钱穆本人在创作时融入了不同于今人的分析方法，用那个时代文人特有的文风与理念，为我们留下了其关于中国政治的思考，帮后世的我们建立起共尊共信的民族自信心。在此我愿从三个方面，来阐述《中国历代政治得失》一书留给我们的经验与思考。

一、钱穆先生的时代初心

　　翻阅中华民族的近代史，我们往往会惊诧于人世间的动荡不安，甚至会被那滔天的苦厄压得喘不过气。故而在看先人们在那山河飘摇的岁月里苦苦寻觅光明而不得，但最终成功以燎原的革命烈火改换新天时，了解得愈多，我们愈能沉浸其间，愈能去领悟其间种种本末缘由。

　　钱穆先生便是那一动荡时期的著名历史学家、思想家、教育家、国学大师，毕生致力于弘扬中国传统文化，高举现代新儒家的旗帜，中国学术界尊之为"一代宗师"，与吕思勉、陈垣、陈寅恪并称为"史学四大家"。

　　在本书的序中钱穆先生提道：政治也是文化体系的要目之一。故而钱穆先生想要写一部"中国政治制度史"，来平心客观地检讨中国文化、传统政治，来发掘那因时局需要而曾经被"黑暗专制"四字一笔抹杀的前人智慧与历史经验。

随着钱穆先生笔下的文字回首，我们看到：辛亥前后，前人温柔的改革业已失败，为了救亡图存，人们曾一度过于重视制度的改变，一度误解和忽视我国自有的传统文化及传统政治。乃至"新文化运动"时期，一面高唱民主，一面痛斥着旧传统、旧文化。面对此情此景，先生质问道："是否民主政治可以全不与此一民族之文化传统有关联，而只经几个人的提倡，便可安装得上呢？而且制度是死的，人事是活的，死的制度绝不能完全配合上活的人事。"先生极具创造地提出把中国历代政治分为制度与人事两方面来分析考虑，为我们学习中国政治的历史，辨析政治得失提供了崭新思维。

如今当我们用马克思主义唯物辩证的眼光看待一切能沿袭百年乃至到今日的制度与传统，我们是知道的：任何制度都绝不可能有利而无弊。我们也方才更能感悟到钱穆先生在那时面对人们激进而武断地看待中国传统政治时发出的呐喊，是那么振聋发聩。

这天底下，哪里会有无根而生却可拿来即用的事物呢？一切适时创立的制度又何尝不与当时的人事相配合呢？当"中国化"一词的分量已然为如今人们所知，我们再看先生在序章中所说："纵使有些可以从国外移来，也必然先与其本国传统，有一番融合媾通，才能真实发生相当的作用。"站在今天回望历史，钱穆先生这一席话语，真可谓是救世谠言，钱穆先生的用心良苦可知矣。这就好似王夫之写下《黄书》、顾炎武大书《郡县论》、黄宗羲苦创《明夷待访录》那般。这些明末清初的中国儒生、知识分子，曾在家国危亡之际不为己身，"思立一王之法，以待后世之兴"，为民族和国家留下跨越时局的思考，以待后世儿女研习。

先生也是与他们一样的儒生，念着"修身齐家治国平天下"这一儒家理想，所以才会在那枪炮声响不绝于耳的岁月里，在国家大局动荡之际用自己的学术论著来针砭时弊；在一生的辗转奔走中几经波折也要向世人讲演，来告诉世人我们民族连绵千年的文化与政治，自有其可取之处，值得我们昂首而立。

今天，我们为实现中华民族伟大复兴而高举中国特色社会主义的伟大旗帜，坚信"四个自信"。这时回首总结先人智慧，从中汲取历史经验，对此珍之重之并鉴之，将大有裨益，这也是对前人苦心著作撰文的最好致敬。

二、钱穆先生的分析理念

在书中,钱穆先生首先将政治分为"人事""制度"两方面:人事较为变动;制度由人创立,由人改订,实则也属人事,但是却较为稳定,可以限制人事。以此为出发点,先生向世人分享了他分析政治得失的理念:

第一,制度需结合人事分析。一来制度与人事本就密不可分,制度是在一段时间内更为稳定的人事,其来自人事又高于一般的人事,是对人事的广泛总结。故而要讲一代的制度,必须要精熟一代的人事,否则便是带着先入为主的傲慢,成了无根之木。二来,倘若脱离了具体的人事变动,光以跨时代的眼光看待过去的制度,我们也难以佐证这一制度在当时的利弊反馈。试想那些出土的竹简文物,其上记载的种种法条律令,倘若脱离背景时代的人事变动,那解读起来必然困难重重。

第二,任一制度,绝对不是孤立存在的,同期各项制度之间相互配合,以整体运行。就如人生活在集体之中,政治制度亦然如此。任一制度的运转,都只是国家机器运作的一部分,丢失了其中任一部分,都将对其他部分造成影响。就如始于隋,兴于唐的科举制度,便是与三省六部制一同推行,方才保证了其能有充足的人事变动空间,二者共同组成了新兴的政府组织制度。

第三,制度虽固定成文,但却会随人事变动而变动。正所谓"靡不有初,鲜克有终",随着社会局势或好或坏的变化,同一政治制度需不断地进行修改调整,才能适应当前时局下人事的变化。如上述的科举制度,其创立之初旨在为政府选拔人才,待到后来读书人数量较之过去有显著提升时,为保证考试评判的公正性设立统一的标准,便逐步演变为泯灭社会读书人活力的"恶制度"。故而政治制度不会凭空忽地创立或消失,在其存在的期间必然有流变,且逐步变质。

第四,任一政治制度的创立而日渐成熟,必当是应时代的外在需要,且有内在的用意。且在旧制度消失之前,随着制度在实施过程中的不断流变,新制度的先声已然逐步展现。因此在早已时移世易的现当代,我们是不一定了解其时代需要的,甚至在某一制度创立的初始,其也不一定为世人所理解。

第五,任一制度,绝不会绝对有利而无弊端,也不会绝对有弊而无利。这也就是政治制度得失分析需要注重制度实施时期与之有关的各方意见反映的原因。钱穆先生认为,这样的"历史意见"是制度实施时代的人民所切身感受而发出的意见,是客观且真实的。同时,后代人凭借自己所拥有的学识,所处的环境和需要来批评历史上以往的政治制度,则是一种"时代意见"。这是值得我们特别注意的,"以史为鉴,可以知兴替",也需知道不应该单凭当下的主观意见和推论,而去大放厥词。

第六,讨论政治制度应同时重视"时代性"与"地域性"。某一时代,某一地域成立与推行的制度并不能说明该制度推之四海而皆准,行百世而无弊。如宋朝王安石变法,虽能在一地之内肃清社会恶疾,却在推行至全国之后引起了极大的反抗,终为民害。这正如"橘生淮南则为橘,生于淮北则为枳"。再如宋朝全然照搬唐朝的政治制度框架,但终究不过是刻舟求剑,未能再造一个盛世。

第七,历史具有特殊性,与民族的文化相关联,而政治只是文化的一部分。我们应该重视中国历史之特殊性,不能将政治制度与其时代文化背景相剖离,孤立地讨论其意义。恰如汉两朝因外部强敌威胁,而其政治制度中也留有特事特办的空间,方才在那尚武的时代,允许卫青、霍去病这样的天纵奇才被破格启用。同时,这样的政治制度致使汉朝走上外戚专权的不归路,为王莽篡汉埋下了伏笔。

以此些观点理论为基础,钱穆先生方才分析了五个朝代的政府组织、人才选举与考试制度、赋税制度、国防与兵役制度,高屋建瓴地向我们剖析了历代政治的闪光之处与不足之处。

三、日渐式微的政治民主

提起中国历朝历代的相关话题,总是绕不开汉、唐、宋、明、清,说这是中国历史上最为重要的五个朝代也不过分。故而钱穆先生选择这五个朝代,作为研究和叙述的范本案例。

"六王毕,四海一",自秦公元前221年完成一统,结束了周朝以来分邦建国、群雄割据的混战局面,用郡县制度管辖地方行政,中国便开始了中央集权的道路。钱穆先生在本书中提出,分析一代王朝的政府组织最重要的是分析政府职权的分配,并提出两个方面来加以申说:一是皇室与政府的职权划分,二是中央与地方的职权划分。这是延绵至后世的大问题。从历史的大趋势看,皇室与政府是分开的,国家政权在政府而非皇室。

秦二世而亡，天下再次分崩离析，最终汉高祖刘邦完成统一，建立了汉朝，汉朝在政治制度上选择了继承秦朝的政治制度。如钱穆先生所总结的那般："秦代只是汉代的开始，汉代大体是秦代的延续。"汉代在秦代的政治制度上略微增减，继承了皇帝制度，皇帝为国家的领袖，掌握着军事、行政、立法等大权，但在权利权威上却较秦朝时有所弱化。汉初，政府的组织结构为三公九卿制：行政权由丞相行使，丞相上对皇帝负责，同时为百官幕僚之长，下辖"十三曹"；太尉管军事，为武官之首；御史大夫掌管监察；九卿中专门负责皇室财务、起居等职权的职位为政府的一员，隶属于丞相。我们所熟知的刘邦放权给萧何，对萧何的政令从谏如流，一时实现了皇权相权二者的紧密配合，甚至后来曹参、周勃为相时也是如此。可见，这是较为稳定的人事，也就是钱穆先生所说的制度。这样的政府组织，依托制度，实现了贤人掌握政权，以贤人的意见来代表大众，是对皇权起到了一定的制约作用的，甚至有着民主政治的光影，也一时为后世的王朝所称赞。

但随着特殊情况的出现，皇权开始侵吞相权。矜才使气又雄才大略的汉武帝划分出内朝与外朝，以内朝的决策为重，甚至临死前破格任免霍光这一皇室的代表人为政府的大司马、大将军，进一步对政治制度进行破坏。汉朝的政局便开始出现崩坏，皇室开始凌驾于政府之上，最终政随人走，人亡政息。

再看另一最能代表中国政治制度的唐朝，其继承发展完善了隋朝的三省六部制，将原本宰相的职权划分到中书省、门下省、尚书省，三省的长官均为宰相，通过多人参与的政事堂会议来决策国家大事。这一政治制度较汉朝时更加注重权力制约，使得宰相没有绝对权力。只有相对权力的制度，在君主贤明的时期促进了政府政务决策和执行的科学化、合理化。但把原本集中的相权分散到了若干彼此互不统属的部门之中，导致了各部门只对皇帝负责，相权地位的相对下降，解除了相权对皇权的限制，使得皇权地位得到了相对的上升。

宋朝在一切因循承袭唐朝的基础上，为了避免重蹈前朝藩镇割据的格局，通过杯酒释兵权和设立枢密院，进一步集权于皇帝，集权于中央。同时为保持官僚层的稳定，没有直截了当地进行官员的更换，而是在保有旧官员的情况下，不断增设新的机构。最终致使各个机构职能相重叠，相互掣肘，行政效率日益低下。正如钱穆先生所言宋朝"有事而无政"，其政治运转过于注重皇权的运营，以皇帝自身的"人事武功"来左右国家大事，终于致使宋朝积重难返。

　　乃至于到了后来的明朝，宰相制度被废除，朝廷之事由皇帝来独裁，政治上权力制约的平衡被打破，贤人政治对皇权的调节机能大幅弱化。但明朝在后来的发展中出现的内阁制度使得君主独裁专制的情况得到了一定的缓解，甚至出现以张居正为代表的内阁大学士，在皇权衰弱之际，作为实质上的政府领袖领导变法，恢复了以往贤人掌握政权的情况。然而就明朝的制度法理而言，政府行政长官应是皇帝而非内阁，变法的出发点本身便是违法之事，最终变法落得"其身不正，虽令不从"的局面。

　　最后便是最邻近我们时代的清朝，与前面四个朝代相比，它有着一个贯穿始终的问题：民族矛盾。故而因维护统治需要，甚至演变出了"秘密政治"——自清朝雍正时设立"军机处"，国家政令便不再经过六部集体商议审核，而是直接被密封寄送给受命令的官员。虽一时之内克服了明末亡国前夕廷议不决的弊病，但却也意味着再难得到政令直接参与者之外的政府各部门贤人辩疑纠错的机会，随着皇帝水平的参差不齐，终归弊大于利。对此钱穆先生总结道：除去清朝，中国传统政治其可贵之处便是政治依照制度公开，国家政令由各部门集体辩驳。

　　由此可见，自汉朝开始，这样的政治变迁，绝对不是同西方人所定义的那般缺乏民主，那么黑暗不堪。在日趋"绝对的君主制"的局面下，国家的政权一直是在政府而不是在皇室，代表皇权的皇室也只有融入政府，兼任官职方可掌握政权。可见我国的政治，一直是一个"士人政权"，由集体来掌握政权，且这个集体一直更重视贤人治理，通过各时期不同的量才录用标准来选拔贤人并以其意见来代表全民。只是在历史演变的过程中，皇室世袭而稳定，故而使得逐步打破传统门第向广大读书人开放的贤人政权趋于流动且不稳定，最终日渐式微。

　　这是我国历史上特有的政治变迁，其中蕴藏着符合中国特有国情的民主，其虽容易被王侯将相的故事所掩盖，但却一直传承中国人共尊共信的文化，为后世的我们铸下立足世界民族之林的基石。

　　在一切权力属于人民的今天，书中的历史政治变迁是已然远去的客观事实，其存在本身无对错可言。夹杂着跨时代意见的我们，或对其不足之处扼腕叹息，或对其感到荒诞无稽，但我们都不应因其局限性便一笔抹杀其存在而不去加以了解，否则便是"后人哀之而不鉴之，亦使后人而复哀后人也"。正是这样富有"时代意见"的论著,承载着那段寻觅真理的岁月里中国人骨子里的文化自信。

参考文献

[1]钱穆.中国历代政治得失[M].2版.北京:九州出版社,2015.

[2]陈勇.从钱穆的中西文化比较看他的民族文化观[J].中国文化研究,1994(1):22-29.

[3]俞启定.钱穆人文主义教育思想述要[J].河北师范大学学报(教育科学版),1999(1):30-36.

[4]黎明奇.从《中国历代政治得失》看汉朝皇权所受制约[J].今古文创,2021(23):63-64.

[5]张昭军."中国式专制"抑或"中国式民主":近代学人梁启超、钱穆关于中国古代政治制度的探讨[J].近代史研究,2016(3):113-132.

导读人简介

陶锦良,东南大学土木工程学院2021级研究生。

存在的孤独与言说

导读人：赵阳洋

《一句顶一万句》是当代著名作家刘震云的长篇代表作，经过三年的酝酿与创作，于2009年出版发行，并凭借幽默的语言风格和触及中国人心灵深处的孤独诉说，于2011年荣获第八届茅盾文学奖。《一句顶一万句》所带有的浓厚的中国乡土气息吸引了无数读者，这部作品也被翻译成多种语言传至国外，在英语世界、阿拉伯语世界、法语世界收获了诸多好评，刘震云也于2016年第47届开罗国际书展上被埃及文化部授予"埃及文化最高荣誉奖"，于2018年被法国文化部授予"法兰西共和国文学与艺术骑士勋章"。对于这部作品，作者刘震云曾说道："《一句顶一万句》使我从一个写作者变成一个倾听者。"第八届茅盾文学奖评委朱向前的颁奖词这样说："《一句顶一万句》建立了极尽繁复又至为简约的叙事形式，通过塑造两个以'出走'和'还乡'为人生历程与命运逻辑的人物，形成了深具文化和哲学寓意的对称性结构。"本书编者安波舜在荐言中说："阅读本书是沉重和痛苦的，它使我们在《论语》和《圣经》之间徜徉，在与神对话还是与人对话的千年思考中徘徊……"

我读这本书的第一印象是语言幽默、风趣、洗练，情节简单，叙事直白。书中作者并不避讳使用语义重复、句法相似或命运轮回的写作方法，而文字本身自能表现出一种成熟与大气。读完本书之后我们都能粗浅地学会刘震云老师那样"……不是……或是……而是……"的语言风格，而作家深厚的功力也正在此处体现了出来。不同于情节的简单直接，读完本书后作者会把我们引至一个使人产生茫然感与疲惫感的黑洞，让我们不禁思考：我们是否能够通过言说和一种触及心灵的对话，摆脱作为个体存在的孤独。本文将从作品艺术特色、孤独母题、人物形象建构等角度进行论述,从书中窥见中国式的孤独与寻找。

一、小说的语言和语言的小说

在《一句顶一万句》这本书中,刘震云似乎并未把精力过分集中于篇章结构上,或者说他以一种轻巧的行文方式为读者提供了充足的线索,小说的艺术魅力也并不因此被削减。书名某种程度上已经预先为读者提供了暗示和指引,"一句"和"一万句",数量的差异暗含着质量的高低,读者在此形成新的期待视野:谁的"一句"可以顶得上谁的"一万句"? 同时我们也会发现,这是一部关于言说的作品,刘震云通过对话的形式串联起了全书的情节与人物,从内容到结构都围绕"说话"铺陈开来,而言说的重要性不言自明———一句顶一万句。

《一句顶一万句》是关于"说话"的小说,"说得着""说不着"是情节展开的主线。全书分为两部分:上部《出延津记》主要讲吴摩西为了寻找"说得着"的养女走出延津的故事,下部《回延津记》则主要讲吴摩西养女的儿子牛爱国同样为了寻找"说得着"的朋友走向延津的故事。一出一回的百年叙事,"寻找"这一线索始终贯穿全书。看似简单的篇章结构,其实暗藏着数段曲折多变,甚至被称作魔幻现实的故事。

仿照刘震云的句式风格,吴摩西本名不叫吴摩西,而叫杨摩西,也不叫杨摩西,而叫杨百顺。杨百顺的一生都在找寻一个"说得着"的朋友,喊丧的罗长礼便是其中的重要人物。李占奇是杨百顺少年时期的好友之一,两人成为好友不是因为两人说得上话,而是因为两人共同喜欢罗家庄做醋的罗长礼。罗长礼家是做醋的,但罗长礼喜欢喊丧,刘震云在书中这样描述:"后鲁邱的奠客跪叩起仰之间,张班枣的奠客已在后边排成一排。一批批奠客往前移动,罗长礼调停得纹丝不乱。"作家娴熟地掌控着幽默与严肃之间的张力限度,把荒诞幽默的语词用于庄严的葬礼叙述,通过词语和语境的不相容实现解构与反差。这一定程度上体现了中国乡土乐观的生命意识。同时,刘震云借少年杨百顺之口使得乡土丧葬场面变得轻松幽默。为了看罗长礼喊丧,他说:"十里八乡咋还不死人呢?"死者家没请罗长礼来,他说:"老王家有病吧? 好不容易死个人,咋不请罗长礼,请牛文海呢?"在《出延津记》的最后,当处在迷茫无助状态下的吴摩西被问人生终极命题"你是谁?"的时候,他说:"你就叫我罗长礼吧。"

读完整本书我们会发现,在吴摩西的生命中占据如此重要地位的罗长礼,其实并没有和吴摩西说过话。刘震云对罗长礼的着墨虽然不多，但其中所蕴含的象征意味十分深刻，罗长礼和吴摩西之间的关系也呼应着书中另外两对人物关系。罗长礼之于吴摩西，更像是一种触及心灵的精神寄托。吴摩西在历经曲折之后回忆起和罗长礼的关系："从杨家庄走到现在，和罗长礼关系最大。"他认为自己对罗长礼的喜欢是因为喜"虚"不喜实，书中的"虚"是指脱离现实生活压力的一种精神追求。吴摩西在不美满的现实挤压下渐渐忘了罗长礼，然而遗忘并不等同于不需要，正是出于这种对"虚"的精神追求，吴摩西最终走出延津。

书中的"虚"并不单有罗长礼的喊丧，还有比如吴摩西曾经参与舞社火的经历，同时"虚"也对应着书中的杨百利和牛国兴之间的"喷空"（河南方言，聊天）、县长老史和戏子苏小宝之间的手谈，这些不同于琐碎生活的"虚"，恰恰是生活所不能缺失的重要部分。更能体现虚实对比的是"喊"，同样是喊，吴摩西更喜欢代表精神寄托的喊丧，而不是代表生计问题的卖馒头的粗吆喝。一句顶一万句，也就是说，如果不是触及心灵的言说，那么说再多也不能够缓解孤独，喧闹之中的孤独也便愈加痛苦。作家也在通过浅显的语言向读者揭示深刻的生活哲理：生动的"喷空"故事需要虚实结合，美好的生活也需要"实"与"虚"的交叠。

《一句顶一万句》这本书的情节内容都围绕"说话"展开，与此同时"说得着"也成了一项交友原则，在全书中人与人之间的关系也由"说得着""说不着"进行区分。然而随之而来的是更深层次的对话困境："说得着"这一事实判断是否真实可靠？例如卖豆腐的老杨把赶大车的老马当真心朋友，老马则不然。"说得着"这一友谊标准可以维持多久，例如牛爱国十年前在部队时可以找杜青海"码放"心事，但多年后再次谈心却发现杜青海出的主意"原来是一句空话"。"说得着"这一交友路径是不是随机性的？例如老曹以为老韩捡到大额金钱不贪财是可贵的，但老韩的拾金不昧只是不得已而为之，理解的错位最终成就一段随机的友谊。所以尽管中国人都把"说得着"当作是必要的交友标准，然而"说得着"这一准则本身就是说不清的，这也就解释了为什么我们自古以来就认为"知音难求"，也就解释了人作为个体的存在的孤独。编者在荐言中极为精准地概括了这一点："话，一旦成了人与人唯一沟通的东西，寻找和孤独便伴随一生。心灵的疲惫和生命的颓废，以及无边无际的茫然和累,便如影随形地产生了。"

二、古典性圆满与现代性叛逆

文学评论家朱向前先生曾评价小说《一句顶一万句》:"刘震云继承的'五四'的文化反思精神,同时回应着中国古典小说传统,在向着中国之心和中国风格的不懈探索中,取得了令人瞩目的原创性成就。"古典性与现代性的融合是刘震云小说创作的一大特色,在《一句顶一万句》中也有鲜明体现。

在本书的篇章布局上,可以很明显看出小说的叙事风格所带有的古典文学底色。小说中人物的出场如古典小说《水浒传》一般,由一个人引出另一个人、一件事引出另一件事,用连缀式的叙事手法,将看似四处散落的人物与情节钩成一张密网,松散之中自有笔法。除了《水浒传》式的叙事手法,《水浒传》对中国人的影响之深还体现在《水浒传》式的英雄气概,书中所涉及的暴力叙事,例如老裴、杨百顺气怒之下想要杀人的冲动念头,体现着中国传统古典小说的英雄印记。同样引人注目的便是《出延津记》和《回延津记》所形成的一出一回的古典式圆满结构,从书中老詹的话我们也可以隐隐看出《出延津记》是对西方宗教文学《出埃及记》的中国式化用,故下部《回延津记》更显出古典韵味。在作家不忌使用闭环叙事的同时,人物命运的相似或重复也被广泛运用于叙事。书中人物两次通过"语言打断"的方式无意间"救"了别人,即在老裴被他老婆的娘家哥"常有理"的说话方式激怒后想要杀死他老婆的娘家哥蔡宝林,但途中遇见不敢回家的杨百顺才明白"原来世上的事情都绕"的道理,也就是说杨百顺无意间"救"了蔡宝林;相似的故事也发生在杨百顺自己身上,在相似的谷草垛里,杨百顺发现了一个被后娘虐待不敢回家的孩子,知晓事情来龙去脉后他也如师傅老裴当年一般,发出一声长叹:"原来一件事,中间拐着好几道弯儿呢。"再比如极富戏剧性地发生在吴摩西和牛爱国两人身上的被出轨——假找——丢女——真找的相同命运,我们可以十分确定地说:牛爱国,是另一个吴摩西。

《一句顶一万句》的古典色彩中又透露出极强的现代性叛逆,有读者读完本书后会觉得情节存在着荒诞与魔幻的元素,所以许多人也把刘震云与马尔克斯对举,称其小说《一句顶一万句》为"中国的《百年孤独》"。这一说法也确有依据。萨特认为:"小说家的技巧,在于他把哪一个时间选定为现在,由此开始叙述过去。"《百年孤独》的开篇便把未来、过去、现在三个时间维度交织在一起,类似的时间结构在《一句顶一万句》中也有体现,例如:"杨百顺十六岁之前,觉得世上最好的朋友是剃头的老裴。但自打认识老裴,两人没说过几句话。杨百顺十六岁的时候,老裴已经三十多了……但杨百顺七十岁以后,还常常想起老裴。"在主题层面,《一句顶一万句》也涉及"孤独"这一重要的文学母题,让读者思考个体存在的孤独,仿佛无论我们如何制造喧闹,孤独都有增无减,我们始终处在欲摆脱而不能的寻找之路上。最后也是最浅显的一层,两本书具有时空的相似性,刘震云将叙事空间聚焦于河南延津,村落的兴衰、社群的变迁延宕百年,虽不似马尔克斯那般开阔,却也因之避免了过于复杂的人物关系,使故事脉络更加清晰。通过语言自身的能动性建构叙事框架,看似魔幻的叙事轨迹,刘震云却采用模仿日常语言和现实世界的写作手法,因此我们不能否认本书故事的真实性,书中被评论家们认为魔幻的部分也并非是对现实的扭曲和夸大。刘震云本人也并不承认作品的荒诞,他认为生活本身就是既真实又荒诞的,"荒诞不可怕,把荒诞当成生活习惯,离开了荒诞,人不会生活了,就更加荒诞。进一步说,将这种更加荒诞转成生活的本相,这就是荒诞的三次方。我们都生活在荒诞的三次方里"。小人物的难与苦,成为当下中国人生活世界的象征,具有一种民族寓言式的感染力。身处当今社会,或许我们更能体会到现实世界真实与荒诞的双面性,即使在最普通的生活中发生的最普通的事,有时也会透露出荒唐,因此书中所谓的命运轮回式的荒诞,似为作品平添了一种真实感与亲切感。

《一句顶一万句》的现代性反叛还体现在人物设置上,杨百顺,或者说吴摩西,身上带有一种与中国乡土传统不相符的现代性精神。杨百顺改名这一事件与中国传统宗法观念相违背,中国乡土社会注重血缘关系,姓氏是传宗接代的见证,在延津县这样一个家族社群中,姓氏更与某种事业相关联。杨百顺先是改名叫杨摩西,名的变更意味着他与传统小农家庭的割裂,后来杨摩西"嫁"给吴香香并改名吴摩西,抛却姓氏,这是更广大意义上的决裂——与杨家庄这一社群的割裂。在出走之路上杨百顺说出了极具现代反叛精神的宣言:"改名我倒不怕,那个杨百顺,我已经当够了。"这既是对传统权威——父亲老杨的反叛,杨百顺不愿意继承父业卖豆腐,也是现代社会对个体心灵的自我关切,杨百顺义无反顾去寻找精神寄托。

三、存在的孤独和言说的慰藉

老詹这一人物的设置显示出刘震云更大的野心,通过老詹传教这一情节,刘震云将西方文化元素揉碎并散落在延津县四处。在中国传统乡土社会引入西方宗教,更能体现出中国人人社会和西方人神社会的差异,这种差异也为存在的孤独做出了朴实的论证。老詹在传教时说:"信了他,你就知道你是谁,从哪儿来,到哪儿去。""你总不能说,你心里没忧愁。""有忧愁不找主,你找谁呢?""主马上让你知道,你是个罪人。"从传教士老詹和杀猪师傅老曾的幽默对话中,我们可以看出西方人神社会言说的特征——与神对话。在宗教性社会中,因为有了人和神的对话关系,人有了忧愁或痛苦后便可以找神倾诉,倾吐烦恼过后便能得到救赎。但中国社会的生活状态并不如此,中国并不是一个宗教性国家,人们对宗教的信仰往往带有较强的实用性和功利性,比如竹业社掌柜老鲁就说:"你要能让主来帮我破竹子,我就信他。"所以人人社会的中国所面临的孤独命题,关键在于无法找到一个知心朋友,对孤独的突围路径之所以困难,还在于"知心朋友"的不可靠性与随机性。对比来看,西方宗教社会的孤独是诉说之后的孤独,而中国社会的孤独则是无处可倾诉的孤独,是一种更复杂、更难解的论题。

当"言说"成为一种突围方式,"倾听"成为一种生活技巧,"说"与"听"的对应关系也成为个体能否破解孤独的关键。在书中我们可以看到许多关系错位的案例,例如在不关心政事的县长治理下社会十分安定,大刀阔斧改造的官员反而落马,又如书中多对具有亲密关系的夫妻却"说不着"。种种关系的错位不断提醒读者言语的复杂性,也暗示着每个国人都曾有过的孤独体验,我们的祖祖辈辈都生活在孤独之中。然而《一句顶一万句》的希望在于,尽管言说中存在许多弯弯绕绕的阻碍,但是书中人物,也是现实中的人们,始终在不断寻找,为了寻找不确定的朋友、不确定的亲密关系,人们义无反顾地踏上"出走"之路,这让读者深切感受到生命的执着与顽强。

刘震云在《一句顶一万句》的结尾处做出了更现代性的选择。牛爱国最后回到延津县,这一情节的表层线索是为了完成母亲曹青娥和吴摩西的跨时空对话,牛爱国似沿着吴摩西当年的路径不断找寻,但结尾处牛爱国"说得着"的情人章楚红再次出场——章楚红和丈夫离婚后离开了,牛爱国听说此事后又想起章楚红想对自己说但没能说出口的一句话。此时,两条路摆在牛爱国面前,一条是按原计划找寻罗长礼(吴摩西)死前留下的一句话,另一条则是寻找情人章楚红想对自己说的一句话。同样是"一句顶一万句",哪"一句"更重要却自有衡量。牛爱国选择了后者,这既是现代社会个体对自我精神世界的关注,也对应了书中曹青娥和何玉芬都说过的一句话:"过日子是过以后,不是过以前。"如果牛爱国按照古典模式去找寻祖辈吴摩西留下的一句话,本书则成为一种完全闭环的家族史叙事。但是牛爱国选择了"过以后",则在古典闭环叙事之外打开一个突破口——也是突破精神困境的一个缺口。

在寻找中失去,然而永不停止寻找。《论语》中讲"有朋自远方来",书中老汪解释说:"如果身边有朋友,心里的话都说完了,远道来个人,不是添堵吗? 恰恰是身边没朋友,才把这个远道来的人当朋友呢;这个远道来的人,是不是朋友,还两说着呢;只不过借着这话儿,拐着弯骂人罢了。"角度新奇的幽默解释,也恰恰照应着书中的人物关系,于是为了寻找精神寄托和心灵慰藉,人们一代又一代地"向远方去"。

参考文献

[1]刘震云.一句顶一万句[M].广州:花城出版社,2022.

[2]周琪.语言的历险:评刘震云《一句顶一万句》[J].当代作家评论,2022(3):174-179.

[3]张旭东.叙事摹仿的真理与方法:读刘震云的《一句顶一万句》[J].中国现代文学研究丛刊,2023(4):4-55.

导读人简介

赵阳洋,汉语言文学专业在读本科生。

"乘风归去"的谪仙与"酒酣胸胆"的文人

导读人：孙莉玲

　　去年我为大家推荐了林语堂先生的《苏东坡传》，那本书更多是从"人生"的角度让我们来了解苏东坡。很多学者、作家都从苏东坡的年表入手去发现他跌宕起伏的人生，但这毕竟是通过文献以及考据来的二手甚至三手、四手材料。对于苏轼而言，我们还有一个更直接的途径去了解他的旷世才华、人生哲学和千古影响，那就是通过他的作品本身，因为一个优秀的作家会通过作品来记录和反映人生，而且这个过程本身也是在追寻人生的意义。所以今年我想再为大家推荐一本书《苏轼诗词文选评》。从他的诗词文中真实地感受和感悟一个伟大文学家的不朽之处。文字已经穿越了千年，这本《苏轼诗词文选评》就是一把打开苏轼人生之门的钥匙，可以帮助我们完成一次灵魂与灵魂的对话。

　　这本书的好总括起来至少有以下三个方面：一是权威性，其出版社为上海古籍出版社，作者为王水照、朱刚。上海古籍出版社成立于1956年，其前身为古典文学出版社，1958年与中华书局上海办事处合并改组为中华书局上海编辑所，成为上海地区整理出版古籍的专业机构，其出版过古代重要典籍的今译，如"四书"、"五经"、《孙子兵法》等，曾获诸多国内顶级图书奖项，在海内外学术界颇负盛名。本书作者王水照先生是复旦大学文科资深教授，兼任中国宋代文学学会名誉会长。朱刚先生是复旦大学中文系教授、博士生导师，任中国宋代文学学会副会长。两位先生可谓著作等身，他们呕心沥血研究苏轼，其作品的全面、客观、科学性堪称业内之"顶流"，此书也被列入《中国古代文史经典读本》。二是简约性,不浪费丝毫笔墨。本书一律摒弃了那些所谓的鸡汤式文字或稗官野史,专注于对苏东坡人生产生影响的大事件、关键点,进而使苏东坡的人生与其不同时期所作诗词文成犄角之势,相互呼应,诗词与人生相互成就。三是精准性,其所选之诗文以及所作评注精准高妙。本书既选讲了为读者所乐知的《江城子·乙卯正月二十日夜记梦》,也选讲了充分体现苏轼政治思想与主张的《贾谊论》,这为我们从政治、文化、情感、精神等全方位了解苏轼提供了可能,也让我们可以从政论到诗文全面感受苏轼驾驭文字的高妙,欣赏苏文之瑰丽。

全书共分八个大章节,以嘉祐四年(1059年)十月,苏轼为母亲守孝完毕,父子三人从水路出三峡赴京师途中所作《白帝庙》为苏轼诗歌创作的起点,以其经历过宦海沉浮、世道险恶后对禅家学说的彻悟,对人生真谛的慨叹之绝笔《答径山琳长老》为终点,共选评了77首(篇)诗词文。这77首(篇)诗词文如一幅宏大的画卷一样徐徐展开,读者在此字里行间遨游,去感受"清风徐来,水波不兴"的赤壁,去游览"水光潋滟晴方好,山色空蒙雨亦奇"的西湖,去领悟"野雁见人时,未起意先改"的深刻哲思,去挥洒"谁怕?一蓑烟雨任平生"的气势豪迈,去了悟"溪声便是广长舌,山色岂非清净身"的自然之态,去垂泪于"人皆养子望聪明,我被聪明误一生"的人生无奈,去折服于"匹夫而为百世师,一言而为天下法"的大气磅礴。如果作一篇导读,单按照本书的脉络去复述怕是会以瑕掩瑜,需得另辟一径,取材于本书,却又不落入其固有的结构,方能将读书人的经验与体会略表一二。因此我想打破原来的结构,从本书77首(篇)中选取若干,分别来阐释苏轼的政治主张、自然美学思想以及情感世界。

一、苏轼的政治主张

对于苏轼而言,北宋百余年的太平盛世以及个人的才华横溢,带给他的是科举的一帆风顺。苏轼于嘉祐六年(1061年)应"贤良方正能直言极谏科"三等(一、二等皆为虚设,三等为实际最高等级),这是北宋制科中最重要的一科,专门用来录取政治方面的优秀人才。而且他同胞弟弟苏辙也同年入仕,兄弟同朝的意气飞扬(元祐年间,苏轼官拜吏部尚书,苏辙成为执政宰辅),皇帝(仁宗)、宰相(司马光)、老师(欧阳修)甚至太皇太后(高太皇太后)的赏识,朋友、学生、子弟的仰慕，金殿议政、北门拟诏，旧时代文人的梦想不过如此。曾经进入权力中枢但又一朝锒铛入狱几经贬谪生死，一生都卷在党争漩涡的苏轼，当然更了解政治。集权社会造成了文艺与政治千丝万缕的联系，也造成了人们了解政治事件权利的不平等，苏轼笔下描绘的复杂险恶的政治斗争可谓在中国文化史中举足轻重。本书所选诗文中体现其政治主张的有《策略一》（见本书第一章）、《贾谊论》（见本书第一章）以及《上神宗皇帝书》（见本书第二章）。

《策略一》是苏轼应"贤良方正能直言极谏科"的"贤良进卷"。按照当时规定，在制科考试举行的前一年，应试者必须先向朝廷呈上平时所作的策、论五十篇，考评合格后方可参考，这五十篇一般由论和策各二十五篇组成，应该是类似我们现在公务员考试的申论和策论。《策略一》是策略（政治观点的总体阐述）部分的第一篇，也是二十五策的开篇，所以就纵论"天下治论"与"方今之势"，提出了宏观战略：首先是要知其然，"天下之患，莫大于不知其然而然"；其次是要进行改革，"涤荡振刷，而卓然有所立"。

《贾谊论》是苏轼贤良进卷的二十五论之一。贾谊一直被当作"怀才不遇"的典型，苏轼这篇却独辟蹊径，他首先肯定了贾谊身处的具体政治环境，分析造成其人生悲剧的原因（既有本人器量不足之故，也有其不肯讲究方法避免冲突之因），体现出宋代书生型政治家的走向成熟。同时，《贾谊论》中苏轼为贾谊设计了完善自身的方案，这其实也是他为自己设计的：与那些老臣们搞好关系，获得其支持，然后"不过十年，可以得志"。苏轼本人初入仕途也确实如此，几乎获得了整整一代前辈的赏识，既中进士，复举贤良。然而随着宋神宗的继位，苏轼"优游浸渍"而建立的关系几乎殆尽，加之后期连环不断的党争，命运让苏轼走上一条充满坎坷的政治道路，但苏轼并没有像贾谊"不善处穷"，善处逆境恰恰是苏轼的长处。

《上神宗皇帝书》是苏轼在权开封府推官任上写下的万言书，当时神宗皇帝任用王安石为宰相并实行变法，否定新法便必然为变法者所不容。此书全文分为"结人心、厚风俗、存纪纲"三大段。"结人心"一段主要是从人心不乐的角度，逐条否定方田水利、免役、青苗、均输等新法。"存纪纲"一段是从维护朝廷风纪的角度，劝神宗保护对其提反对意见的官员。"厚风俗"一段雄辩地说明社会风气的善恶比国家经济、军事的实力更为根本地关系到兴亡盛衰。其实这一点不由得让我想到《论语·颜渊·子贡问政》中的一段:"子曰:'足食,足兵,民信之矣。'子贡曰:'必不得已而去,于斯三者何先?'曰:'去兵。'子贡曰:'必不得已而去,于斯二者何先?'曰:'去食。自古皆有死,民无信不立。'"

二、苏轼哲学与艺术思想

1. 苏轼的哲学观

苏轼有一篇文章《日喻》,以日为喻,譬喻是全文的基本内容:"生而眇者不识日,问之有目者。或告之曰:'日之状如铜盘。'扣槃而得其声,他日闻钟,以为日也。或告之曰:'日之光如烛。'扪烛而得其形,他日揣籥,以为日也。日之与钟、籥亦远矣,而眇者不知其异,以其未尝见而求之人也。"这一构思与佛经中"盲人摸象"的譬喻颇为相似。苏轼用这个譬喻来说明"学"和"道"的关系,学是具体的个人通过钻研所得的体会、通过实践达到的把握,道是经典阐述的放之四海而皆准的抽象的真理。而真理太抽象,只能用具体的语言来传达,但又绝不能把用来表述真理的某一句话本身当作真理。那么,怎么才能掌握真理呢?"道可致而不可求。""莫之求而自至,斯以为致也欤!"

2. 苏轼的艺术史观

苏轼的很多作品中体现了他对艺术的独到见解,在这里,我介绍他的七古《王维吴道子画》。苏轼在凤翔时曾对"凤翔八观"加以吟咏。从诗的题目我们知道这首诗以王维和吴道子画为主要内容,诗中对画面的描写颇为精彩,他描写吴道子的画:"亭亭双林间,彩晕扶桑暾。中有至人谈寂灭,悟者悲涕迷者手自扪。蛮君鬼伯千万万,相排竞进头如鼋。"他描写王维的画:"门前两丛竹,雪节贯霜根。交柯乱叶动无数,一一皆可寻其源。"但总体上是以议论为主,苏轼评吴道子的画是"道子实雄放,浩如海波翻。当其下手风雨快,笔所未到气已吞"。他评王维的画"摩诘本诗老,佩芷袭芳荪。今观此壁画,亦若其诗清且敦"。从其用词我们就能体会到在苏轼心中如何品评两家绘画艺术的高下,"吴生虽妙绝,犹以画工论。摩诘得之于象外,有如仙翮谢笼樊"。苏轼敏锐的艺术感知力使他发现了王维标志着画史转折的重大意义,自苏轼揭示以后,至今被广泛地接受。不夸张地说,这首诗奠定了中国绘画史的一种基本观念。

3. 苏轼的历史观

苏轼的历史观,与坚持中原王朝正统地位的一般文人有所区别,他心目中的历史是人的历史,不管最后的结果如何,那些曾有杰出表现的人物,都是他仰慕的对象。如《白帝庙》:"荆邯真壮士,吴柱本经师。"《念奴娇·赤壁怀古》:"遥想公瑾当年,小乔初嫁了,雄姿英发。羽扇纶巾,谈笑间,樯橹灰飞烟灭。"苏轼这首《念奴娇》并不在历史教训上展开,它是由凭吊古战场的雄伟景象,进入对创造壮举的英雄的缅怀,并且在下阕着力刻画一个少年得志、雄才大略而又风流儒雅的将军,表达出由衷的追慕之情,这也因此奠定了人们心目中周瑜的千古形象。

三、苏轼对人生意义的追寻

"优秀的作家创造他的作品,其创造生命历程经常被我们形容为对人生意义的追寻。苏轼自然也不例外,而且,他如何面对人生的困境,还成为后人津津乐道的话题。他那竹杖芒鞋、吟啸徐行于风雨之中,渺然如梦的人生境界,影响了一代又一代的中国文人。"苏东坡的人生态度有其发展的历程,这与他的宦海生涯一样一波三折。在苏轼身上,我们看到似乎不是只有乱世或者怀才不遇才能造就大作家,平心而论,盛世何负诗人?

苏轼的青少年时期,一方面,从家庭的角度而言,有苏洵(唐宋散文八大家之一)这样的父亲和程夫人(出身富甲一方之家又有甘愿做"范滂之母"的见识)这样的母亲以及衣食无忧的家庭条件。另一方面,从社会的角度而言,北宋百余年太平所造就的高度发达的士大夫文化和丰富多彩的市民文化,使他一出发就是高起点。高昂的理想主义以及"先天下之忧而忧,后天下之乐而乐"的济世情怀正是那个时代的精神,这也激发了幼年苏轼的人生志向。其与王安石的新法之争让跌宕起伏始终伴随其一生,但他乐观、豁达的风骨却让他的一生熠熠生辉。

我很喜欢这首《戏子由》:"宛丘先生长如丘,宛丘学舍小如舟。常时低头诵经史,忽然欠伸屋打头。"此诗为苏轼乌台诗案的罪状之一,但大家看开篇四句,画面感是否极强?诗题虽为"戏",实则是对子由的赞美。因政见不合,子由主动离开政治核心,到陈州当了个小州学的教授,在当时没有谁能比子由更勇敢地离开政见不合的朝廷了。其实这首诗还提出了这样的命题:当自己的思想不被当世所容的时候,应该如何处世?应该如何调解自己的心态?苏轼的一生,都在寻求这个问题的答案。

不能失去自我的独立尊严是苏轼的另一人生态度。在《送杭州进士诗叙》中，苏轼说："士之求仕也，志于得也，仕而不志于得者，伪也。苟志于得而不以其道，视时上下而变其学，曰吾期得而已矣，则凡可以得者，无不为也，而可乎？"苏轼要求进士们须保持自己独立思想，不要为了迎上而曲意附会，不要失去学问尊严和人格操守。

而苏轼的人生态度最集中的体现就是他开创了豪放派词。《江城子·密州出猎》是他的第一首豪放词名作，自此也揭开了中国豪放词的序幕。"老夫聊发少年狂，左牵黄，右擎苍，锦帽貂裘，千骑卷平冈。为报倾城随太守，亲射虎，看孙郎。酒酣胸胆尚开张。鬓微霜，又何妨！持节云中，何日遣冯唐？会挽雕弓如满月，西北望，射天狼。"词中写出猎之行，抒安邦之志，自然地表露出苏轼志在杀敌卫国的政治热情和英雄气概。全词上阕叙事，下阕抒情，气势雄豪，酣畅淋漓，多引用典故，以魏尚自比，更是深切表现出苏轼的人生态度。

四、苏轼的情感世界

苏轼的情感世界是丰富的，有师生情重，有儿女情长，有手足情深，而与他的人生、他的诗词文最密不可分的应该就是他的弟弟苏辙、他的结发妻子王弗、续弦王闰之，以及他的侍妾朝云。

"但愿人长久，千里共婵娟"，苏氏手足之情发自真性至爱，历久弥深，同气连脉，终生如一。苏轼之弟苏辙，字子由，比东坡小两岁。二人同时进士及第，同时考中科制，后来又都成为"唐宋八大家"，而且他们入仕后经历同样的宦海风波，最后一起被贬谪岭南，"辙与兄进退出处，无不相同，患难之中，友爱弥笃，无少怨尤，近古罕见"。苏辙，性格虽拘谨淡泊、沉默寡言，也不像东坡那样才气横溢，但是思考问题更加周密，后反倒对东坡的帮助更大。他常慷慨解囊接济兄长，在政治风波中也常对兄长假以援手，乌台诗案前子由给兄长通风报信算是让苏轼有些许思想准备，苏轼入狱后他泣血奔走以及请求免除自身官职来赎东坡之罪，"臣窃哀其志，不胜手足之情，故为冒死一言"。苏轼有许多首答子由或为子由所作的诗（词）作，本书所选亦颇多，例如《和子由渑池怀旧》《颍州初别子由二首》《戏子由》等等。其中最著名的当为那一首《水调歌头·明月几时有》："丙辰中秋，欢饮达旦，大醉，作此篇，兼怀子由。明月几时有？把酒问青天。不知天上宫阙，今夕是何年。我欲乘风归去，又恐琼楼玉宇，高处不胜寒。

起舞弄清影，何似在人间。转朱阁，低绮户，照无眠。不应有恨，何事长向别时圆？人有悲欢离合，月有阴晴圆缺，此事古难全。但愿人长久，千里共婵娟。"以前我们常觉"婵娟"体现的应为男女之情，其实这是苏轼兄弟二人手足情深的见证。

"料得年年肠断处，明月夜，短松冈"，刻骨相思不仅有恩爱还有恩情。这首《江城子·乙卯正月二十日夜记梦》是苏轼为悼念亡妻王弗所作。王弗幼承庭训，颇通诗书，16岁嫁给了苏轼。王弗非常聪慧，婚后，每当苏轼读书时，她便陪伴在侧，终日不去。苏轼偶有遗忘，她便从旁提醒。王弗谦谨明理而且识人，常提醒苏轼何人不可交往，故有"幕后听言"的故事。可惜她们的恩爱也只有11年，27岁的王弗不幸亡故。此词上阕从自己的难忘，说到亡妻独处墓中之凄凉无诉，然后假设相逢，从亡妻"应不识"说到自己的状貌处境。下阕从自己做梦还乡，说到亡妻梳妆，然后达到全词的高潮，即二人相会，无言流泪。情意深沉，婉约多思，萦回不断，感人至深。

苏轼的第二任妻子是王弗的表妹王闰之，她虽无王弗之慧，但通情达理，在东坡流宦四方时她始终相守相依。她是十分理解东坡的，知东坡虽不善饮酒，但却喜与友人对酌，常千方百计在家中藏一些酒。在《后赤壁赋》中有这样一句："归而谋诸妇，妇曰：'我有斗酒，藏之久矣，以待子不时之需。'"若无闰之，岂不是无法成就这流传千古的名篇？

苏轼还有一个红颜知己叫朝云，后为苏轼之侍妾。苏轼有许多诗是跟朝云有关的，例如"玉骨那愁瘴雾，冰姿自有仙风""素面翻嫌粉涴，洗妆不褪唇红"。最为大家熟知的故事当属"一肚皮不合时宜"。据说苏轼在当翰林学士的时候，一天饭后，摸着肚子问大家自己肚子里装的是什么，有人说是文章，有人说是学问，只有朝云说"学士一肚皮不合时宜"。苏轼被谪岭南，众侍妾相继离去，只有朝云不肯离开，随东坡一起到了惠州。而在朝云死后，东坡也是终生不再听《蝶恋花》"枝上柳绵吹又少，天涯何处无芳草"。

我们很多人都爱苏东坡，爱他的诗词文，爱他的书法绘画，爱他的人生态度。"道大不容，才高为累"（李廌），"挟以文章妙天下，忠义贯日月之气"（黄庭坚），"使世有东坡，虽相去万里，亦当往拜之"（高宪）。苏东坡就是苏东坡，是文人、政治家、诗人、豪放派的开创者，更是羽化的谪仙，是一种精神的存在。

参考文献

王水照,朱刚.苏轼诗词文选评[M].上海:上海古籍出版社,2011.

导读人简介

孙莉玲,研究员、管理学博士、东南大学图书馆党总支书记,致力于做一个文化传播者和优秀的阅读推广人。

江山更迭　大师远去

导读人：张一弛

　　《南渡北归》是我列在书单里多年却不敢轻易开启的书。一是因为它篇幅巨大，二是因为它思想厚重，是一本"大书"。作家岳南八年磨一剑，终于在2011年让这本皇皇巨著出版面世。此后本书屡次加印，风头不减，得到海峡两岸读者的高度评价，更是一度成为各平台畅销书榜的座上宾。

　　《南渡北归》共分为《南渡》《北归》《离别》三册，时间跨度几乎覆盖了中国整个20世纪，被称为"首部全景再现中国最后一批大师群体命运剧烈变迁的史诗巨著"。第一册《南渡》时间从1937年七七卢沟桥事变始，继之平津沦陷，北大、清华、南开等大学南渡西迁，自长沙到昆明、蒙自办学的岁月，同时涉及中央研究院史语所、同济大学、中国营造学社在抗战烽火中艰难跋涉的历程。第二册《北归》时间跨度约为抗战中后期至1948年末，包括国民政府抢运国宝与"抢救学人"计划，连同选举首届中央研究院院士。这一部着重描述了抗战胜利前后，流亡西南的知识分子的学术追求、思想变化与人生际遇。第三册《离别》描述了流亡西南的知识分子，在回归久违的故土家园之后，因内战爆发和各自的政治歧见，不得不忍痛离别，遥天相望，以及在海峡两岸不同的生活环境和政治氛围中所遭遇的命运剧变。

　　在更迭的历史中，大师远去，读者在唏嘘慨叹之余更惊异于岳南对20世纪知识分子深刻而独特的研究：为了这部作品，他历经8年的长途跋涉，三下江南、西南边陲实地采访与考察，参阅上千万字史料。在我看来，《南渡北归》采用的是一种文学、历史、学术的跨文体写作方式。它采用章回体小说的形式。其中的文学笔触对埋藏于历史沉浮中的人事纠葛、爱恨情仇进行了有理有据的释解,对于作品中涉及的历史事件的考据也充分具备了学术研究的严谨,可谓"在史中求史识",给予了读者丰富的"历史的教训"。想开启《南渡北归》这部"大书",可以从以下三把"钥匙"着手。

一、知识分子群像

《南渡北归》这本书最为突出的成就就是呈现了一幅波澜壮阔的近现代知识分子群像图。在"民国热"再度兴起的当下,不可不谓给读者带来了一场沉浸式的有关近现代整体风范和集体人格的诗意体验。著名画家陈丹青曾在《新周刊》访谈录中如是谈及近现代:"民国作为国体,是短命的、粗糙的、未完成的,是被革命与战祸持续中断的褴褛过程,然而唯其短暂,这才可观。一个现代国家现代文明的大致框架,就是那不到三十年间奠定的,岂可小看。单说近现代的大学教育,今时休想望其项背。"蔡元培、陈寅恪、王国维、胡适、傅斯年、蒋梦麟、梅贻琦、李济、冯友兰、梁思成、林徽因……这些频繁出现在作品中的名字,正是中国20世纪初教育与文化界的大师与巨匠。他们共同汇成了历史长河中一个璀璨炫目的群星闪耀之时。

洋洋洒洒百万余字,出场人物之众,不可胜数,关系之密,极难思量,而《南渡北归》对群像人物关系的处理手法颇具"水浒遗风"。它采用以一个人物或一个事件引出另一个或一组人物的方法,让已经出场的人物带出还未出场的人物。比如在介绍梁思永时,岳南首先谈及了其父梁启超与我国考古学之父李济肇始于清华国学研究院的深厚友谊。当时的梁思永正在大洋彼岸美国哈佛大学就读考古人类学专业,梁启超在给梁思永的家信中,多次提到李济的田野考古发掘:"李济之(李济)现在山西乡下(非陕西)正采掘得兴高采烈,我已经写信给他,告诉以你的志愿及条件,大约十日内可有回信。"正是梁启超为儿子的精心安排促成了梁思永归国后便跟随李济到处田野调查,开启了中国近代考古之先河。而在引出中国生物学家童第周时,岳南则先书写了英国剑桥大学教授、科技史家李约瑟的李庄之行,更重要的是引入了中国科学技术史研究的发展历程。李约瑟的李庄之行拜会了多年前在比利时相识的朋友童第周,从一个外国人的侧面视角观察了抗战时期我国知识分子恶劣的工作环境和高昂的工作热情。更为隐秘的是,李约瑟对童第周的特殊关怀引发了当时同济大学校长丁文渊、教务长薛祉镐以及童的顶头上司——生物系主任的合力打压排挤,逼得他不得不放弃这个生发梦想与光荣的实验室,前往重庆北碚的复旦大学任教。这种处理群像人物关系手法的精妙之处就在于它不仅使得诸多人物之间往来亲疏的脉络有迹可循,而且妥帖地将处于各个关键历史节点的主要人物与次要人物区分。

《南渡北归》在刻画近现代知识分子群像上另一可圈可点之处在于其立体化的呈现方式,岳南不是用同类单一形容词组成的人设去定性每一个历史人物,而是能挖掘出他们的多面性,使他们变得鲜活可感,成为可以被读者真真切切触摸到的真实个体。譬如我们此前不会知道,胡适在美国哥伦比亚大学进行博士论文答辩时,也曾铩羽而归,而他大名鼎鼎的导师杜威教授只是冷眼旁观,假装糊涂。而在谈及鲁迅与顾颉刚盘根错节的矛盾时,他坦率写到,鲁迅在厦门大学任教时得知顾颉刚应林语堂之邀也要来任教,誓不愿与之为伍选择辞职离任。鲁迅先生在中国现当代历史上是一位伟人,但在面对生活中各种人际交往时他也是个有人性的普通人,他有自己的爱恨情仇、偏好憎恶。近现代时期另一桩热闹的绯闻的前因后果在书中亦有铺陈,那就是林徽因与冰心关于"太太的客厅"的龃龉。在这个故事里,绝顶聪明又心直口快、好强善辩的林徽因几乎是所有妇女的仇敌,冰心则以温婉伴着调侃的笔调,对当时由林徽因主持的"北平最有名的文化沙龙"——太太的客厅做了深刻的讽刺与抨击,在客厅的不在客厅的平津文化界名人圈一时暗潮涌动,百态横生。另一个给我留下深刻印象的是岳南个人最喜欢的人物——傅斯年的另一面。在岳南的笔下,这位自幼聪颖好学,熟读儒学经典,号称"黄河流域第一才子"的傅斯年仿佛天神下凡,是学界公认的学霸和学阀,脾气很大,霸气十足,但他在老母亲面前却不敢高声语,是出了名的大孝子。母亲发怒时他便长跪不起,知道有高血压的母亲因忌吃猪肉不悦,便嘱咐妻子俞大綵"让她吃少许……念及母亲,茹苦含辛,抚育我兄弟二人,我只是想让老人家高兴,尽孝道而已"。这些或有趣或尴尬或感人或微妙的细枝末节,一改读者对这些从教科书上认识的历史人物的刻板印象与固有偏见,让这幅近现代知识分子群像图有了更缤纷的色彩,更立体的形态,那些沉浮于历史中的前人旧事在岳南老到的笔触下,逐渐清晰。

二、史家语言风范

任何一本史书传记,都无法避开号称"史家之绝唱"的《史记》的影响,但也没有哪一本史书能超越它的成就，虽不能至，心向往之，其精髓和根基永远是后世所有史家学习效仿的圭臬，《南渡北归》也不例外。无论是搜集和处理史料的方法，还是描述历史事件的语言，《南渡北归》作为一部纪实文学都力图"回到现场""回归真相"，不失史家风范。

首先，《南渡北归》在整体结构上按照纵向的时间顺序推进，并以插叙与补叙的叙述方式进行补充，将脉络复杂、旁枝丛生的事件处理得干净利落。比如在讲述抗战结束后的"闻一多遇害谜案"时，岳南着重追溯了战时环境下闻一多从学者到"斗士"转变的前因后果。据梁实秋和梅贻琦等人的回忆，闻一多并非从一开始就热心于政治活动和社会革命，抗战前夕他甚至还自命清流，与世无争。战争导致闻家家徒四壁，生活穷苦，他对国民党反动派的不满也日益激增，再加上与曾经的学生、民主同盟中委——吴晗的交往，他不再于"十字街头"徘徊踟蹰，而是抬头挺胸向着同侪们奋臂呼唤的红色光明之路大踏步奔去。1944年西南联大举行五四文艺晚会，闻一多发表了题为《新文艺与文学遗产》的讲演，这标志着他正式走到前台亮相，由学者转变为一位政治"斗士"，以至于后来在李公朴治丧委员会结束后惨遭国民党特务分子暗杀，当场气绝身亡。同时，岳南也极擅长以微小事件埋伏笔，可谓"草蛇灰线，伏脉千里；管中窥豹，可见一斑"。尤其是对于国民党最终覆灭的原因，岳南在全书中做了大量铺垫：香港失守后，最后一架飞机——中航空中行宫号呼啸着降落启德机场，蒋介石的"老二"，时任国民政府行政院副院长兼财政部长的孔祥熙的夫人宋霭龄、女儿孔令俊将本该在"抢运"之列的文界政界名流都阻挡在圈外，霸占了整架飞机，宁可让两只德国纯种洋狗坐座位也不愿多带任何人。抗战结束后，震惊中外的"一二·一"血案更是暴露了蒋介石嫡系官员李宗黄的愚蠢和残忍，当事者不仅不反思罪愆，引咎辞职，还妄图寻求蒋介石的庇佑，甚至仍沉迷于政府内斗，意图把屎盆子扣在政治对手卢汉的头上。

其次，注与传相结合也是本书的一大特色。注释的大量使用并非岳南的独创，这个方法古已有之，早在《三国志》裴松之的注就开创了历史先河。这种直接添加史料作为注释的方式，需要搜集查阅大量的第一手资料，包括名人自传或他传、口述史、往期报刊等等，能够最大程度确保文本的客观性和表述的原汁原味，同时还能照顾行文的节奏。而且，岳南也十分注重史料间的相互比较和双向印证，去伪存真。例如傅斯年在抗战期间为梁林夫妇请求补助一事，其实并没有直接的文献记载,岳南先是根据傅早年在北平与二人的交往判断,然后翻阅到被台湾史语所傅斯年档案整理者王汎森重新发现并公之于众的林徽因写给傅斯年的信才予以确定。如此多方考证而来的结果,其学术价值和史料价值,不言而喻。

最后,《南渡北归》延续了《史记》中最为经典的"太史公曰"的内核,完成了画龙点睛的一笔,提高了作品的思想性。岳南并没有受意识形态和个人喜恶影响,尽可能地站在公平公正的视角,把功过留给后人评说。谈及任何历史,每个人一定都有自己的主观偏向,这与他的出生背景、所接受的教育、社会文化环境等诸多因素都密不可分。岳南或许在字里行间也透露出他的个人趣味,在尽兴处难敛豪言壮语,但《南渡北归》在整体上仍是一本值得读者信任的对完备详实的史料进行客观解读的好书,如肯定了国民党将士在抗日正面战场上所发挥的中流砥柱的作用;就张自忠和周作人是不是汉奸分别列出了他们的事迹行径和生前身后的判处;对冯友兰晚年深陷的"作假风波"发出了"闻者足戒"的警醒……并且在没有史料或者无法合理推测的情况下不予置评。他的评述同时也启迪读者,读历史、读文学、读众生归根结底都是在读自己,心境万象。只有提高自身的格局,扩宽自我的边界,才能抵达人生的大智慧、大境界。

三、人文精神回响

《南渡北归》同时也是一部闪耀着人文关怀和人道主义光辉的历史传记作品,换言之,整本书都氤氲着浓厚的人文主义精神。所谓人文精神,表现为一种普遍的人类自我关怀,表现为对人的尊严、价值、命运的维护、追求和关切,对人类遗留下来的各种精神文化现象的高度珍视,对一种全面发展的理想人格的肯定和塑造。这一点首先体现在第一、二两册中对八年战时艰苦环境下以西南联大为代表的高等学府的描述上。

1937年卢沟桥事件爆发后,位于平津地区的高校不得不选择退避内陆地区,可刚到长沙没多久,日军的攻击以不可抵挡的架势继续挺进,为了保存民族文化的火种,当局发出指令:各高校继续南迁前往昆明办校。南渡之路异常艰辛,高校师生们每天自清晨走到傍晚,甚至披着星光走二三十里路,走到天都放亮了。旅途满是风尘与疲惫,还要躲避土匪的抢劫,担惊受怕。最终在湘黔滇旅行团团长黄师岳的保驾护航下，南渡队伍得以完整地抵达昆明。在这样的情形下，彪炳青史、永垂后世的西南联合大学建立起来。国民政府任命蒋梦麟、梅贻琦、张伯苓等三人为西南联大常委，共同主持校务。为鼓励师生精神，坚持文化抗战的决心，表达中华民族不屈的意志，西南联大以"刚毅坚卓"四字为校训，同时选定由联大文学院院长冯友兰用《满江红》词牌填写歌词，清华出身的教师张清常谱曲的词曲作为校歌。歌词荡气回肠，令人动容：

> 万里长征，辞却了，五朝宫阙。暂驻足，衡山湘水，又成离别。绝徼移栽桢干质，九州遍洒黎元血。尽笳吹，弦诵在山城，情弥切。
>
> 千秋耻，终当雪。中兴业，须人杰。便一成三户，壮怀难折。多难殷忧新国运，动心忍性希前哲。待驱除仇寇，复神京，还燕碣。

中国历史上共有三次南渡，南渡之人，未有北归者。中华民族确实到了危急存亡的时刻了，西南联大对于"九一八"以来的危局，梅贻琦就特别提醒过师生"我们现在，只要谨记住国家这种危急的情势，刻刻不忘了救国的重责，各人在自己的地位上，尽自己的力，则若干时期之后，自能达到救国的目的了。我们做教师做学生的，最好最切实的救国方法，就是致力学术，造成有用人才，将来为国家服务"。

西南联大的师生们也的的确确做到了：处于战时环境的西南联大，不仅发不出工资，需要教师们变卖家产，做手艺活儿贴补家用，而且经常遭受日军的空袭，校舍被毁，朝不保夕。后来越南沦陷，昆明又失去了一道保护屏障，史语所内迁至四川的一个无名村庄——李庄，李庄地处偏僻，几乎没有任何可用的医疗条件，再加上当地长期燃烧含硫量很高的煤块，与长江及其支流嘉陵江这两条大川的水蒸气混在一起，便成了烟雾，使得肺结核蔓延很广。许多人都未能幸免，其中就包括中央研究院社会学研究所所长陶孟和之妻沈性仁不治身亡，林徽因也因此常年缠绵病榻。除了物质的极度缺乏，精神也难得安宁。陈寅恪在1942年6月19日致傅斯年的信中有这样一段泣泪滴血的叙述："至精神上之苦，则有汪伪之诱迫，陈璧君之凶恶，北平'北京大学'之以伪币千元月薪来饵，倭督及汉奸以二十万军票（港币四十万），托办东亚文化会及审查教科书等，虽均已拒绝，而无旅费可以离港，甚为可忧，当时内地书问（信）断绝，沪及广州湾亦不能通汇，几陷入绝境。"位于沦陷区的知识分子动辄便会受到日本军队和汪伪政府的恫吓和盘问,几乎无法独善其身,要么选择做遭万世唾骂的汉奸,要么只能顶住巨大压力艰难度日。苦难并不值得被鼓吹颂扬,苦难就是苦难,它以生命的痛楚和牺牲为土壤,侵蚀本就渺小脆弱的人类群体。但是苦难无法避免,从这些大师们的人生际遇就可以看出,无论出生富贵还是贫贱,无论多么意气风发卓绝群伦,命运的当头棒喝从不会遗忘任何一个人。但他们从未放弃自己的学术研究和科研生涯,始终践行着自己在民间岗位上的职责,让浩然之气和清正之风播撒至整个国土大地,吹拂人文蒙自南湖的茵茵绿柳,唱响月亮田的声声蛙鸣,滋养板栗坳的温馨院落。

更令人惊喜的是,岳南对保家卫国的英勇战士和劳苦大众的关注和敬重使《南渡北归》的人文精神有了更为普遍的人文价值。傅斯年在抗战时期就清醒地意识到"中国人之力量,在三四万万农民的潜在力,而不在大城市的统治者及领袖。中国的命运,在死里求生,不在贪生而就死"。百年之后,岳南给出了跨越时空的回应:傅氏对民族抗战与复兴力量的认知,确是高瞻远瞩又细察分毫的,准确地参透了中国的病根,把住了胜败的命脉。

读《南渡北归》是个坐冷板凳的差事,这意味从翻开它的那一天起,整整一个月都要与寂寞相伴。奇怪的是,等真正进入《南渡北归》的语言世界时,我并不觉得冷清孤独,相反我觉得很热闹:那些活灵活现的人物,那些跌宕起伏的故事看得我时而忍俊不禁,时而潸然泪下,时而默默无言。在读到《离别》最后一章"悲回风"时,我甚至有些不舍,作品以中国近现代著名哲学家金岳霖与其学生殷福生,在1943年的一个秋风吹拂、月光斑驳的夜晚于昆明西南联大院内的对话收尾:

殷:现在是各种主义相争雄的时候,请问老师哪一派才是真理?

金:凡属所谓"时代精神",掀起一个时代人兴奋的,都未必可靠,也未必能持久。

殷:什么才是比较持久而可靠的思想呢?

金:经过自己长久努力思考出来的东西。

巨擘相携的时代已然落幕,历史的书页就这样轻轻翻过,温柔又残忍,缱绻也无情。

参考文献

［1］岳南.南渡北归［M］.长沙：湖南文艺出版社,2011.

［2］丁文江,赵丰田.梁启超年谱长编［M］.上海：上海人民出版社,
    2009.

［3］聊城师范学院历史系,聊城地区政协工委,山东省政协文史委.傅
    斯年［M］.济南：山东人民出版社,1991.

［4］傅斯年.日寇与热河平津［J］.独立评论,1932,第13号.

导读人简介

张一弛,东南大学中国语言文学硕士。

爱以闲谈消永昼

导读人：吴韩林

　　《繁花》是作家金宇澄于2012创作的一部长篇小说。该作品一经出版，随即被评为年度中国小说排行榜长篇小说第一名，并成功摘获第九届茅盾文学奖。《繁花》上承韩邦庆《海上花列传》，在张爱玲与王安忆的上海书写之外，找到了一条全新的叙事道路。值得注意的是，这样一本颇具传奇性的作品，与当下小说的产出方式有所不同，它最初是在一个用上海话写作的网站上连载的，从一开始也就不可避免带着些网络文学的烙印。《繁花》作为这样一本"奇书"，屡获大奖，评论家也对其赞不绝口，但它究竟好在哪儿？或许后记中金宇澄本人对于《繁花》写法的评述，为我们理解这本书提供了一个窗口："放弃心理层面的幽冥，口语铺陈，意气渐平，如何说，如何做，由一件事，带出另一件事，讲完张三，讲李四，以各自语气、行为、穿戴，划分各自环境，过各自生活。对话不分行，标点简单。"本文将据此从《繁花》的标点、句法、词汇、段落、篇章结构以及小说的主题意蕴等角度来阐释《繁花》的叙事特征，论述《繁花》是如何突破当下长篇小说的叙事传统并建立起一种全新的叙事美学的。

一、句读之间，繁花丛生：从符号生出意义

　　金宇澄所谓的"标点简单"，即在《繁花》全书当中仅使用逗号和句号来完成标点任务。既然选择"放弃心理层面的幽冥"，体现在《繁花》的符号系统上，便是放弃使用如引号、感叹号、省略号、问号等能够承载丰富语义的符号表征。随着五四前后西方标点的引入，文学作品对于符号规范的要求渐渐达成某种共识并一直延续至今。除了规范的需要，符号背后传达出的文本意义也为作

者叙事提供了某种便捷,对此体现最为明显的便是当代作家路遥。路遥对于抒情的需要非常依赖符号的表达,据学者统计在路遥《平凡的世界》一书中,感叹号共有5080处,与全文文字比例达到0.00623。但随着小说家创作意识的不断提升,标点符号如何使用,何处停顿,便是作者不得不考虑的一个现实问题。具体来说,《繁花》频繁地使用逗号和句号,在基本的叙述需求之外,进一步达到远超符号本身的功用。比如下面这一段话是陶陶买大碟时结识潘静,向她讲解"蟹经":

> 陶陶说,螃蟹和大碟,道理一样,必须了解对方背景,有不少大领导,江南籍贯,年轻时到北面做官,蟹品上,不能打马虎眼,苏州上海籍的北边干部,港台老板,挑选上就得细致了,必须是清水,白肚金毛,送礼是干嘛,是让对方印象深刻,大闸蟹,尤其蟹黄,江南独尊,老美的蟹工船,海上活动蟹罐头工厂,海螃蟹抓起来,立刻撬开蟹盖,挖出大把蟹黄,扔垃圾桶,蟹肉劈成八大块装罐头,动作飞快,假如送礼对象是老外,您还真不如送几磅进口雪花或西冷牛扒,至于真正的北面人,包括东北,四川,贵州,甘肃,一般的品相就成了,配几本螃蟹书,苏州吃蟹工具,镇江香醋,鲜姜,细节热闹一点,别怕麻烦,中国人,只讲情义,对陌生人铁板一块,对朋友,绵软可亲,什么法律,规章制度,都胜不过人情,一切OK的。

该段一共49处逗号,看似"啰里啰唆",但却在这种连续的短句当中,把陶陶对于"蟹经"的谙熟表现得活灵活现,语调十分欢快轻松。跟一逗到底相反的情况,是频繁使用句号,如阿宝和雪芝之间的一段对话:

> 雪芝说,就看阿宝讲啥了。阿宝说,讲啥。雪芝笑起来。阿宝说,讲啥呢。雪芝笑了。阿宝说,明白了。雪芝说,讲讲看。阿宝说,我讲了。雪芝睁大眼睛。阿宝说,我就讲,我是雪芝男朋友。雪芝笑起来说,聪明,也是坏。两个人笑笑。阿宝沉吟说,真的不要紧。雪芝笑笑。

122个字当中一共用到14处句号,加上标点,平均每句完整的话不到9个字。很明显这些句号都是作者的有意为之,不能简单替换成逗号。句读是中国传统标点的习惯,一句话说完了就用句号,没说完就用逗号。因此句读不仅承载着符号的叙事功用,同时也承载着语义的功用。在这段话中,频繁地使用句号,既是语义的结束，也是阿宝和雪芝之间的你来我往与短兵相接，将两人暧昧而又互相试探的情致表现得非常充分。另外值得一提的是，这段话里共有9个"说"和7个"讲"：叙述语言用"说"，照顾读者的阅读需求；人物语言用"讲"，记录人物对话的实际情况。两者泾渭分明，绝不相混，这实际上体现出作者对于作品语言使用的高度自觉。

既然金宇澄选择放弃使用句读以外的其他符号用语，那么在表现语义的时候便会不时呈现出极大的模糊性。如在"沪生说，陶陶卖大闸蟹了"这句话中，汉语是音义结合体，在传递意义的时候有听声的需要。但当能够表意的符号退出，在说话的语气上便呈现出一种不定的状态。这句话既可以解读成十分自然的问句："陶陶卖大闸蟹了？"也可以解读成陶陶内心暗暗的感叹："陶陶（怎么）卖大闸蟹了！"个中滋味，或许只有听话者自己知道。巧妙的是后续陶陶也并非以明语作答："长远不见，进来吃杯茶。"倘若在原话后面使用一般意义上的问号或者感叹号，虽然表述十分明确，但两人对白之间丰富的韵味却全然失去了。

二、词汇与句法：细碎绵密的方言写作

金宇澄曾在《繁花》的创作谈中说道："《繁花》的用意是，保留地域的韵味，谋求非上海读者，因此前后改了20遍，叙事努力做到去除上海话的文字屏障，表现各式各样的普通上海人。"也就是说，《繁花》是一部用改良的上海话所创作的上海小说。

前面有提到，《繁花》最初在用上海话创作的网站上连载，因此小说的原貌和最后呈现出来的样子其实有很大差别，原本的上海话很浓。但好在金宇澄拥有20多年担任《上海文学》编辑的经验，面对来稿中方言的表达和处理，自有编辑的身份警觉。因此，金宇澄在遵守"母语表达通道"的同时，对文本中上海话的改良可谓是颇费苦心。在最基本的人称方式上，《繁花》中不用"侬"（你）、"伊"（他/她）、"阿拉"（我们）、"伊拉"（他们/她们）等上海话表述，更多时候采取的是直呼其名的方式。这一方面体现着金宇澄作家意识的自觉，因为如果外地读者翻开《繁花》，满篇都是"侬""伊""阿拉"之类的上海话称谓，大概率是看不下去的。另一方面，用直呼其名的方式替换人称代词，也会呈现出一种别样的意趣来。如："阿宝说，李李为啥不考虑。"这句话，如果替换成："阿宝说，你

为啥不考虑?"虽然表述的语义是相同的,但是借用问号和代词带来的叙事效果却有很大差别。《繁花》当中人物的名字几乎都为双字,而且有不少是叠字,如"陶陶""兰兰""李李"等等。叠字本就带有一种与生俱来的亲昵和暧昧,在特定的时候,称谓指涉的不仅仅是听话的那个人,更在说话者与听话者之间传递着某些情感。阿宝对李李所言的"李李为啥不考虑"即是其一。

另外,在某些词汇的处理上,金宇澄选择摒弃那些看不懂的,以及可能产生误解的上海话,前者如"豪稍"(上海话意为"赶快"),后者如"快一眼"(上海话意为"快一点",容易被读者误解为"快去看一眼")。而对于某些有独特文化涵义的词汇,会稍稍加以铺垫和解释,如"挺尸"一词,在小说中,小囡蓓蒂由于兔子死了哭泣不吃饭,绍兴阿婆生气了就说:"我还没死,等我挺尸了,再哭。"前面稍加铺垫,读者自然就会明白"挺尸"是什么意思。又比如"铁板新村",在上海话中是"火葬场"的意思,当两人吵架时,其中一人说"早点去铁板新村火葬场",两者并用,自然就不会引起读者误解了。正是诸如此类改良的用心,《繁花》虽然用的是上海话写作,但读者只要耐心去读,完全不会感觉到隔阂。对此,我们可以看一下用苏白写成的《海上花列传》中的一段:

> 老实搭耐说仔罢:二少爷来里耐府浪,故末是耐家主公;到仔该搭来,就是倪个客人哉。耐有本事,耐拿家主公看牢仔,为啥放俚到堂子里来白相? 来里该搭堂子里,耐再要想拉得去,耐去问声看,上海夷场浪阿有该号规矩? 故歇勤说二少爷勿曾来,就来仔,耐阿敢骂俚一声,打俚一记! 耐欺瞒耐家主公,勿关倪事;要欺瞒仔倪个客人,耐当心点!

外地读者虽然大致能够明白这段话表达的是什么意思,但读下去却比较困难。同为吴语区的方言,可以说《繁花》找到了一条十分合适的表达通道,这对于当下尝试用方言写作的人来说,是非常值得借鉴和模仿的。方言不仅仅是地区的交流用语,它的背后更体现着一种有别于普通话的思维习惯。但是真正想要外地人也能进入并且尝试接受这种思维表达,却又十分困难。《繁花》树立了方言写作的一种典型,无论从哪个角度来说,其文学价值都是毋庸置疑的。

除去词汇的改良,《繁花》中的句式特征也十分值得关注。据沈家煊的取样统计,《繁花》的句长,平均每句5个字,其中7字以上的句子只占12%。这种大致等长的短句并置,会产生极强的韵律感。如"金妹穿无袖汗衫,端菜进来,颈口流汗，一双藕臂，两腋湿透""我娘有气无力，闷声不响，拿起衣裳，看我穿，一把眼泪，一把鼻涕"，乍一看句子非常破碎，不符合汉语的表达习惯，但倘若我们细心观察人们在家长里短时的日常日语，其实大多数时候句子都是非常短的，因为彼时的句子本身并不承担叙事之外的其他功能。《繁花》所采用的，即是这种日常的语言。与金宇澄的写作方式明显不同，莫言的小说极尽描写之能事，句式华美瑰丽，充斥着大量的形容词、副词等修饰语，或是通过多层句式的嵌套，在一句话里囊括巨大的信息量，有时甚至刻意不用标点，比如《复仇记》中的这一段：

> 他们看到她看着那个白玻璃的酒瓶子想到这只盛过葡萄糖注射液的瓶子里泡着一根弯弯曲曲的黑树根一样的东西想到这物是鹿鞭即公鹿的阴茎很恶心猛然一惊难道是妊娠反应怪不得他像匹种猪一样整夜折腾肚皮好像要着火一样一股墨绿色的胃液与胆汁的混合物慢悠悠爬上她的咽喉他们清清楚楚地看到从这时刻起他们获得了洞察别人五脏六腑的能力。

这种近似西方意识流的写法，与文坛盛行一时的"翻译腔"融为一体，将汉语叙事的句长伸展到前所未有的地步，不少作家以此把句子是否写长、写难视为展现自我创作能力的一种标识。莫言甚至曾旗帜鲜明地宣称："长篇小说不能为了迎合这个煽情的时代而牺牲自己应有的尊严。长篇小说不能为了适应某些读者而缩短自己的长度、减小自己的密度、降低自己的难度。我就是要这么长，就是要这么密，就是要这么难，愿意看就看，不愿意看就不看。哪怕只剩下一个读者，我也要这样写。"在小说创作大爆炸的二十世纪八九十年代，这种语言的狂欢，对当时的读者来说毫无疑问是一种十分陌生化的表述。正是这种陌生化的语言，进一步孵化出全新的叙事规则，给予当时的文坛以猛烈的冲击，涌现出不少可圈可点的佳作。但当这种写作方式被泛用乃至滥用，成为作家惯用的写作伎俩后，又会给读者带来审美上的疲劳。正是在这种情况下，《繁花》诞生了，它让我们看到了一种全新的叙事规则——让文学回到日常用语。但这种"回归"，并不是我们所熟悉的"回归"，而是陌生化的"回归"，回归到那些已经被我们所忽视的表达习惯当中。《繁花》的日常用语，与韩冬、于坚等"第三代诗人"强调的"口语写作"有不少实质上的共通之处，最初是形式上陌生，在形式中进一步产生内容的陌生，并从陌生中翻出新意，生出别样的文学。

实际上,《繁花》中不少看似破碎短句的连续使用自有其理论的合理性。汉语的表达呈现出一种线性的结构特征,较小的单句不仅有表述自身的作用,同时也承担着补充前一句以及说明后一句的任务,即形成所谓的"话题链"。如《繁花》中的这句"小菜蛮多,今朝庆祝啥呢,国民党生日",其中"今朝庆祝啥呢"即补充前一句"小菜蛮多",同时又引出下一句庆祝的原因是"国民党生日"。又比如这一句"八十年代,上海人聪明,新开小饭店,挖地三尺,店面多一层,阁楼延伸",从"上海人聪明"开始,一句话代表一个话题,由前一句而又自然地引出下一句,层层嵌套。这种小句与小句之间,并不需要借助连词,通过句式并置,"连接的意思靠现场推导,尽管有语法学家指责这样的说法含糊不清,这仍然是老百姓乐意采用的口头表达方式,人人都懂,人人都会"。

当改良上海方言遇上破碎的短句表达,带来最直接的效果便是读者阅读速度的下降。同样的篇幅,阅读《繁花》所花费的时间几乎是其他文学作品的两倍。俗话说,好的书籍本身就能够告诉读者应该用什么速度去阅读它,《繁花》正是属于低速的那种。也正是这种慢阅读,能够让读者完全沉浸到小说的氛围中去,获得的阅读体验相较于一般作品来说也是更好的。

三、段落与篇章:在复调中独奏

《繁花》是不爱分行的,常常出现一大段文字不分行的情况。但是在当代的诸多小说中,作家都深知读者的阅读偏好,大段的文字在视觉呈现上会让读者感到疲惫并且敬而远之,反而是分段分行的简约排版可以带来不错的阅读体验。但《繁花》恰恰反其道而行之,比如在第二十二章中,从康总和梅瑞吃咖啡开始写起,两人你一言我一语,先后聊完了康总的失身,梅瑞眼中会所女人的打扮,康总所知道的大领导勾引女人的种种措施,梅瑞一位交际花的同学在场面上的应酬功夫以及康总去女子教养所的经历等内容,几乎整整3页的篇幅,在一段当中写尽,全不分行。这种写法虽然会带来一定的视觉疲劳,但也会产生别样的叙述效果,即在一曲独奏当中,保证内容和意义的相对完整性,这点在人物的独白方面体现得尤为明显。在第二十五章中,阿宝受到父亲的委托去看望一位地下党员的妻子黎老师。小说接近五页的内容,有3页多的篇幅几乎全是黎老师的自述,将自己一生坎坷的经历向阿宝娓娓道来,如何和自己的丈夫相识、结婚,上海解放前后的遭遇以及当下和邻居的关系等。全文不分段落，看上去是完整的一大段文字，实际上也是黎老师完整的一生。金宇澄自己也曾说："《繁花》是看不快的——它没有水分，挤在一起。我如果分行，按一般方式排列《繁花》内容，估计就有三到五大本了，传统叙事的每章就是一整块文字，有话则长，无话则短，把事交代了，主要的说了就完了，中国式的简洁。"

除了段落上的不同，《繁花》在篇章结构的安排上也独出心裁，以一章《引子》始，一章《尾声》结，此外全文共三十一章。在前二十八章中，以大写的繁体字标示出奇数章节（如"拾壹章"），写的是二十世纪六七十年代的故事；以简体字标示出偶数章节（如"十二章"），写的是二十世纪九十年代至今的故事。前后双线叙事，逮至二十九章后两条线索开始合流。这种强行错位的叙事方式，会在文本中产生复调的效果。巴赫金曾在评价陀思妥耶夫斯基的长篇小说时说："有着众多的各自独立而不相融合的声音和意识，由具有充分价值的不同声音组成真正的复调。"并进一步指出在他的作品中，"不是众多性格和命运构成一个统一的客观世界，在作者统一的意识支配下层层展开；这里恰是众多的地位平等的意识连同它们各自的世界，结合在某个统一的事件之中，而互相间不发生融合"。《繁花》前后的两部分叙事即交相呼应形成复调。在二十世纪六七十年代的政治变革中，军队干部家庭的沪生、资产阶级出身的阿宝以及工人阶级家庭的小毛三人展现出不同的生活侧面，沪生和阿宝由于身份原因均生活在家庭的动荡与变故当中，小毛在这个过程中却几乎没有受到"文革"的影响，通过彼此之间的参照与对话，在共时叙述下展现出生活的多个维度。而逮至九十年代后，沪生和阿宝翻身发迹，小毛的生活却每况愈下，最后住进医院。即所谓"三十年河东三十年河西"，两相又形成对照。另外，在内容呈现方式上，"文革"前的生活虽然是高压的，但是小说多数时候却表现得十分诗意，描写小孩之间集邮、荡马路、谈天说地的日常细节。同时这一时期的情感也是十分天真烂漫的，如阿宝和蓓蒂的两小无猜、沪生与姝华之间的青涩懵懂等等。可到了九十年代以后，便是一场接一场的饭局，觥筹交错，调情暧昧，处处都充满着欲望。前期的生活压抑但却十分诗意与自然，后期的生活自由却又分外肮脏与世俗。特别是在交替进行的叙述方式下，两者之间又形成回望之势，共同奏响上海历史的大乐章。

事实上，在当代小说中，这种分章节双线的古今叙述模式，《繁花》并非首创,比较典型的有霍达的《穆斯林的葬礼》以及李佩甫的《生命册》等,但《繁花》处理得比他们更为巧妙的是前后两部分叙述节奏是变调的:前一部分从六十年代开始往后有十几年的时间;但九十年代以后在时间跨度上却短了很多,从第八章中汪小姐去常熟一直到后面怀孕以及即将生产,前后半年时间都不到,这种刻意的安排可以避免叙述节奏的单调乏味。另外,《繁花》比较独特的是小说进入二十九章以后,借助主要人物阿宝、沪生以及小毛三人的会面,新旧两部分巧妙完成了合流,这也是其他小说所不具备的特殊处理方式。

另外,细心的读者想必都会发现,《繁花》当中的1980年代是缺失的。在小说复调的多声部当中,存在一个明显的历史断裂带,很显然这也是作者的有意为之。那为什么金宇澄会故意采取一种类似现象学"悬置"的方式,将1980年代完全跳过呢?这点从阿宝和沪生两人身上能够得到很好的解释。经历过巨大的历史动荡后,他们两人在九十年代呈现出的状态与六十年代完全不同,虚空与游离变成了日常,一切都是逢场作戏和无意义的,他们俨然变成了浮世繁华的旁观者。而改革开放后的八十年代,正是阿宝和沪生发生转变的关键时期,他们在这十年当中经历了些什么我们不得而知,但那份无比沉重的历史隐痛和人生隐痛,却是永远伴随着他们的。而在这种隐痛背后,阿宝和沪生又不得不纵身跃入大上海的物欲横流当中——既然曾经是时代的弃子,翻身后必然要随着海浪一起向前。金宇澄正是通过这种"悬置"的不写,引导读者去思考使得阿宝和沪生成其当下的原因究竟是什么。

《繁花》以复调为主旋律,不论是在行文的结构还是文本的叙事上,都存在着多声部的共鸣。同时在段落内部,又能够通过大段不分行的独奏方式,给予对白或是独白以完整。更难能可贵的是,在复调的独奏中,能够有"悬置"的留白,用一段虚空来达到无限的写实,给读者留下更多的回响与遐思。

四、主题与意蕴:爱以闲谈消永昼

金宇澄在《繁花》的跋中写道:"我的初衷,是做一个位置极低的说书人,'宁繁勿略,宁下勿高',取悦我的读者。"正是这种"说书人"的姿态,决定了《繁花》的叙事基调以及主题意蕴。

既然金宇澄把自己当成一个"说书人",那就必须要保持叙事主体的客观与冷静。比如在小说第十一章有一段关于"文革"死亡场景的叙述:

沪生想开口，一部41路公共汽车开过来，路边一个中年男人，忽然扑向车头，只听见啪的一声脆响，车子急停，血溅五步。周围立刻是看客鲤集，人声鼎沸。沪生听到大家议论，究竟是向明老师，还是长乐老师。姝华目不斜视，拉沪生朝南走。沪生忽然说，这是啥。姝华停下来看。路边阴沟盖上，漏空铁栅之间，有一颗滚圆的小球。仔细看一看，一粒孤零零的人眼睛，一颗眼球，连了血筋，白浆，滴滴血水。姝华跌冲几步，蹲到梧桐树下干呕。沪生拉了一把，姝华浑身发抖，起身挪到淮海路口，靠了墙，安定几分钟。

面对一个鲜活生命的消逝，金宇澄秉持着"零度叙事"的原则，极力克制自己的情感波动。但恰恰叙述语调越冷静客观，反而越能凸显出死亡本身的残酷以及命运无法掩饰的悲哀。

此外，《繁花》当中的不少故事也是来无影去无踪，比如半夜一点钟小毛打完麻将等电车回家时，碰到一位手拎两只马甲袋的良家女人，无论小毛怎样和她搭话，女人都一声不吭。等小毛上车后，她却一路跟随小毛回了家。没想到的是女人进入小毛家门后瞬间活络起来，开窗，开电风扇，烧水给小毛洗澡，一切熟门熟路，仿佛在自己家一样。等小毛熟睡后，女人则悄悄把自己马甲袋里面的衣服洗了，然后轻轻带上门就离开了。至于这个女人是谁，住在哪儿，为什么半夜三更要到小毛的住房里来洗衣裳，一切我们都不得而知。

对于写作过程中听来的一些故事材料，金宇澄采取的方式也是原文照录，不加增改，别人怎么讲，他就怎么写。按他自己的解释，"当下社会就有这样无数丰富的可能，是这世界的真实，小说如何表现？和过去我们熟识的写作应该不一样，甚至不能说，一解释就是错，到底怎么回事，只提出这些故事就可"。因此，小说中的许多地方都是点到即止的，作者将自己的主体情感和价值评判完全隐藏，以"说书人"的姿态，不表达，只记录；不提供解释，只讲述故事。所以《繁花》会被作家阿城认为是一部"给中国现代的自然主义补课"的小说。

与这种冷静客观的"零度叙事"相对照的，是引起读者对小说中叙事真实性的怀疑。比如在陶陶、小琴以及芳妹三人的情感关系上，芳妹作为陶陶的原配，前文呈现出来的形象十分无理取闹，而第三者小琴则非常乖巧懂事，多扮演一个可怜人的角色。但当陶陶决心和芳妹离婚，小琴却意外失足坠楼而死。陶陶在小琴遗物的笔记中,发现原来这一切都是小琴所设的局。小琴故意打匿名电话挑拨陶陶和芳妹的关系,十分富有心机,她在与陶陶同居的时候还与其他男人保持着暧昧,这与小琴之前塑造起来的角色形象可以说是大相径庭,不仅陶陶想着"独自走进太湖旁,看到万碧波,会不会马上跳下去",就连读者也会感到分外诧异,究竟哪一个才是真实的小琴?另外,在沪生和梅瑞的分手上,沪生的叙述视角中梅瑞是恋爱中途变心;而到了梅瑞这边,却是沪生负心在先,随后自己才接受了家里介绍的第三者。并且在小说中双方各成其文章,作者用了足够的篇幅来论述两种观点的合理性,但事实到底如何呢?读者不得而知。金宇澄也只是采用一种"说书人"姿态,让沪生和梅瑞各自讲各自的故事,把人物的行为和观点都客观地呈现出来,至于孰真孰假,孰是孰非,读者只能自辨。

这种十分冷静客观的叙述方式,用《繁花》扉页当中的话来说,就是"上帝不响,像一切全由我定……"。如果用两个字来概括《繁花》的精神实质,那一定就是"不响"。"不响"在上海话中是"不吭声"的意思,现代汉语中也有"闷声不响"的用法。据统计,《繁花》中一共出现了近1500次的"不响"。根据日常生活的经验,在两人的正常对白中,倘若沉默的间隙超过一定的时长,那么这种沉默必然附属着某种意义,成为对白的一部分,甚至传递出远比对白本身更有价值的信息。另外,在多人高谈阔论之时,独独点名"某人不响",如此特殊的一笔无疑是意味深长的。这种"不响",十分能引起读者的注意,并进一步去揣摩人物内心的情感以及心理活动。《繁花》正是非常巧妙地抓住了这一点,各种人物,生气不响,高兴不响,欲言又止不响,千言万语还是不响。比如银风在洗澡时和小毛的这段对白:

> 银凤说,小毛。小毛不响,水滑过皮肤,毛巾拎起来,身体移动。银凤说,帮阿姐一个忙。小毛说,做啥。银凤说,拿肥皂盒子。小毛不响。银凤说,转过来嘛,不要紧。小毛不响。银凤说,我不便当拿,不要紧,姐姐是过来人了。小毛不响。

在这段话中,银风作为一位独自居家中年妇女,想要勾引青年小毛。金宇澄并未描述小毛任何的心理活动,仅以四次"小毛不响"写出,层层深入,层层递进。面对银风的步步紧逼,小毛虽然愈来愈沉默,但读者分明能够感受到他心中的海浪却翻涌得愈来愈猛烈。换成一般的作家,在这里可能要对小毛紧张的神态、紊乱的内心以及种种不自然的动作展开十分细致的描写,把人物写实写满,但俗话说太满则溢,不如"此地无声胜有声"的"不响"来得巧妙。

《繁花》中不仅有在场者的"不响",同时也有不在场者"不响"。比如小毛的这段话:

> 小毛说,这辈子,我最买账两位闷声不响男人,一就是领袖,一是耶稣,单是我老娘,我老婆春香,一天要跟这两个男人,讲多少事体,费多少口舌,全世界百姓,多少心思,装进两个人肚皮,嗳,就是一声不响,无论底下百姓,横讲竖讲,哭哭笑笑,吵吵闹闹,一点不倦,一声不响,面无表情。

《繁花》是一部以对白来推进叙事发展的小说,在人物的众声喧哗当中能有片刻的"不响",必然格外引人注意。在上述的这段话中,又引出了看似游离在故事之外,实则一直贯穿着整本小说的两位"不响"的人物——领袖和耶稣。这段话在小说中极为重要,它指涉出日常生活的两个侧面,即世俗性和神圣性。前者的"不响"由于政治,后者的"不响"则由于宗教。《繁花》当中的"文革"叙述是模糊化的,因此是偏离政治的;人物的生活同时又是世俗性的,因而又是疏离宗教的。但是这"不响"的两极,却一直潜藏在每个人的心中,影响着他们的价值判断和行为选择。

所以说,"不响"不仅仅是物理性的沉默,更是一种精神性的沉默。个人可以"不响",群体可以"不响",甚至一个时代也可以失语"不响"。上海这座城市的人情世故与历史变迁,都在一次又一次的"不响"中溜走了。

在《繁花》冷静客观的"说书人"姿态下,我们就能够理解为什么金宇澄会把这部小说的主题归结为"爱以闲谈而消永昼"。作者仿佛就是一位古代的说书人,给读者讲了一个又一个的故事,并不做评判,讲完就消失不见了。这就像与人吃茶闲聊,消磨一天的光阴。或许我们对此可以进一步追问:文学作品应不应该提供意义?从金宇澄这里我们看到了另一种姿态的存在——文学不一定要承担宏大叙事的责任,也不必要有醒世警言的作用,只要能够给人们以消遣和感动就足够了。但身为读者,从这种"消遣和感动"中所获得的,相信远比那些空洞的说教来得更加深沉与厚重。

从《繁花》这本书当中,我们会看到一套与现代长篇小说所建立起来的叙事规则完全不同的审美规范。小说家所强调的文学六要素"时间、地点、人物以及事情的起因、经过、结果",在《繁花》当中完全被搁置在后:时间是双线交织,不断跳跃的,人物形象也没有聚焦的中心,不存在绝对的善恶黑白两分。而在故事的讲述方式上,来无影去无踪,模模糊糊真假难辨,也不提供价值评判,让人物自说自话。无论是最简单的标点、词汇、句式、段落还是篇章结构的安排以及最终主旨情感的传递,都对现代小说的叙事传统构成很大的反悖,并在反悖的过程中建立起属于《繁花》独特的叙事美学。

对于《繁花》的解读,本文只是选取一个角度撮其旨意。但正如有些读者所说,阅读《繁花》最好的方式,其实是像脂砚斋读《红楼梦》般,每兴到处,随意评点,不作总述。一个人心中就有一部《红楼梦》,一个人心中亦有一部《繁花》。

参考文献

[1]金宇澄.繁花[M].上海:上海文艺出版社,2013.

[2]耿弘明.现代性体验的分道而行:基于自然语言处理(NLP)的
"《平凡的世界》现象"研究[J].文艺争鸣,2020(2):80-89.

[3]金宇澄.《繁花》创作谈[J].小说评论,2017(3):76-85.

[4]韩邦庆.海上花列传[M].北京:人民文学出版社,1982.

[5]沈家煊.《繁花》语言札记[M].南昌:二十一世纪出版社集团,
2017.

[6]莫言.食草家族[M].北京:当代世界出版社,2004.

[7]莫言.红高粱家族[M].上海:上海文艺出版社,2012.

[8]巴赫金.陀思妥耶夫斯基诗学问题[M].白春仁,顾亚铃,译.石家
庄:河北教育出版社,1998.

导读人简介

吴韩林,东南大学中文系本科在读。

探寻失落的卫星

导读人：武秀枝

在每个人的青春岁月里，都曾有过对外面世界的憧憬，想要一场说走就走的旅行，向往远方，渴望自由。可是，现实生活中总会有这样、那样的原因把人困在原地，无法踏上梦寐以求的旅途。有人说："要么读书，要么旅行，灵魂和身体，必须有一个在路上。"我开始对旅行文学产生兴趣。

最开始知道"刘子超"这个人是在窦文涛主持的《圆桌派》上，这是一个一群文化人坐在一起聊天的节目，刘子超在一众文人中看起来气质独特，认真又内敛，表现出不符合自身年龄的沉稳和谈吐。节目上宣传了他的新书《失落的卫星：深入中亚大陆的旅程》，这本书讲述了他在中亚地区几个名字里都有"斯坦"的国家的见闻。中亚对于很多人来说都是陌生的，也很少会成为人们旅行的目的地。刘子超却用了9年的时间，数次前往中亚腹地，寻觅当地人真实的生活状态。生活中，刘子超是作家、记者，也是北大中文系毕业的高材生。他的文笔独特，不是那种华丽辞藻堆砌出来的美，而是身为记者锻造出来的精简和深刻。阅读本书，感叹于刘子超的勇气和魄力，很多人的旅行也许只能叫"散心"，逃离原本生活的环境，到陌生的地方拍照打卡，证明曾经"到此一游"。而刘子超的中亚之旅，可以说是一种"文化苦旅"。只身一人闯荡在各个中亚国家之间，光是学习当地语言、办理签证手续、了解风俗文化以及地方政策，这些前期准备工作就要耗费很多精力，更不必说旅途中动辄数小时在高原疾驰，而车力不及之处如天山山脉，就只能徒步跋涉，对身体素质也是一种极大的挑战。如果中亚是我们今生都不一定能踏上的旅途，那就让我们一起翻开这本书，跟随刘子超的脚步，探索这片处于全球边缘和大国夹缝的土地，展开一场关于过去和未来的寻觅之旅。

一、一个中亚,五个"斯坦"

"沿着国境线飞驰,绕过散落的飞地,驰骋于帕米尔无人区,在苏联的核爆试验场抛锚,他以探险者的精神见证了隔绝之地;踏上撒马尔罕的金色之路,徜徉于血腥战场和帝国宫殿,凝视最古老的圣书,抚摸玄奘笔下的佛塔,他试图寻回古人的目光……"这是书的扉页对这场旅行的描述,翻开这本书,也是读者踏上中亚之旅的开始。

"中亚"既是一个地理概念,也是一个文化区域概念,狭义的中亚区域以及本书中提到的中亚指的是:哈萨克斯坦、乌兹别克斯坦、吉尔吉斯斯坦、塔吉克斯坦和土库曼斯坦五个国家。他们均位于欧亚大陆的腹地,东接中国,北邻俄罗斯,西濒里海,南面自西向东依次是伊朗、阿富汗和巴基斯坦。五国皆远离海洋,属于内陆型国家。相对于沿海的国家,中亚五国深居内陆、远离世界政治和经济中心、交通不便,这些因素在一定程度上限制了中亚国家与外界的交流,提升了物流成本,制约了它们的经济发展。

中亚五国作为独立国家的历史并不久远,仅仅有30多年,在这之前它们都没有建立过现代意义上的民族国家。长期以来,中亚或被周边帝国纳入自己的版图,或被该地区几个多民族国家所统治。中亚处于东方文明和西方文明的联结地带,又是各文明接触的边缘地带,从东看它是遥远的"西域",从西看它又是神秘的"东方",再加上中亚本土缺乏系统的史学传统,所以不论在东方还是在西方的叙事中,这块土地都是边缘地带的零零碎碎的人和事。正如书中所言:"一切如同离轨的卫星,暧昧而失落,充满活力、孤独和挣扎。"

历史学家一般把中亚国家独立以前的历史分为伊斯兰前期、伊斯兰时期、突厥时期、蒙古扩张及中亚汗国时期、沙俄时期和苏联时期。从这一划分中不难发现,中亚的历史是域内外力量共同塑造的历史,也可以看作中亚居民与外来居民争夺选择权的历史。在被伊斯兰化、被突厥化、被俄罗斯化、被独立、被博弈的过程中,中亚的居民不断尝试主宰自己的命运,选择自己的发展方向和发展道路。于是,在选择与被选择的过程中,中亚人口、文化、经济、社会发生了翻天覆地的变化。

二、多元民族，多元文化

没有人与人的互动，旅行只会沦为空壳。非常喜欢看作者在旅途中与形形色色的人相遇，透过这些鲜活的人，才能更真实地了解这个失落的世界，看到寻常旅途中不太可能看到的东西。

在吉尔吉斯斯坦作者认识了离过两次婚的"季扬娜"。每天晚上，她一杯又一杯地喝着红茶，背诵着那些陌生的语法和单词。像她那一代的苏联人，能说英语的少之又少，可她竟然凭借自学掌握了这门语言。如今，她独自一人生活，养了一条狗。她把一间卧室拿出来日租，只是为了认识几个新朋友。她早已放弃对长久关系的奢望，而满足于和作者这样的匆匆过客，进行不深不浅的交谈。

在塔吉克斯坦，我们会发现一个国家的文化认同、身份认同竟然可以如此离散。有一句谚语以戏谑的方式道出了这种分裂："在我们的国家，可没人闲着：苦盏人统治，库洛布人守卫，库尔干秋别人犁地，帕米尔人跳舞。"在塔吉克斯坦首都杜尚别，作者通过"陪你转转"的社交活动，认识了22岁的女大学生萨娜芙芭。"陪你转转"其实就是由熟悉情况的当地人带着外地人逛逛他们的城市，大体就是一种兼职导游。萨娜芙芭是"冷杉"的意思，她穿着黑色条纹连衣裙和白色凉鞋，束着发带。她的眼睛明亮，眼珠像某种灰蓝色的玻璃珠。她说自己出生于西伯利亚，以后不想去俄罗斯，还想在杜尚别生活。他们在一家波斯风格的茶馆里，聊童年，聊人生。

在乌兹别克斯坦布哈拉池塘的南侧，作者看到了一片古老的犹太区，惊叹于犹太民族竟然离散到了这里。他看到的犹太人，戴着犹太的帽子，大部分的相貌和普通的布哈拉人无异。他与一位40多岁的犹太男人聊了起来。他个子不高，穿着精致的意式西装，打着领带。他告诉作者，苏联解体后，布哈拉的犹太人陆续离开了这里，大部分移民到以色列。如今，仍旧生活在布哈拉的犹太人已经不足两百人……

以上均是作者在旅途中遇到的人，他们的文化背景各异，不禁让人对中亚的民族构成产生了兴趣。20世纪初，中亚主要有哈萨克、乌兹别克、吉尔吉斯、土库曼、塔吉克、卡拉卡尔帕克等世居民族。苏维埃时期，有大量的俄罗斯及其他斯拉夫居民迁入，另外还有鞑靼人、德意志人、波兰人、朝鲜人被政府当局以强制手段迁入中亚。因此，中亚五国都是多民族国家。就宗教而言，尽管中亚的主要民族普遍信仰伊斯兰教，但他们同时也有佛教、拜火教等其他宗教的痕迹。在语言方面，各民族都有自己的语言，但俄语在这些国家使用仍然较广泛。

尽管中亚有着多元的民族和多元的文化，但从作者的字里行间不难发现，"他们面对生活的真诚与坦然，乐观与勇气，展示出中亚人性格中最美好的部分"。作者认为："他们的生命中，一定有什么特别的东西，即便是如此恶劣的环境，也无法摧毁它的内核。"

三、巍峨山脉，世界屋脊

中亚地区的地形丰富多样，总体呈现东南高、西北低的地势。塔吉克斯坦境内的帕米尔高原是中亚的制高点，位于中亚的东南部，是欧亚大陆两大山带的结合部。天山、昆仑山、喀喇昆仑山和兴都库什山在此处交汇。"帕米尔"是塔吉克语"世界屋脊"的意思，古丝绸之路曾经过这里，它和青藏高原一样，是一个苦寒高地，更是一个让人着迷的所在。这片土地既贫瘠又肥沃，既荒芜又宜居，既严酷又温暖，既可憎又迷人。

前往帕米尔高原，可以说并非易事。飞往帕米尔的航空公司运营状况一塌糊涂，飞机也是老旧的苏联窄体飞机，引擎声像雷鸣一样，机翼几乎就擦着山尖起降。为了安全起见，作者最终选择了合乘四驱越野车，开始一段16到20小时的长途跋涉。一路上，他看到了中国援建的公路，质量极好，特征明显。经过了一片碧绿色的湖泊——努列克水库，那是杜尚别人钟爱的度假胜地。穿过了熙熙攘攘的巴扎，跨过贡特河上的铁桥，沿着喷赤河岸边的沙石路，看到了兴都库什山脉。

"兴都库什"在波斯语中是"杀死印度人"的意思，一河之隔的对岸是阿富汗的世界，这表明翻过这座山就可以听到另一种文明的遥遥回响。1300多年前，正是被这种文明的光芒所吸引，玄奘大师翻越帕米尔高原，去印度求取真经。在《大唐西域记》中，他笔下的波谜罗川（今大帕米尔）"东西千余里，南北百余里，狭隘之处不逾十里。据两雪山间，故寒风凄劲，春夏飞雪，昼夜飘风。地碱卤，多砾石，播植不滋，草木稀少，遂致空荒，绝无人止"。可见路途之艰险和其意志之坚定。而玄奘大师当年走过的路，正是作者在走的路。

如此艰险的旅途并没有让作者退却，他决心要翻越一座山口，穿过无人区，前往布伦库里湖,观察帕米尔高原上最偏远的定居点,这个地方冬季气温低至零下四十几度。令人惊奇的是,即使在这"世界尽头",也曾有过中国人的足迹。1758年,乾隆皇帝发兵讨伐平定大小和卓叛乱后,帕米尔高原的大部分地区就成为清朝的势力范围。直到中国与日本签订《马关条约》,英俄两国撇下清政府在帕米尔高原划界。英俄两国会谈的地点就是英国探险家约翰·伍德发现并命名的维多利亚湖畔。他们不知道的是,玄奘法师其实早在他们之前就来过了,并在《大唐西域记》里,将此地称为"大龙池"。读到这里,我对玄奘法师的《大唐西域记》产生了兴趣,对玄奘法师求取真经的勇气和智慧无比赞叹。帕米尔高原果然是一片让人穷尽想象又豁然开朗的地方。

中亚这片土地,足够美丽也足够风情。除了巍峨壮丽的帕米尔高原,这里还有雄伟的天山,也有明净的伊塞克湖,还有辽阔的草原上点缀的骏马与毡房。而吉尔吉斯斯坦,更是被誉为"中亚的瑞士"。

四、失落之心,如何寻找

中亚在全球经济的包围下,一边努力发展经济,一边努力打造身份认同,而茫然来自他们不知道能不能成功。这一切都不得不提苏联对中亚的影响。直到现在,中亚的建筑还处处透露着苏联、斯大林时代风格,散落在这些"斯坦"国的各个角落。原本各自的文化被强行融合又骤然被撕扯开,成为现在地图上以国家为界限的样子。

在苏联解体后,中亚五国的辉煌不再。如失落的卫星般,深陷历史与宗教的传统,囿于地缘政治和民族主义,被时间冻结,被全球化遗忘。作者去了很多城市,给我留下深刻印象的是塔吉克斯坦的苦盏。苦盏是一座干燥而酷热的城市,这里既不热闹,也不萧条;既不"苏联",也不"中亚"。生活在这里的人,好像是被随手扔在这里的,于是也就认命地在这里繁衍生息。从书中一段极具画面感的描述可以窥见苦盏。"窗外是一片被遗忘的世界。由于苏联时期的过度灌溉和乌兹别克一侧运河的关闭,原本肥沃的土壤已经盐碱化。生锈的工厂废弃在路边,难以想象会有什么工作机会。小巴经过关闭的牛奶厂、石油厂和酿酒厂。政府没有试图恢复它们,而是任其荒废在那里。我感到自己好像在目睹一座废墟的形成:一个有人居住的城镇正在化为尘土。"

苦盏这座古老的城市,既有帖木儿·马利克的雕像——这是一位抵抗成吉思汗的领袖人物，也有征服者的遗迹——俄罗斯人的芭蕾歌剧院。它没有什么新的建筑，处处是不同年代的遗迹。苦盏可以说是塔吉克斯坦最富有的城市之一，然而它也的确是一座被孤立的城市。尽管与乌兹别克斯坦的首都塔什干近在咫尺，但两个城市之间的交通却仅仅是一条狭窄的山路连接。塔吉克斯坦是中亚最小也是最穷的国家，塔吉克人把这一切都归因于乌兹别克斯坦。两个国家在领土、边界、水资源、跨境铁路、天然气供应、历史遗迹、跨国民族等问题上矛盾丛生。

中亚这片土地，注定要背负着历史的包袱蹒跚前行。这里总能看到独自养活孩子的女人，她们的丈夫离开贫穷的故乡去俄罗斯打工，从此销声匿迹；这里有苦学中文的男孩，将未来前途的希望寄托在中国；这里有在路边卖泡菜的朝鲜人，为了迎合当地的口味，泡菜里没有辣椒，而她自己早已听不懂家乡话。也许，一个人住在哪里就是哪里人，说哪里的语言就是哪里人，有些地方在血液里已经淡了。毕竟，在中亚很难说清楚一个人到底是哪里人。"这片古老的、黯淡的、破败的土地，被太多人注视过、觊觎过，但悲情的外壳下，它依然透露着希望。"

读罢此书，书中复杂的城市地名，在我的脑海中逐渐消散，但作者描绘的中亚生活，依然历历在目。这里有雪山、古堡、废墟、山谷等壮丽景观，有墨鱼汁意面、黄油面包、小牛脸蛋等异域美食，有千年前玄奘大师经过的记忆，更有学汉语的男孩"幸运"、青年作家阿拜、咸海王、伊塞克湖畔的俄罗斯女郎等努力追赶时光的人。"这就是世界真实的样子，充满琐碎的细节，而我们尽所能来理解它们，这让我感到自由。"如果你也许久没有出发了，或许也可以拿起这本《失落的卫星：深入中亚大陆的旅程》来中亚看看，里面有无穷的远方、无数的人们在等着我们。

参考文献

[1]刘子超.失落的卫星：深入中亚大陆的旅程[M].上海：文汇出版社,2020.

[2]赵会荣.中亚国家发展历程研究[M].北京：社会科学文献出版社,2016.

［3］海力古丽·尼牙孜.中亚五国国情［M］.西安：西安交通大学出版社,2013.

导读人简介

武秀枝,硕士研究生,东南大学图书馆助理馆员,从事阅读推广相关工作。

空椅对空桌

导读人：杨映雪

"只要由法律和习俗所造成的社会压迫还存在一天，在文明鼎盛时期人为地把人间变成地狱并使人类与生俱来的幸运遭受不可避免的灾祸；只要本世纪的三个问题——贫穷使男子潦倒，饥饿使妇女堕落，黑暗使儿童羸弱——还得不到解决；只要在某些地区还可能发生社会的毒害，换句话说，同时也是从更广的意义来说，只要这世界上还有愚昧和困苦，那么，和本书同一性质的作品都不会是无益的。"

这是法国作家维克多·雨果于1862年为《悲惨世界》写下的作者序。十八世纪末至十九世纪上半叶，在法国大革命掀起的波澜与其漫长的延续间，动荡的时局和激化的社会矛盾致使劳动人民的苦难越发突出。在《悲惨世界》中，贫困、饥饿、黑暗真切地压在了男子、妇女、儿童的身上，这正是关于悲惨者们的史诗。

一、守序者的宣叙

《悲惨世界》的主角冉·阿让是无数贫苦小人物中的一员，父母双亡的他被姐姐抚养成人，在姐夫死后他便也代行父职，勤勤恳恳地四处打工，帮助姐姐抚养七个年幼的孩子。而在一个没有食物也找不到工作的冬季，为了不使七个孩子饿死，他打破面包店的玻璃偷了一块面包，然后被无情地判处五年苦役。

在年复一年的苦刑与劳役中，冉·阿让曾四次越狱，最终在狱中待满了十九年才被释放。然而，"被释放并不等于得到解放"，刑满出狱的冉·阿让持着一张象征罪人的黄护照，总是找不到工作或被克扣工钱，被旅舍和酒店拒绝接待，被一般人家驱赶，如同过街老鼠一般。社会对他的歧视也让他对这个社会绝望，如果说最初偷那一块面包还只是一时走投无路、逼不得已，那么在经历过牢狱之灾和世人的恶意后，冉·阿让已立在扭曲堕落的边缘。如果他没有敲开卞福汝（米里哀）主教的门，或许不久之后他就会成为一个真正作恶的人。

卞福汝主教是这本书中第一个出场的人物，雨果用了开头整整一卷的篇幅来专门刻画这位慷慨慈爱的主教的形象，尽管他与主角冉·阿让的交集仅有短短一天，往后也未再出场。卞福汝主教是雨果心中一个理想化的人道主义形象，以现实中一名叫米奥里斯的主教为原型。莫洛亚的《雨果传》中写道："真实的米奥里斯主教大人的为人，完全和书中的米里哀主教大人一样，甚至更善良。"

尽管那位米奥里斯主教的善良从书中不得而知，但这位卞福汝主教的善良是毋庸置疑地体现在书中每一个文字中。或许可以说这是一位崇高的善的化身：身为主教，他拿着丰厚的薪俸和福利，却把绝大多数钱财补贴或捐赠出去，把房子让给医院收容传染病人，自己则过着清廉而忙碌的生活；他走访乡间，亲身去穷乡僻壤感化匪徒，不与养尊处优的教士们同流合污。他的善良在与冉·阿让相遇中又得到了升华：他接纳了处处碰壁的冉·阿让，把这位曾经的苦役犯当成客人，为其提供晚餐、睡床而分文不取；而就在"恩将仇报"的冉·阿让偷了他的银器又被抓回来后，他却当着警察的面说那些银器都是他送给冉·阿让的，还将冉·阿让"忘记拿走"的两个银烛台也送到了这位小偷手中。

卞福汝主教将冉·阿让从堕落的边缘拉了回来，他无私的善意感化了这个可怜人，"他让灿烂光辉充实了那个可怜人的全部心灵"。冉·阿让幡然醒悟，痛哭流涕，懊悔自己曾犯下的恶行，在主教给予的光明中重拾了良心，这名前苦役犯从此开始真正地蜕变了。雨果没有继续叙述冉·阿让的振作，两卷之后，再次登场的是一名叫马德兰的工人，他刚来时便从火灾中救了警察队长的儿子，因此没有被查验护照。这名马德兰伯伯靠着改良当地工业生产中的一种技术而发家致富，变成了工厂的主人马德兰先生，又变成了马德兰市长。任谁也不会想到，这名带动了整座城市的正直廉明的市长，曾经是一名叫作冉·阿让的苦役犯。

本性善良的主角曾犯下过错，但早已诚心地改邪归正，甚至帮助和感召了更多的人,而站在主角对立面的沙威便显得像是一名死缠烂打的反派了。沙威是警署的侦查员,他出生于监狱却铁面无私,"自己的父亲越狱,他也会逮捕;自己的母亲潜逃,他也会告发",甚至有些思想极端,只有"尊敬官府,仇视反叛"两种感情,坚决地追捕一切违背法律的罪行,是腐朽律法盲目的信徒。或许是出于本能,他始终怀疑马德兰先生有什么不为人知的另一面,试图追查这位"道貌岸然"的市长先生的过去。

沙威也真的因为马德兰先生为救人而不得已显露的神力,怀疑起他就是那位力大无穷的前苦役犯冉·阿让。善良的马德兰为了不使一个无关的人被冤枉成"真冉·阿让"而背负终身苦役,主动到法庭上承认,他才是真正的冉·阿让。沙威的怀疑坐实,由此他便像一只凶狠的警犬般死咬着冉·阿让不放,不分场合不由分说地将他逮捕,在他逃监后狠命追查——虽然在上帝视角下难免令人不忿,但是以他的身份而言,这些行为都并没有错。多年后,在卧底失败的沙威即将被起义者处决前,他第一时间认出了冉·阿让的脸,叫嚣着让对方报复,却被对方放了一条生路。

这或许是不近人情的鹰犬第一次被罪犯的良心撼动。之后巴黎青年们的起义失败,冉·阿让救走养女的恋人马吕斯,背着受伤失去意识的马吕斯从下水道出逃,却再度遇上了追踪而来的沙威。冉·阿让没有意识到此时的沙威已经被他救人的举动动摇,只是恳求对方让他把人送走后再抓捕他。一直以来沙威奉腐朽的法制为圭臬,其苏醒的良心让他的信仰不再坚定,矛盾的心情第一次让他有了自己的思考。冉·阿让是一个罪犯、坏人,却也是一个善良、仁慈、以德报怨的人,沙威"被迫承认这个怪物是存在的",一个苦役犯成了他的恩人,这一切都与他从不求人道、只求无过的理念背道而驰。

在冉·阿让的经历中,主教与警察仿佛是善与恶的对比。然而,卞福汝的善心感化了冉·阿让,冉·阿让延续而来的那份精神又感化了沙威。最终沙威在使命与人性的矛盾中精神崩溃,投河自尽。看到这一幕,我们也很难绝对地说这样的沙威是个恶人了。

二、贫困者的悲曲

回到作者序中的一句话,"贫穷使男子潦倒,饥饿使妇女堕落,黑暗使儿童羸弱",主角冉·阿让的过去正是这贫穷潦倒的写照,而芳汀和珂赛特——这两名再次为冉·阿让的生活画下重大转折点的女性，正是这一时期苦难中的妇女与儿童的缩影。

芳汀是马德兰先生工厂的一名女工。她少女时到巴黎做工，却爱上了一名逢场作戏的巴黎青年，被始乱终弃后只得独自抚养女儿。作为未婚母亲，她不敢让人知道自己有一个女儿，便在路途上将女儿珂赛特托付给有着同龄女儿的旅店老板德纳第夫妇，自己回乡赚钱寄给女儿。

芳汀很美，如文中所述："她是一个牙齿洁白、头发浅黄的漂亮姑娘。她有黄金和珍珠做奁资，不过她的黄金在她的头上，珍珠在她的口中。"然而在马德兰市长的工厂做工时，她的美貌遭到了他人的嫉妒，她时常找人代写书信寄信的举动更引来了别人的闲话。被人追究着查到未婚而有一个女儿后，芳汀被车间管理员假借市长的名头赶出了工厂。贪婪的德纳第夫妇也在不断向她索要更多的钱，甚至编出诸如珂赛特着凉生病的借口。失去工厂收入的芳汀负了更多的债，为了她的小珂赛特，她不得不卖掉了黄金般的金发和珍珠似的牙齿，最终还是走投无路，下海为娼。在芳汀病逝前，她将珂赛特托付给心怀愧疚的马德兰先生，自己却连最后再见心爱女儿一面都做不到。

在芳汀身上，雨果用足了笔墨写她是如何被这个世界逼迫得一步步走向堕落和殒没的。少女时的芳汀纯真善良，对初恋一往情深，虽然出身底层，但颇有些出淤泥而不染的气质。即便被抛弃和未婚生子让她受到极大的打击，她也没有完全失去希望，而是回乡勤恳乐观地做工，一心想让自己和女儿过上更好的生活。然而社会对她的摧残是一步步的：被德纳第夫妇敲诈，被世人的偏见打倒，最后沦落深渊而被击溃。这残忍的一切都有迹可循，更令芳汀的悲惨遭遇沉重而真实。而直到生命的最后，她仍然惦记着的只是她的孩子。

更加令人痛心的是，旅店的无赖老板德纳第夫妇不仅永远吸不够血，而且并没有把那些钱花在小珂赛特身上。他们宠爱自己的女儿，却苛待小珂赛特，拿她出气，打骂她，把她当作仆人使唤。冉·阿让找到珂赛特时，这个年仅八岁的小女孩因长期受到虐待而面黄肌瘦，穿着破布衣服，赤脚套着木鞋，在漆黑的夜里还要到森林里打水。如果不是冉·阿让的出现及时扭转了这个小女孩的命运，我们不难想象拿不到钱的德纳第夫妇该会如何对待她。

在《悲惨世界》中，贫困者的苦难正是最稀松平常而又最不幸的不幸。这个世纪的法国正经历着风云变幻，然而无论是拿破仑帝国的光辉还是七月王朝复辟的浪潮，被掩埋其中的下层人民始终生活在凄凉悲苦的境地中，并没有发生改变。除了珂赛特的命运幸运地扭转了以外，无论是一再沦落的芳汀还是一度翻身的冉·阿让，他们的结局终究如这一喻示般凄苦无助。

三、革命者的咏叹

"红，是愤怒的热血沸腾；黑，是被抛弃的蒙昧世界。红，是即将破晓的天空；黑，是长夜将近的洪钟。"

这是《悲惨世界》音乐剧中"ABC的朋友们"在起义前夕时慷慨激昂的高歌。"ABC的朋友们社"，或译"人民之友社"，是一个主要由巴黎的大学生组成的志在为人权而奋斗的组织，他们拥护共和、倡导革命，要让人民站起来。结社的首领是安灼拉，而书中的另一名重要人物——马吕斯也是其中的一员。

安灼拉是有钱人家的独生子，是民主主义的战士，是最高理想的宣传者。他是一个极富人格魅力和极具领袖气质的人物，在同道之中有一种自然的权威。在雨果笔下，安灼拉和其他"ABC社"的核心成员毫无疑问地都是英雄人物。1832年巴黎人民起义，巴黎的街道上筑起了一座座街垒，反抗者们游走在街垒之后，在政府军的炮火下艰苦作战。

"公民们，十九世纪是伟大的，但二十世纪将是幸福的，那时就没有与旧历史相似的东西了……人们不用再害怕灾荒、剥削，或因穷困而卖身，或因失业而遭难，不再有断头台、杀戮和战争，以及不计其数的事变中所遭到的意外情况。人们几乎可以说：'不会再有事变了。'人民将很幸福……朋友们，和你们谈话时所处的时刻是暗淡的，但这是为获得未来所付的惊人代价。革命是付一次通行税……弟兄们，谁在这儿死去就是死在未来的光明中。"这是安灼拉在街垒上慷慨激昂的演讲。在安灼拉等人的组织和领导下，"ABC的朋友们"以及跟随他们的平民起义者也分工建成了大小两座街垒，互通声气，生死无惧，从夜间坚持到白昼，即便孤立无援也不可动摇。

在这些革命者之中，还有个格外特别的小人物——街头流浪儿伽弗洛什，一个看似有点无赖、实则乐观善良而有勇气的孩子。他偷窃、说粗话，却拿仅有的财物救济比他更窘迫的弱者。他或许并不能清楚地理解同僚们的共和思想，但他确实也是在为人民而战。街垒战中，他为了收集弹药而走出街垒，暴露在敌人的枪口下，在枪林弹雨下唱着歌，最终被击中死去。

伽弗洛什的死不是唯一的悲剧。这场孤军奋战般的起义最终以失败告终，"ABC的朋友们"一个个牺牲，而马吕斯被恋人的父亲冉·阿让所救，侥幸活了下来。

马吕斯的外祖父是坚定的保王派，而父亲则是拿破仑的拥护者。马吕斯被外祖父抚养长大，在了解到已故父亲的成就后，他越发疏远和厌恶外祖父，最终离家出走。他的思想经历了从保王到波拿巴到共和的转变，但这份转变也还是初生而懵懂的。他有高尚的理想，却缺少实际的见解和规划，那样的理想便像是梦里的空中楼阁。别人将他引入"ABC社"时，就只称他是"一个开蒙学生"，而之后在与安灼拉、公白飞等青年们的交谈中，他的思想才进一步受到震撼。在他真正接触到街垒起义的战火与鲜血之前，他都根本算不上是什么坚定的共和主义者。

起义之初，马吕斯还沉浸在对珂赛特的魂不守舍中，就连参加战斗也是出于某种殉情的意味。相比他人的热血，对身边一切都不闻不问的他更像是一个局外人。正如音乐剧中安灼拉与其他起义者高歌着革命的"红与黑"时，马吕斯的唱词却只是"红，是我的灵魂在燃烧；黑，没有她，我的世界也被掏空"。与安灼拉这样真正的英雄不同，马吕斯参加革命的目的显然并不纯粹，但他也切实地豁出性命英勇奋战，并在革命中觉醒了，在街垒中有了很高的威望，是街垒的"救命人"。他更像是一个成长型的人物，而作者雨果也或多或少地在他身上投射了自己年轻时的影子。

当然，有着一点点成长和进步的马吕斯身上还满是矛盾。他从革命血与火的教训中进一步理解了共和思想，却又在得知冉·阿让的苦役犯身份后带着珂赛特与其疏远。直到作品的最终，旧的思想和新的思想都还在他身上共存。他并不是个理想化的高尚之人，但他却是作者用以反映革命年代青年思想转变的真实写照。

四、良知者的挽歌

回到小说的主角，在《悲惨世界》里，冉·阿让饱经磨难与坎坷的一生中，他的身份也经历了多次转变：从苦役犯到市长，从逃犯到父亲，从起义者到孤独老人。他的心路历程、他所展现的人性也随着这些身份发生着转变，但有些东西却又是始终不变的。

如前文所述，最初的冉·阿让只是受穷困所迫而误入歧途的可怜而普通的人。为了不让姐姐的孩子饿死，找不到工作的他因偷了一块面包而被判苦役。出狱后他因社会的不公而一度迷失，又被仁慈的卞福汝主教感化。冉·阿让传承了主教的善良与人道主义，总是不吝于以善意对待、救助他人。他逃离了身为前苦役犯的烙印，建设工厂造福一方，又帮助了芳汀，收养了小珂赛特。为了不让无辜者入狱而主动暴露身份后，他不得不再次改名换姓，带着珂赛特一路逃亡，在追捕之下忍辱负重地为新的生活而奔走。

时光流转到巴黎起义前后，冉·阿让已经化名成割风先生。他仍然热心布施、救济穷人，珂赛特也被他当作亲生女儿含辛茹苦地抚养成人。女儿坠入爱河，他虽也一度产生过痛心，产生过对那人的憎恶，但还是为了她的幸福而扑向战火燃烧的街垒，去保护和拯救那个抢走他女儿真心的男人。一度摧毁他生活的仇人落入他手中任他宰割时，他也以德报怨地放其一条生路。

动荡的年代、窘迫的社会，伴随的是律法的偏颇、世人的歧视。可以说，冉·阿让出狱后的整个后半生都在努力摆脱"苦役犯"这道不公的阴影。然而在最后，本应是他最亲近的人们却给了他最深的一刀。

长久以来作为逃犯的不安与愧疚始终压迫着他的良心，在他的养女有了新的家庭之后，他终于忍不住说出了自己的秘密——因为他认为自己没有权利拥有正常人的家庭，没有权利得到幸福。或许也是出于这些原因，冉·阿让一直没有告诉马吕斯：他正是其恩人。他的女婿马吕斯听他坦诚了这一"最丑的耻辱"后，就如这个时代的大多数人一样，"表现出无法形容的厌恶"，并且冷淡地让他和珂赛特"最好不再见面"。冉·阿让尽其所能地为珂赛特的幸福创造一切条件，而这个一直以来被他保护得太好的姑娘也过于天真。尽管她不清楚个中缘由，但竟也顺从她丈夫的意图疏远了养育自己多年的父亲，因"她在世上惟一所需的人是马吕斯"。

坦白秘密使冉·阿让如释重负，但也使他主动推开了自己最亲密的人。那之后，冉·阿让的身体就每况愈下。如果不是德纳第恰好暴露了冉·阿让是马吕斯的救命恩人这件事，这名可怜的老人或许就会在思念女儿的痛苦中孤独死去。

所幸的是，珂赛特和马吕斯还是在老人的临终之际赶到了他的身边。

冉·阿让在历经了苦难的一生后,终于还是能在所爱之人的怀抱中逝去。

"夜没有星光,一片漆黑,在黑暗中,可能有一个站着的大天使展开着双翅,在等待着这个灵魂。"

"他安息了。尽管命运多舛,他仍偷生。失去了他的天使他就丧生;事情是自然而然地发生,就如同夜幕降临,白日西沉。"

参考文献

雨果.悲惨世界[M].李丹,方于,译.北京:人民文学出版社,2015.

导读人简介

杨映雪,硕士,图书馆与信息研究专业,东南大学图书馆助理馆员。

与安妮纯真相伴，一路成长

导读人：李至楠

　　《绿山墙的安妮》是一个少女的成长故事，是一首关于爱和勇气的诗，是一剂自我疗愈的良方，值得我们在不同的年龄段反复阅读。

　　马修、玛瑞拉兄妹生活在远离其他住户的绿山墙农舍，他们本想从孤儿院领养一个男孩来分担农活儿的压力，却阴差阳错地领回了一个瘦小的女孩——安妮。在听到安妮孤儿时期的悲惨经历后，善良的玛瑞拉决定留下她。爱德华王子岛上风景如画，民风淳朴，安妮的想象力在这里纵情驰骋，她也在这里收获了亲情、友情和学业上的成功。在绿山墙农舍的日子，安妮过得充实而快活，偶尔犯错，时常充满期待，逐渐成长为一位优雅灵慧的少女。安妮最突出的特点是爱幻想、爱表达，能从平淡的生活中发现乐趣，当然幻想也给她带来了麻烦，闹出许多笑话。马修因心脏病去世后，玛瑞拉的身体也每况愈下，为了照顾生病的玛瑞拉，安妮放弃了到大学深造的机会，留在伊芳里成为一名教师。安妮在成长之路上面临的挑战，是传统的也是现代的，比如对偏见和欺凌的愤懑，对亲情和友情的渴望，对梦想和自我的执着等。因此小说可以跨越时间、地域、文化的鸿沟，引发一代又一代读者的共鸣。

一、安妮生活的自然环境

　　故事发生在20世纪的加拿大爱德华王子岛，当地有一个美丽的传说：上帝撒一抔泥土到大西洋，创造了"波浪中的摇篮"——爱德华王子岛。圣劳伦斯海湾温暖的海水，使得王子岛的气候比加拿大大陆气候更加温和，弥补了这里常年潮湿的气候条件。夏季温暖湿润，气温一般保持在20摄氏度，最高可达30

摄氏度。7月和8月是一年中最温暖干燥的季节。冬季比较寒冷,温度一般在零下3摄氏度到零下11摄氏度之间。11月份开始降雪,一直到来年的4月。春季给这个岛带来了生机和活力,从5月底到6月初,这里的温度会从8摄氏度升至22摄氏度。秋季的王子岛明媚晴朗,9月份午后温暖,晚上凉爽。得益于海岛上舒适的气候条件,各种植物恣意生长,形成了四季分明的自然风光。小说中海岛的风景让人沉醉。冬天,"晚霞满天,白雪覆盖的山陵和圣劳伦斯湾的深蓝海水壮丽辉煌,宛如珍珠和蓝宝石镶嵌在硕大的碗中,还被注入了葡萄酒和火焰"。秋天,"小山谷里的白桦树展现出秋阳般的金黄,果园背后的枫树渲染着高贵的深红,小路两侧的野樱花树换上褐红色和青铜色的新装,而收割过的田野袒露在阳光下"。夏天,"小山岗在挺拔、繁茂的冷杉和云杉的遮蔽下,光线总是幽暗。在林间,娇嫩的'六月钟冠花'遍地盛开,羞涩甜美;几朵摇曳的浅色七瓣莲,仿佛去年盛开过的花朵的精灵。树间银丝般蜘蛛网闪烁微光,而冷杉的枝叶似乎正亲密地低语"。春天,"在一连串清寒、新鲜、甜蜜的日子里,伴随着瑰丽的夕阳,万物神奇地复苏、成长。'恋人小径'上的枫树吐出了殷红的新芽,'森林仙女泉'四周卷曲的蕨草露出尖尖顶。在原野上,小星星般可爱的五月花花朵,粉的和白的,在褐色的枝叶下,芬芳绽放"。安妮来到这里时,正值繁花遍地的夏季,她对海岛一见钟情,因为这里是任凭想象力驰骋的广阔天地。

100多年过去,现在的爱德华王子岛依然要接待大批慕名而来的"粉丝",读者们依然追捧《绿山墙的安妮》的原因更多的是对慢节奏的田园生活的向往。快速发展的人类文明给生活带来物质享受和便利的同时,也逐渐拉远了人和大自然的联结。在高楼林立的城市中,阳光和绿地都成了奢侈品。安妮生活的村子,生活节奏缓慢,交通工具是马车,从绿山墙农庄到最近的火车站要两个小时,人们依着自然的规律在田地劳作;环境优美,春夏之交繁花遍地、树木茂密,小溪欢快地流淌,不远处有蔚蓝色大海波光粼粼;孩子们放学后自由地玩耍,大自然中的树林、小溪、草地都是他们的游乐场。世外桃源也不过如此。沉浸在书中时,最让我羡慕的就是安妮和戴安娜打开门就可以奔向花园和果园。对于蜗居在"钢筋水泥盒"中的人来说,读这本书的过程无疑是心灵得到慰藉的过程。

二、安妮的家庭氛围

绿山墙农舍的玛瑞拉和马修是一对年近花甲的兄妹。在收养安妮之前,他们过着近乎"隐居"的生活，房屋建在自家土地的最边缘，尽可能地远离其他住户，从村子的主路上几乎望不到它。马修沉默寡言，不善社交，标准的"社恐"；玛瑞拉不苟言笑，刻板严肃。活泼好动，有着丰富想象力和表达欲的安妮似乎与这个家格格不入，但他们，却在日复一日的相处中萌生出比血缘更温暖的情谊。少女安妮成长的过程也是三人互相治愈的过程。玛瑞拉和马修为安妮提供了一个保障她健康成长的稳定的港湾，安妮用少年人特有的热情和直率给这个港湾带来了生机与活力。在来到绿山墙之前，安妮过着凄惨的生活。出生三个月父母双亡，陆续被两个家庭收养，但他们只把安妮当成干活儿的工具，不曾给过她家人的温暖，幸而被善良的马修兄妹收养，在绿山墙农庄开启了充满希望的新生活。重度"社恐"、怕女孩怕得半死的马修在安妮面前是放松的，刚见面就被安妮的健谈吸引，他愿意并且乐于沉浸在安妮的天马行空中，默默支持安妮的决定。古板严肃、感情冷淡如冰山的玛瑞拉，最终被小太阳一样的安妮慢慢融化，恢复了爱与被爱的能力。小说中对安妮和马修、玛瑞拉的感情描写格外动人。从林德太太家返回绿山墙农舍的路上，安妮看到厨房温馨的灯光在树丛的间隙闪烁，想到自己终于拥有了一个真正的家，于是"紧紧依偎到玛瑞拉身边，把自己的小手放到了她干瘦的手中"。在得到可以参加野餐会的许诺后，安妮"欣喜若狂地投入了玛瑞拉的怀抱，亲吻她暗淡的脸颊"。对玛瑞拉来说，"生平第一次被一个孩子心甘情愿地亲吻，一阵甜蜜的颤栗霎时传遍全身"，这一吻打开了她封闭已久的心房。

马修兄妹的许多教育理念，在今天看来依旧先进，值得家长们反思。第一点："欣赏"。"欣赏"对培养孩子产生的效果与世界上所有认真的"管教"不相上下。马修是安妮最忠实的听众。绿山墙农舍最常见的情景是，安妮滔滔不绝地讲着每日见闻，马修默默地干着农活儿，不时报以微笑表示赞赏和鼓励。他认可安妮的想象力和浪漫情怀，鼓励安妮参加音乐会，不动声色地支持安妮的决定。如果说安妮是一块闪光的宝石，那么马修一定是那块放置宝石的黑丝绒，在黑丝绒的衬托下，宝石更加熠熠生辉。第二点：适时改变培养思路。玛瑞拉曾经以培养一个性格沉着稳重、举止端庄的"模范女孩"为目标，在发现这样的目标有违安妮的天性后，她便改变了原有的设想，开始用适合安妮的方式去培养她。生活在20世纪的玛瑞拉或许没有听过因材施教的道理，但她用实际行动践行了如何因材施教。认识到每一个孩子都是独立的个体，尊重他们的天性和身心发展规律,应该是为人父母的第一步。第三点:女孩应该拥有自立的本领。马修兄妹在领养安妮时就决定,要让她接受良好的教育。在他们的支持下,安妮考入女王学院,最终成为一名教师。玛瑞拉相信:"不管是否有必要,一个女孩都应该自食其力。"100多年后的今天,这句话依然对所有女性有教育意义。习得赚钱的能力,才能真正拥有自主选择生活方式的权利。仔细观察可以发现,即便是现在,女性在成长过程中依然会听到"女孩子学不好理科""学得好不如嫁得好""女儿是招商银行"等声音,这些观念像无形的锁链,束缚着女性自我发展的脚步。更隐形的锁链是,童话故事中的女主人公只需要美貌和善良,就会有王子来拯救她;偶像剧里的"灰姑娘"只要遇到命中注定的男主就可以逆天改命……如果你正在养育一个女孩,并且希望她能自立自强,不妨从现在开始,和她一起读读安妮的故事。

三、安妮的人格魅力

安妮的人格魅力跨越时代、地域、文化的壁垒,感染着一代又一代的读者。美国大文豪马克·吐温称赞安妮是"继不朽的爱丽丝之后最令人感动和喜爱的儿童形象"。周国平说:"主人公拥有两种极其宝贵的财富,一是对生活的惊奇感,二是充满乐观精神的想象力。对于她来说,每一天都有新的盼望、新的惊喜。"

对世界充满好奇,用想象力给平淡的生活增添色彩。天马行空的想象力是安妮最突出的个人特质,也是她引以为傲的优点。安妮觉得如果对一切都了如指掌,没有幻想的余地,活着的乐趣就会大打折扣。在她的眼中,小村庄的山川河流都是鲜活生动的,值得拥有一个专属的名字。所以,窗外盛开的樱桃树是"白雪皇后",道旁种满苹果树的林荫大道叫"欢悦的雪白之路"。此外,还有"闪亮之湖""森林仙女泉""紫罗兰溪谷"……在苦难、匮乏的生活中,安妮用想象填补空白,自我救赎。没有朋友,把玻璃里的影子和山谷中的回音想象成朋友,互相鼓励;没有华丽的衣服,用幻想弥补,重新点燃自信心。安妮敢说话,爱说话,对生活充满期待。小说中很多支线情节都是通过安妮的话来传达给读者的,看书时总会有种在听安妮即兴演说的错觉。每参加一次活动,从开始准备到活动结束,安妮都会兴奋地说个不停。对安妮来说,每一天都是崭新的,每一次活动都是值得期待的。

积极乐观的生活态度。从开场在火车站等待领养人到最后放弃奖学金留在绿山墙农舍，安妮始终像一个充满能量的小太阳，用积极的心态看待眼前的处境。在火车站等待领养人时，她便计划着，如果到天黑也没等到，就爬到开满白花的野樱树上睡一觉；在得知自己可能被退回孤儿院，失望过后，她决定把这个乌龙事件当成一次旅行，尽情享受当下；在遭遇家庭变故后，她认为自己只是暂时遇到了弯路，相信弯路自有迷人之处。安妮幻想中的理想世界便是积极乐观的生活态度培育的果实，这帮助她渡过了最困难的孤儿生活。也是因为她的积极乐观，安妮的身边一直不乏良师益友。戴安娜欣赏安妮的想象力，从不吝啬赞美的话语。阿兰太太温柔睿智，引导安妮培养良好的品格。斯黛西老师优雅博学，有科学的教育理念，帮助安妮在学业上取得了极大的成功。

坦率直言，爱恨分明。安妮感情充沛，她天性中所有的"灵气、激情和朝气"，使得她对快乐和痛苦的感受格外强烈。玛瑞拉也意识到，安妮天生如同小溪上跳跃的光线，各种情绪在她这里都会被毫无保留地表达出来，可以说是喜怒常形于色。被林德太太嘲笑长相时，她"小脸气得通红，双唇颤抖，纤瘦的身体从头到脚不停地发抖"，马瑞拉阻止后，依然"昂着头，毫无畏惧地直视林德太太，眼中怒火燃烧，双拳紧握，满腔怒气喷薄而出"；收到阿兰太太的邀请时，她"激动万分，一双大眼睛格外明亮，容光焕发"，"如同驾着风的小精灵，欢喜雀跃地顺着小路飞奔在八月温暖的夕阳下和懒洋洋的阴影中"。坦率的性格帮助安妮收获了友谊，得到了老师的肯定，甚至俘获了古怪挑剔的巴利姑奶奶的"芳心"。

思想独立，不人云亦云。关于社交，安妮有自己的见解。"像马修和阿兰太太那样的人，你会毫不迟疑地喜欢上他们；可有些人，像林德太太那样的人，你得费些心力才会喜欢她。"在中国，我们把类似的感受叫作眼缘——一种奇妙的、不可捉摸的、人与人之间的磁场。面对珠光宝气的富人，安妮说："除了我自己，我不想成为任何人。我一辈子都不需要钻石带来的快乐。"十六岁的安妮对人生有这样坚定且清晰的认识，让人敬佩。

当然，我们追随安妮，认同安妮，绝不仅仅是因为这些优点，更重要的是那些无伤大雅的缺点，那些成长过程中曾经面临的挑战。加拿大著名作家玛格丽特·阿特伍德说过："孩子们认同安妮，因为他们常常感觉自己就是她——无能为力、被人蔑视误解。她反抗正如他们想反抗，她得到正如他们想得到，她被爱护正如他们也想被爱护。"安妮的成长故事是万千读者成长经历的缩影,和最要好的玩伴设定彼此才能看懂的交流信号,在"秘密基地"玩游戏,和同学暗暗较劲,被大人误解却无能为力,沉迷在想象中忘记家长的嘱托,因为期盼长大而嫌时间过得太慢……孩子们对安妮感同身受,成年人总能从安妮的故事中回想到自己的童年。

四、"安妮"的成长之路

《绿山墙的安妮》是露西·莫德·蒙格马丽(又译露西·莫德·蒙哥玛丽)的第一部长篇小说,具有浓厚的自传色彩。露西1874年出生在爱德华王子岛上,两岁时,母亲死于肺结核。父亲不久便再婚并搬离了爱德华王子岛,年幼的露西交由外祖父母抚养。她自幼喜爱文学,九岁时开始写诗,十五岁时写的一篇作文获全国作文竞赛三等奖。1895—1896年在达尔豪斯大学学习文学,1902年因外祖母病重,返回家乡照顾外祖母,在此期间,她创作了《绿山墙的安妮》。小说在出版时却屡次被拒,最终在1908年成功出版。一经问世,便受到了读者的热烈欢迎,在最初几个月销售将近两万册,一跃成为当时的畅销书。此后,"安妮"从小村庄走向了全世界,时至今日,已经被翻译成五十多种文字。小说还被多次改编成影视作品、音乐剧、舞台剧等。在万千读者的鼓励和支持下,作者把安妮的故事写成了系列长篇小说,除了《绿山墙的安妮》外,还包括《少女安妮》《爱德华岛的安妮》《风吹白杨的安妮》《梦中小屋的安妮》《壁炉山庄的安妮》等八部小说,分别描述安妮在不同时期的生活经历。

《绿山墙的安妮》是一本典型的儿童成长小说。成长小说也叫启蒙小说,这个概念最初起源于德国,是西方近代文学中非常重要和常见的一个类型,以叙述人物成长过程为主体。一般通过对一个人或几个人成长经历的叙述,反映出人物从幼稚走向成熟的变化过程,开放式结尾给读者留下想象的空间。在这本小说中,安妮从一个瘦小、爱说话、总是闯祸的小女孩成长为身材修长、成熟稳重的少女。在被问到为什么话少了一半时,安妮说:"我喜欢思考美好的事情,然后把它们像宝贝似的珍藏在心里,不愿喋喋不休,被人嘲笑和怀疑。"成长给安妮带来了更多的压力,也带来了更深层次的愉悦。

正如安妮不是"模范女孩",这本小说也有一些缺点,例如因为作者写作的对象是儿童,因此掺杂太多说教;安妮的主角光环过于耀眼;对安妮孤儿时期苦难经历带来的性格和心理影响缺乏挖掘。但,瑕不掩瑜,100多年来,读者们对它的热情丝毫没有减退,从安妮的故事中汲取的营养将在未来的生活中滋养着我们。

这篇导读初稿即将写好的那天,晴空万里,五点多的夕阳明亮温和,从图书馆南门向西走,隔着柳树和花丛的间隙,我猛然看到湖面上星星点点闪烁着的光,湖水微微波动,细碎的光点也随着跳跃。这,不就是安妮口中的"闪亮之湖"吗?安妮眼中的景色在我面前出现了,重要的从来不是风景,是能看到风景的眼睛……

参考文献

[1]曲云英.《绿山墙的安妮》的浪漫主义特征[D].吉林:东北师范大学,2008.

[2]姜淼.《绿山墙的安妮》的文学地理学解读[D].黑龙江:齐齐哈尔大学,2014.

[3]夏宗凤,张华.从成长小说的角度解读《绿山墙的安妮》[J].长春大学学报,2011,21(11):87-89.

[4]刘婷.浅谈成长小说《绿山墙的安妮》:安妮成长历程中的镜像关系[J].青春岁月,2013(12):17.

[5]蒙格马丽.绿山墙的安妮[M].曾晓文,译.上海:华东师范大学出版社,2018.

[6]蒙哥玛丽.绿山墙的安妮[M].姚锦镕,译.南京:译林出版社,2015.

导读人简介

李至楠,图情硕士,东南大学图书馆馆员。

世界本就是迷宫

导读人：赵敏伊

    初次听说这本书，是在大二的写作课上，老师提到了《小径分岔的花园》。她向我们简述了故事梗概，并以此引出小说创作的多种可能性。后来再次接触到这本书，或者准确来说是这篇文章，是在杨宁老师的文学理论视频课上。我一直很好奇，这本书或者说其中的这篇文章为什么有如此大的魅力，在我的学习生涯中反复出现，让我不得不"被迫"地记住它的名字。而现在，我又一次与它产生了联系，终于有机会去阅读这本完整的书籍，解答我先前所产生的疑惑。

    《小径分岔的花园》全书共有七个短篇，而其中包含了一篇名为《小径分岔的花园》的小说，涵盖了人类历史、现实世界、虚构世界、时间、空间等颠覆我们原先的知识框架的内容，并且由文学、史学、哲学、科学等多学科交错而成。作者博尔赫斯的高明之处就在于用短小的篇幅表达了他对于整个世界的思考与观点，就像他在序言中所说的那样："编写篇幅浩繁的书籍是吃力不讨好的谵妄，是把几分钟就能讲清楚的事情硬抻到五百页。"但是想要彻底地理解这部小说集并非易事。从小便饱读典籍，对西班牙和阿根廷的古典文学有过系统学习的博尔赫斯在小说中表达和呈现出来的知识深度远非常人能够企及。美国时代周刊《再谈阿根廷大师博尔赫斯》中有这样一句话，阿根廷"产生了一位文学天才，其神秘与难以捉摸的程度如月光下草地上波动的影子"。

    我选择这本书，并不是因为我自认为读透了博尔赫斯，而是博尔赫斯在书中所建构的世界——不论是现实的、历史的、文学的还是玄幻的，都能让阅读这本书的人产生一些思考。对博尔赫斯作品的解释永远是，而且应当是多样的，正所谓"文学无定解"。北大比较文学博士魏然老师曾说过："一个有效的解释，另外一个特征是,它必须具有启发性。如果它只是封闭我们的思维过程,那么这样的解释就不是一个好的解释。"这个原则在阅读博尔赫斯时是非常重要的。经典之所以成为经典就在于它的跨时空性,而博尔赫斯永远值得被重新阅读。

一、虚构世界的入侵

《特隆、乌克巴尔、奥比斯·特蒂乌斯》是全书的第一篇,乌克巴尔是一个不存在的城市,而特隆是由不存在的城市乌克巴尔所建构出来的一个虚拟星球,奥比斯·特蒂乌斯是该虚幻世界的修订本名称。在这个虚拟世界里,只有动词和形容词却没有名词,只有时间的概念却没有空间的概念(丢失的九枚硬币被重新找到是难以让人理解的,或者说存在是让人难以理解的,因为那个星球没有"空间"的概念),只有一元的唯心论而容不下科学的用武之地。在小说的后记中,博尔赫斯写到这个虚幻世界对现实世界进行了入侵:一个罗盘上出现了特隆文字,一个年轻人的裤腰带里掉出小而极重的圆锥体——它在特隆宗教中有着特定象征意义。

博尔赫斯试图用客观、真诚的笔触向我们展示乌克巴尔的存在,企图让读者相信其严肃的奇谈怪论:"我"租房中的《英美百科全书》没有关于它的介绍,"我"的好友比奥伊带来的《英美百科全书》却比"我"的多出四页,恰好有关于"乌克巴尔"的条目,我们又去国家图书馆翻阅资料,但谁都没有到过乌克巴尔。回到本篇文章的开头,"我靠一面镜子和一部百科全书的帮助发现了乌克巴尔",百科全书本就是世界的镜子,双镜对放,所产生的是无穷的现实。一连串的叙事游戏仿佛将我们带入一个思维怪圈,从不存在的乌克巴尔到虚拟特隆再到特隆在现实世界留下过痕迹,我们如果陷入这一世界存不存在的纠结之中,恐怕难以领悟作者想要传达的深层涵义。

虚拟的特隆可以被看作文学或者主流媒介,特隆的入侵象征着现实世界的被改造。博尔赫斯的幻想小说创作呈现出一种"概念文学"的特色:只提供一个抽象的思辨场景,并不传递日常生活的经验,也不顺着故事的自然流淌进行叙述。他通过这种形式来向我们传达文学的作用:为还在酝酿中的尚未成形的观念"赋形"。在现实世界里,人们可以通过信息媒介进行虚构,对非现实世界进行"赋形",比如电影、动画等等,而最早的"赋形"工具就是文学。这些非真实存在的东西虽然不会直接对现实世界产生什么影响,但是会对我们的思想进行干预,进而改造世界。文章最后有这样一段文字:

世界将成为特隆。我并不在意，我仍将在阿德罗格旅馆里安静地修订我按照克维多风格翻译的托马斯·布朗爵士的《瓮葬》的未定稿（我没有出版它的打算）。

如果说撰写《特隆百科全书》是一项秘密的改造世界的计划，那么其实翻译也是一项"入侵"工作，是特隆计划的镜像。"翻译即背叛"，译者对原作进行翻译时必然要加入自己的世界观、价值观，甚至可能对原作进行颠覆。而翻译者在读者与作品之间充当媒介作用，翻译者所翻译的作品就是他建构的一个虚拟世界，在无形之中就对读者的观念产生了入侵。"世界成为特隆"是每时每刻都在发生的事情。

二、讲述神话的年代

如果说文学作为媒介之功用是《特隆、乌克巴尔、奥比斯·特蒂乌斯》所要探讨的问题，那么《〈吉诃德〉的作者皮埃尔·梅纳尔》想要传达的就是文学中有关读书艺术的问题。《堂吉诃德》是西班牙作家塞万提斯创作的反骑士小说，而这个故事的主人公是作家皮埃尔·梅纳尔——一位虚构的人物。他并不想创造另一个吉诃德，而想创造正宗的"吉诃德"，即写出与塞万提斯逐字逐句不谋而合的篇章。他设想的方式是"掌握西班牙语，重新信奉天主教，同摩尔人和土耳其人打仗，忘掉一六〇二至一九一八年间的欧洲历史，'成为'米格尔·德·塞万提斯"。但是想要凭一己之力抹除这三百多年细致而幽微的历史谈何容易，于是他决定作为二十世纪的作者重写《堂吉诃德》。经过多次修改，最终定稿与原《堂吉诃德》一模一样。

当然，这是博尔赫斯的文学象征手法，放在现实世界这种行为是会受到道德谴责的。那么这个故事想表达什么？

梅纳尔（也许在无意之中）通过一种新的技巧——故意搞乱时代和作品归属的技巧——丰富了认真读书的基本艺术。这种无限运用的技巧要求我们翻阅《奥德赛》时，把它看成是后于《伊利亚特》的作品，翻阅亨利·巴舍利耶夫人的《半人马怪花园》一书时，把它看成是亨利·巴舍利耶夫人写的。这种技巧使得最平静的书籍充满惊奇。把《基督的模仿》说成是路易-费迪南·塞利纳或者詹姆斯·乔伊斯的作品，岂不是那些微不足道的精神做戒的充分更新吗？

　　书中的这段文字或许能够给予我们解答。一个十七世纪的作家与一个二十世纪的作家写出的同一部作品,即使内容完全相同,读者在解读作品时能够"看见"的信息是截然不同的。同样是一句"历史所孕育的真理",阅读塞万提斯,我们能接收到的是历史的修辞能力,而阅读皮埃尔·梅纳尔,我们能读出的是,历史不是现实的探索而是现实的根源,是我们认为已经发生的事情。如果不能理解作者在文中所举的这个例子中"历史"的涵义,也没关系。重点在于,在作品的内容或者说作者传达的信息一致的情况下,不同时代的读者所能阅读到的层面是不同的。由此,作品的阐释出现了一个新的转向——读者与作者有同等重要的位置。博尔赫斯这篇短篇对读者的重要性进行了强调,类似于"作者已死"的西方文论观点。

　　重写《堂吉诃德》改变了读书的艺术,原先人们认为,作品的意义由作家赋予,而现在人们发现,意义是在具体的阅读语境中被挖掘出来的。可能某位读者经历过某件事情,对作品内容就有更为深刻的认识。没有一个文本是真正原创且自足的,文学不是死板地印在纸张上的文字,历史条件、阐释语境的改变会给文学带来翻天覆地的变化。比如,自从卡夫卡出现之后,这种荒诞的写作手法才正式被人们提出、定性,在这之前,尽管作品中已经出现了这种手法,但会被读者所忽略。所以卡夫卡的出现带来了一种全新的阅读方式,当我们知道卡夫卡之后,再去阅读他之前的文学作品,它们就会带上卡夫卡的烙印。

　　戴锦华翻译的《〈搜索者〉——一个美国的困境》(布里恩·汉德森著)中说:"对于一部叙事性作品的意义说来,重要的是讲述神话的年代,而不是神话所讲述的年代。"这句话或许是对这篇文章的最好诠释。

三、梦与现实的边界

　　在《环形废墟》中,博尔赫斯"试图用个体经验去书写西方文化的总体面貌,用一个神话书写人类所有神话"。它讲述了一个来自南方的魔法师来到一座被焚毁的庙宇,他的任务是睡觉做梦,"梦见一个人:要毫发不爽地梦见那人,使之成为现实"。随后庙宇变成了环形剧场,魔法师在剧场中教授课程,并"寻找值得参与宇宙的灵魂"。最终魔法师梦见了一位心脏跳动着的少年,他让火神给予少年精神与灵魂,命令少年将一面旗子插到山顶上,旗子果然在第二天飘扬起来。魔法师让少年去到河下游的另一座庙宇,从下游来的人告诉魔法师，庙宇里有一个不会被火烧伤的人，魔法师正担心自己的"儿子"会发现自己只是另一个人梦的投影，而非实实在在的人，自己所在的庙宇就遭到了火焚。

> 他（魔法师）朝火焰走去。火焰没有吞噬他的皮肉，而是不烫不灼地
> 抚慰他，淹没了他。他宽慰地、惭愧地、害怕地知道他自己也是一个幻影，
> 另一个人梦中的幻影。

整个故事就像题目中所说的那样形成一个"环"，有些翻译版本将其译为"圆形"，但我觉得远不如"环形"来得巧妙。环形废墟不仅是神庙的形状，也是故事的结构。魔法师从南方而来，是别人梦中的幻影，少年也去到了北方庙宇，是魔法师梦中的幻影。故事结尾恰好验证了博尔赫斯在故事里说过的一句话："在那做梦人的梦中，被梦见的人醒了。"

我们自以为看清了这个世界，到头来却发现自己不过是造物主手下一条极其轻微的生命，是文明进程中十分渺小的存在。这个故事与《通天塔图书馆》有异曲同工之妙。《通天塔图书馆》也被译为《巴别图书馆》，博尔赫斯在其中建构了一个无限的空间宇宙，图书馆中的书籍杂乱却又看似有序，人们相信总会存在一本目录的目录，于是试图在图书馆中找到这个秩序，但没有人能够做到。世界或许是有秩序的，但秩序又是神秘不可知的，人类的理性在宇宙规律面前根本不值一提。博尔赫斯有一句十分著名的话："如果有天堂，那一定是图书馆的模样。"许多人将之理解为称赞图书馆的圣洁与纯净，但是博尔赫斯想说的远非如此。他想表达的是，世界就像是通天塔图书馆，它的尽头永远磅礴而神秘。

回到《环形废墟》，为什么北大比较文学博士魏然老师说这是博尔赫斯在书写西方文化的总体面貌呢？书中有这样一句话："那些梦境起初是一片混乱；不久后，有点辩证的味道了。"由混乱到辩证，也就是从无序走向了有序，而人类文明的进程就是给混乱无序赋予秩序。魔法师一开始在剧场中讲授解剖学、宇宙结构学、魔法，这些内容是科学与神话的结合，他期望着学生提出大胆合理并相反的见解，强调他们的思辨能力。但是在这之后魔法师开始失眠，他想让自己变得疲惫，但是却只在毒芹丛中做了几个短暂而模糊的梦。或许魔法师对学生的启蒙就象征着人类理性的萌芽。苏格拉底饮鸩而死饮的就是毒芹酒，他的哲思最初遭到了崇尚诗歌与传统宗教的人的排挤。于是魔法师换了一个方法，由精神走向唯物——从人的各个器官、脉搏、骨骼梦起，直到形成一个完整的

人,让火神赋予其生气。少年冲破梦境进入现实,人类理性仿佛取得了最终胜利。但是故事的最后魔法师发现自己也不过是一个幻影,梦与现实的边界又开始模糊起来,非理性再次回归,世界被复魅。

这让我想到了人类历史上三次观念冲击:一次是哥白尼"日心说"的提出让我们意识到地球不是宇宙的中心;其后是生物学表明人不过是动物界的物种之一,与万物无异,也有不可磨灭的兽性;第三次则是弗洛伊德的精神分析学说让我们开始思考,人类的种种行为究竟是受理性控制还是受非理性(潜意识)驱使。从古希腊时期人类就崇尚理性,亚里士多德就提出"人是理性的动物",但文明进程在向我们提出疑问:这种观点是绝对正确的吗?理性的尽头究竟是什么?梦与现实的边界依然混沌不清,新一轮的永恒探索仿佛又重新开始了。

四、若干可能的存在

博尔赫斯在其作品《阿莱夫》中说:"世界本来就是迷宫,没有必要再建一座。"他对于时间、迷宫仿佛有着特别的痴迷,《小径分岔的花园》就是一篇披着侦探外衣的时间迷宫。这个故事的大框架是一位德军间谍余准需要在英军马登的追踪下将英军的袭击目标传递给德方,于是余准击杀了一位名叫斯蒂芬·艾伯特的人,通过新闻报道让德军知晓英军的目标是艾伯特这个城市。这个大框架本就已经足够吸引人了,但是博尔赫斯的重点并不在此。余准的曾祖父彭㝡曾经说过,"我引退后要写一部小说","我引退后要盖一座迷宫"。他留下的并不完整的小说手稿情节让后人感到困惑不已,他所说的那座迷宫也未被人发现。而汉学家艾伯特博士对彭㝡有着深入的研究,是他告诉余准其曾祖父所说的小说与迷宫其实是一件东西,小说中的矛盾情节——主人公在第三回死了,第四回又活了过来——是彭㝡故意为之,他想要写出小说中所有的可能性。什么情况下一本书能成为无限?那就是小说主人公选择所有的可能性,于是有了无尽的结果,无尽的时间,枝叶纷繁。这种叙事结构成为后来"平行时空"的苗头,在这个时间里,我正坐在电脑前写下这篇导读,但在另一个时间里,我还是一个小孩奔跑在绿油油的草坪上。

在大部分时间里,我们并不存在;在某些时间,有你而没有我;在另一些时间,有我而没有你;在有一些时间,你我都存在。

我们的每一次选择都会通向不同的结果，而且每个时间里面的我们都只有一次选择机会，走入不可逆转的结果之中。只是从整个宇宙的宏观视野来看，时间是一张密密麻麻的网，有多个我们同时存在，"时间永远分岔，通向无数的将来"。米兰·昆德拉在《不能承受的生命之轻》中谈及人生："人永远都无法知道自己该要什么，因为人只能活一次，既不能拿它跟前世相比，也不能在来生加以修正。没有任何方法可以检验哪种抉择是好的，因为不存在任何比较。"我们早已经处在花园的小径上，而我们今后能遇到的所有可能也都存在于这条小径中，每次选择都息息相关。前一秒与后一秒无法割裂，时间片段就这样单向地无法逆反地不断前进。

而分岔的时间会有无数个交点，博尔赫斯的时间观是交叉循环的。让我们回到故事的大框架，余准在寻找艾伯特博士的路上恰好遇到两个小孩主动为他指明方向，艾伯特博士恰好是研究其祖父彭㝡的汉学家，而刺杀艾伯特恰好能够帮助他把情报传递出去。或许在另外的时空里，已经发生的一些事情解释了出现这些巧合的原因。

博尔赫斯这种时间宇宙的提出仿佛能够给我们一些慰藉，为我们提供了一条精神出路——即使在这个时间里我们碌碌无为、一败涂地甚至即将死去，在另一个平行时空还有无数的可能存在。但是这种永恒存在也在向我们宣告：人类的自我困境永远不会消失，人类的意义和出路是不确定的，有无限可能，也有无限绝望。博尔赫斯的本来目的或许是探讨虚无与荒诞，而非为我们指明道路。

我们看似是自己在做出人生选择，但实际上是被外在因素推动着前进。就像书中的余准在两个小孩指引下找到了艾伯特家，在形势逼迫之下只能选择杀掉艾伯特，最终走向了被马登枪杀的悲剧。这一切都像是有一股无形的力量在推动着余准前行，或者说走向绝境。现实世界是荒谬的，身处其中的我们自以为操持着理性的尖刀大杀四方，但等我们走到某个人生节点上跳脱出来进行自我观照时，就会发现我们是在被荒谬的现实操控着。理性所营造出来的看似有序的空间根本经不起荒诞的现实世界的袭击。剧作家弗里德里希·迪伦马特曾说："我们只有谦卑地把这种荒谬性包括到我们的思想体系里去，承认在理智企图诚实地面对现实时，人类的理智不可避免的是有裂隙的，总是有扭曲的时候的。"现实是偶然的，被许多不可知的力量所支配，理性难以胜利，人类的认识永远存在局限,我们需要意识到我们的脆弱。

在《小径分岔的花园》这本书中,博尔赫斯为我们构建了文学迷宫、空间迷宫、时间迷宫。从对世界的思考到对自我的观照,从空间的无限性到时间的无限性,博尔赫斯简短的文字底下埋藏着一个无穷尽的宇宙。越是深入地阅读这本书,我越感自己正在缩小,直到成为宇宙中的一个点。通过博尔赫斯的文字,我们看清现实的复杂,看清人类的自大是多么可笑和不堪一击。"世界本来就是迷宫,没有必要再建一座"(博尔赫斯),如此奇妙的世界并不是因为博尔赫斯的描绘才存在,而是因为有了博尔赫斯才被我们所感知。

博尔赫斯在文学史上的神秘性在于他极尽隐晦的笔触,虽然每个人都能在这本小说集中看到玄幻、荒诞、不可知,但是每个人都能对博尔赫斯进行别样的解读,而这些解读或许是千奇百怪、南辕北辙的。小到日常生活中的一件平凡小事,大到人类文明的整个进程,无不在博尔赫斯的叙事游戏之中。一代又一代的读者正兴致盎然地剖析博尔赫斯,其作品也在反复的解读中不断生发新的内涵。就像博尔赫斯在《〈吉诃德〉的作者皮埃尔·梅纳尔》中传达的那样,作者并不是"文化英雄",读者也享有和作者同等的解释文本的权利。同样,我们不需要为博尔赫斯造神,因为每一种解读都有意义,都值得被重视。

参考文献

[1]博尔赫斯.小径分岔的花园[M].王永年,译.上海:上海译文出版社,2015.

[2]博尔赫斯.诗人[M].林之木,译.上海:上海译文出版社,2015.

[3]昆德拉.不能承受的生命之轻[M].许钧,译.上海:上海译文出版社,2022.

[4]汉德森,戴锦华.《搜索者》:一个美国的困境[J].当代电影,1987(4):67-82.

[5]李若薇.试析《特隆,乌克巴尔,奥尔比斯·特蒂乌斯》[J].外国文学研究,2003(6):151-153.

[6]张芮,倪思然.由荒诞与虚无的隐喻直达人生的迷宫:《小径分岔的花园》解读[J].名作欣赏,2019(30):148-151.

[7]蒋涛,李万庆.博尔赫斯的迷宫[J].辽宁教育学院学报(社会科学版),1990(4): 77-82.

[8]李丽.条条小路通虚无:《小径分岔的花园》对理性的颠覆[J].林区教学,2007(5): 29-30.

导读人简介

赵敏伊,东南大学人文学院中文系学生。

亲笔书信的温度
依旧可以治愈你我

导读人：吴媚

　　容我为大家介绍一个故事吧。故事发生在神奈川县镰仓市，一个靠海的小城，而故事的主人公——雨宫鸠子住在靠山的那一带，离海边很远。故事的主人公的主要活动场所是一幢门外有一棵高大的山茶树的老旧的日式家屋，楼上住人，楼下就是"山茶文具店"。在上代阿嬷（外祖母）病死之后，主角雨宫鸠子时隔八年从国外回到了镰仓，回到了这家拥有一株山茶树的文具店。店主人看起来是做文具售卖工作的，实际上真正做的是一份"代笔人"的副业工作。雨宫鸠子成为雨宫家第十一代代笔人。据传在幕府时期，雨宫家便为他人代笔书信。"代笔"，就是帮助委托人用文字表达出心意，设计合适字体写在相宜的纸张之上，为委托人传递难以表达的情感。主角雨宫鸠子从夏天、秋天、冬天到春天，不知不觉间陆续接到各色委托，为顾客书写心意，更多的是写信，有给死去宠物的吊唁信、宣布离婚的公告信、拒绝借钱的回绝信、写给挚友的分手信……一封封代笔信是客人们的写实生活，也是一节节人生的课堂。而鸠子也通过十六封书信，直面与阿嬷的心结。

　　有这样一本可以被称为经典的日系治愈小说，讲述了一个代笔人借助书信与原生家庭和解的故事，它就是《山茶文具店》，一本可以疗愈你我的人气好评之作。小说的题材在暖心之余，还结合了镰仓当地的风景与美食，很能满足读者渴望治愈伤痛心灵的阅读需求。作者小川糸的治愈更多的是用一种静水深流的方式将人物之间的矛盾隐匿在琐碎的生活片段中。

一、重返镰仓,夏去春来

本书以一年四季为叙事的主线,故事便是从夏季的来临开始的。书中大量温柔细腻的景色描写,给读者舒适的阅读感受,如同干渴后的一盏清新热茶般恰到好处。故事发生在镰仓,作者笔下的山茶文具店就坐落在镰仓这个海滨城市靠山的那一带,这一下子给故事笼罩上了静谧的色彩。

作为一个文具店店主,鸠子同其他镰仓人一样按照各个时令参与祭祀仪式或者纪念活动。六月三十日就参加了鹤冈八幡宫的大祓仪式,当她"钻过用茅草制作的巨大茅草环那瞬间,立刻明确感受到夏天的气息。天空明亮灿烂,看起来格外蔚蓝……",鸠子"暗自觉得,镰仓的一年始于夏季"。中元节假期的一个星期休息时间里,鸠子搭车去东京买了很多邮票,偶遇邻居芭芭拉夫人,相约在海边共进露天晚餐,面对大海愉快畅谈。不得不说,鸠子的这个夏天过得应该还不赖,那可是她曾经最喜欢的季节啊。不知不觉到了冬季的元月一日新年,鸠子参拜了由比若宫,那是雨宫家每年固定参拜的神社,也是阿嬷以往每年必带鸠子参拜的地方。"在镰仓众多的神社佛阁中,由比若宫或许是最能让我心情放松的地方……我抬头向着天空,闭上眼睛,想着今年新春试笔要写些什么,自己又希望今年是怎样的一年。"在特定的日子去做特定的事情,比我们想象中更具仪式感与疗愈感。元月七日是新年后第一次剪指甲的日子,鸠子自然而然又想起以往阿嬷每年都为自己泡七草水、剪七草爪的习俗,仔细而又认真地执行了阔别十几年的剪指甲方式。当时正愁用何种字体为客人书写书信,在元月十五日那天八幡宫的左义长神事中,鸠子的新春试笔被火焰包围,据说这样高蹿的火苗下书法会得到进步。在随后的镰仓七福神巡礼中,爬山累到不行的鸠子观看社方人员书写朱印,躲雨逛近代美术馆时终于迎来了灵感。可以看到,书中主角体验了一场四季的旅程,鸠子从夏日的燥热酷暑与迷惘不定起步,感受秋的收获,体味冬的萧瑟,最终在春寒料峭中豁然开朗、心志坚定。

串联起本书的是一明一暗的两条线,故事的情节由鸠子接手一封封委托书信以及与委托人之间的来往过程推动着,暗线则是在回到镰仓的这一年时光中,鸠子时不时会被勾起过去与阿嬷的回忆。作者小川糸在推进故事情节的同时,还大量运用了时令美食作为反映主角心情状态变化的点睛之笔。夏季时节上门的客人会轮番得到鸠子准备的京番茶、冰麦茶或柚子汽水。到了秋天,招待客人的变成了红茶搭配大福、玉露茶。新年期间,冬季上门的客人都会喝到热热的甘酒。在和邻居芭芭拉夫人越来越交心的过程中,鸠子和她先一起喝了咖啡,后来共进海边晚餐,再到吃美味的手信礼马卡龙。鸠子自己解决吃饭时,从一开始的只是中式冷面,到冰清酒搭配蒟蒻球和小芋咖喱荞麦面,再到男爵感谢她的用心晚餐:开胃的伊比利亚生火腿、西班牙红酒、沙拉、炸丁香鱼,主餐是鹤屋的啤酒配鳗鱼肝、两代同堂鳗鱼饭以及饭后酒吧的特别鸡尾酒。主角在回到镰仓的这一年中,已经从芭芭拉夫人、男爵等身边人那里了解到以前自己不知道的阿嬷和自己的一些旧事。书中很多对古建筑、食物、大海、节日民俗、四时风物的叙述,读来令人享受。醇香的京番茶、绣球花锦簇的明月院、鹤冈八幡宫的大祓仪式、黄昏海边的烟火、绵软的红豆面包、盛夏最后的蝉鸣……对这些事物细腻入微的感受,只有用心去生活的人才能将它们自然而然地付诸笔端。可以看出本书的作者小川糸,同样深受崇尚山川自然的日本文化的影响。在其处女作《蜗牛食堂》时期,她就擅长以美食为题材。实际上,透过书的内容真正处理的是一个庞大的主题:"母与女""生与死"和"自我与他人"的种种对照关系。

二、封封书信,形色人生

在书中,陆续上门委托的有慕名上代而来的新客,有年年赏光的熟客,还有单纯无法写出令自己和家人满意文字的客人,鸠子的工作也常常遇到瓶颈。书中展现的一封封书信无疑扮演着另一个主角,在对应的情境下,书信的不可代替性愈发明显,令人觉得那封书信才能最为恰当地表达委托人的心声,甚至一个字都不能改动。虽然我们现在有更为迅捷的交流工具,但还是觉得缺少了些什么。读《山茶文具店》之后,心里最深的角落很容易被触及。鸠子为客人用心斟酌字句并亲手写下,虽不完美,但是或浓或淡的墨迹,或素雅或华美的信纸信封,贴上一枚保存已久的邮票,更具有"人"的气息。这样传达出的心意,是最为真挚、独一无二的。对于人与人之间来说,一封真诚书信承载的心意远比一条看过即过的微信更加饱满。

前来找鸠子代笔的信大部分都有特殊意义,有问候信、鼓励信、道歉信。爱情在消逝的时候,该如何表达才更体面合适呢?不知何时,婚后生活十五载的夫妻,妻子爱上了别人坚决要求离婚。丈夫选择放手,只是觉得辜负了往日曾经给予他们祝福的亲友。于是鸠子接到了一项富有挑战的委托,帮助这位丈夫向亲友报告离婚这件事。但重要的是必须向曾经温暖守护这对夫妻的亲朋好友表达感谢之心，并让亲朋好友了解，大家的心意绝对没有白费；另外，也希望大家继续支持这两人各自迈向不同的人生。鸠子对待这单委托，不单单是和这位丈夫共同讨论了数次信的内容，考虑到收信人的感受，连信纸、信封以及书写工具都经过了慎重选择。鸠子希望能正确向对方传达自己的想法，同时也避免对方收到信时心生不快，最终采纳了铅字印刷，并以两人联名的方式寄出。"虽然我们无法携手相伴到白头，但仍将默默支持彼此的第二人生……虽然我们决定迈向不同的人生，但仍希望能够维持与各位之间的缘分，这也是我们共同的心愿。希望有朝一日，能笑着谈论今天。"这封信为委托的丈夫解决了不能顺利表达自己心情的困难，也得体地表达了他承蒙各位亲友祝福非常感激，如今离婚深感内疚的心情。相信这对夫妻的亲友收到信后，能够很好体会到这位丈夫想表达的初衷：他们曾有过美满婚姻生活的事实。他没有让他的太太一个人当坏人，这封信达到了他所期待的完美结局，过去的种种都算好的效果。

　　敬致关爱我们的各位：

　　　　夏阳高照的季节来临，镰仓的绿意也更加蓬勃，不知各位是否别来无恙？

　　　　在鹤冈八幡宫举行婚礼至今，转眼已过十五载，不禁感叹时光流逝如此匆匆。

　　　　能在各位的见证下，于樱花飘舞的庄严气氛中共结连理，堪称人生之大幸。

　　　　平日，我们各自努力工作；假日，则常偕同前往海边或山野健行。生活虽然平淡，但夫妻共同享受了日常的平凡幸福，我们都希望能随着岁月的累积，加深彼此的理解和情感。

　　　　虽然我们无缘得子，但也因此邂逅了爱犬汉娜，我们视她如己出，疼爱有加。

　　　　回想起来，带着汉娜一起去冲绳旅行的时光，是我们一家人无可取代的美好回忆。

　　　　此次提笔，是为了向各位报告一件遗憾的事：

　　　　我们在七月底解除了夫妻关系，正式离婚。

虽然我们花费很长时间沟通，摸索是否能找到继续相处的方法；也曾请亲密的友人提供协助，努力寻求最完善的方式，希望走向圆满的结局。但是，前妻希望能与新的伴侣共度未来的人生，无悔活出自我的意志也相当坚定。最后，我们决定分道扬镳，各奔前程。

虽然我们无法携手相伴到白头，但仍将默默支持彼此的第二人生。

因此，如蒙各位认为我们为了追求幸福的人生，做出富有勇气的决定，我们将深感万幸。

各位温暖地守护我们夫妻，如今却辜负了各位的期待，为此着实深感痛苦。

衷心感谢各位至今为止的亲切和关爱，有幸和各位结缘，带给我们莫大的鼓励和安慰。

虽然我们决定迈向不同的人生，但仍希望能够维持与各位之间的缘分，这也是我们的共同心愿。

希望有朝一日，能笑着谈论今天。

满怀感恩之心。敬颂

崇祺

令我感动许久的代笔信是一封"天堂"来信，委托人是有着90岁高龄母亲的清太郎。他告诉鸠子，年迈母亲进入养老院后开始胡言乱语，有时竟然说死去的父亲寄信回家了，她吵着要回家。但是平时爱板着脸那么传统的父亲怎么可能给母亲写信呢？清太郎和家人都觉得不可思议。然而，最让人讶异的是有一天在整理母亲衣柜时他们发现一沓信，全是父亲从各个地方寄给母亲的，大概是担心母亲吧。信的字里行间都大大方方表达了对母亲的爱意，开头以"亲爱的小千""深爱的小千"来称呼母亲，而结尾总以"全世界最爱小千的男人"落款。威严庄重的父亲，原来只有在母亲面前才柔情万种。可能母亲当年就是靠着父亲寄给她的一封封信和期待，度过了一个个分居两地的日子。看到母亲现在特别想回家的样子，清太郎期待能为母亲再圆一次梦，希望她能够解脱出来。毕竟老年夫妻，任何一个人先走，对另一个人来说，都是重击。最终鸠子构思了许久，以神似清太郎父亲的笔迹和口吻写了一封给他的老母亲，给她一颗定心丸。"亲爱的小千：我正在欣赏很美的景色，可以在这里清楚地看到你。

我已经从走球人生毕业了，所以，当我们下次再见面时，要不要每天都牵着手，尽情地散步？小千，我喜欢你的笑容。在下次见面之前，你要多保重。全世界最爱小千的男人。"收到信的母亲不再吵闹，一直把那封信抱在胸前当成护身符，露出久违的笑容。不久以后，清太郎的母亲安详地离开了，带着先生写给她的情书上了天堂。每次读到鸠子为清太郎母亲写的信，我都觉得仿佛那绝对就是世界上最爱小千的男人写出来的内容，报备了自己一切都好的状态，以及虽然已经离开这个世界这个事实，但同时还是非常思念小千，请爱人多多保重，期待下一次的见面也是和过去的几十年里一样欣喜若狂。这种爱可以像干花一样永葆美丽，无论他俩是否暂时异地而居或是阴阳相隔。

亲爱的小千：

我正在欣赏很美的景色，可以在这里清楚地看到你。我已经从走球人生毕业了，所以，当我们下次再见面时，要不要每天牵着手，尽情地散步？小千，我喜欢你的笑容。在下次见面之前，你要多保重。

全世界最爱小千的男人

在一个好的状态里，鸠子在写信时脑海中会浮现出委托人的样子，而且会有那么一瞬间仿佛和委托人融为一体，和委托人的手一同握笔，写下了一字一句。这时的鸠子因为懂得对方，更能贴近委托人，传达出其心意。

三、记忆如酒，一场和解

如果不会做美味糕点的人，去店里买了糕点送给想要感谢的人，是不是也可以表达感激之情呢？这实际上和代笔工作的效果是一样的。在不断为委托人写信的过程中，鸠子认识到了更多的感情，有无法到场的悼念之情，有淡然分手感谢亲友的情绪，有巧妙的钱财拒借之意，还有向过去恋人报备自己安好的心思等等。在拿捏感受这些微妙情感的同时，她也得到了在做这份代笔工作之前根本得不到的满足感。

回到镰仓住在熟悉的房子里，见到熟悉的友人，过去的回忆开始若隐若现，慢慢浮上心头。小的时候，雨宫鸠子是阿嬷取的名字，来自鹤冈八幡宫的鸽子图案，又因为儿歌《鸽子波波》，大家常叫她波波。阿嬷是一个人把她带大的，阿嬷教会了她很多东西，但是在鸠子的记忆里阿嬷对她比对一般的小孩子更严厉,天天仿佛除了练字和上学也没有什么其他玩耍的时间。如果耽误了一段时间,还要花好几倍的时间再补回来。阿嬷的身份决定了她不能对鸠子太宽容,她要培养下一代代笔人。下一代代笔人既要具备写信的基本技能还要练出一手好字,同时拥有良好的文学素养和生活习惯。抚养孙女对于阿嬷来讲,也是一个难题,她们想要靠近彼此却还有一定的距离感。到了高二的时候,鸠子的叛逆情绪完全爆发,变成不良少女的模样,整日与阿嬷对着干。到阿嬷离世,鸠子都不曾看过她。隔代的祖孙两人之间由于年龄的差距,温情之外更多的是冲突和误解。鸠子和阿嬷的矛盾越发激化,最终她选择逃离镰仓,逃离阿嬷。

当鸠子再次拿起阿嬷的笔的时候,也就开始了与阿嬷的和解之路。男爵告诉她,原来都是阿嬷抱着小小的鸠子,常常去分享男爵太太的母乳;阿嬷在神社里背着她,只为了能让她看到更高更远的风景;阿嬷烤的奶油糖,是鸠子一生难忘的美味。上了专业学校学习设计后,鸠子才认识到自己的才能也仅限于代笔。在国外流浪的时间里,她才发现最终还是为外国人写充满东方韵味的文字这个特长拯救了自己。这让鸠子第一次对阿嬷充满了感激,但是她已经没有机会向阿嬷表达了。鸠子最终成长为一个温柔的能为他人着想且富有同理心的人,她能对身边人的情绪和需求做出敏锐的感知以及真诚的回应。

一个外国小伙来访,带来了当年阿嬷和意大利笔友的信,有厚厚的一沓。然而,当时的鸠子没有勇气立马读信,很怕自己会难过到不行,特意到以前常和阿嬷吃饭的店里点好了餐和酒,才开始看。鸠子万万想不到的是,在阿嬷写给笔友的信里,字体和平时都不一样,略有些潦草,自己竟然是每一封信的主角。信中记录了自己成长过程中的琐事,以及各自育儿的小烦恼。当读到最后一封信时,鸠子百感交集。她从背后轻轻抚摩这些文字,才发现她从来没有这样抚摩过外婆。不知道外婆的皮肤有多柔软,也不知道外婆的骨骼有多坚硬。她抱着那封信入眠,希望那是外婆,哪怕一次就好。

"春多食苦、夏多食酸、秋多食辣、冬多食油。"这是阿嬷贴在厨房的标语,是鸠子认为寄托了阿嬷灵魂的字句。在新春试笔中,鸠子写下一模一样的字,却发现字体的灵魂无法复制。阿嬷对她的影响原来如此深刻,不仅在代笔工作中,也渗透进生活的方方面面。在对待文字、生活和待人接物的准则上,鸠子重新认识到阿嬷郑重认真的态度,看似刻板实则蕴含着一股古朴厚重的生命力。

热爱生活的人也会珍重自身,尊重善待他人也是对自己的修炼。这其实就是阿嬷留给鸠子最实用的人生哲学。

春多食苦、夏多食酸、秋多食辣、冬多食油

正如书封上的那句:"你有多久没提笔,在纸上写下对思念之人想说的话了?"或许我们也应该提起手中的笔了。

参考文献

小川糸.山茶文具店[M].王蕴洁,译.长沙:湖南文艺出版社,2018.

导读人简介

吴媚,图书情报专业硕士,东南大学图书馆馆员。

科普与教育

人工智能的探索之路

——一条集异璧的永恒黄金纽带

导读人：戴显龙

当你拿到这本《哥德尔、艾舍尔、巴赫——集异璧之大成》，即 *Gödel, Escher, Bach: An Eternal Golden Braid*（以下简称 *GEB*）时，你一定会以为这是一本讨论数学家、艺术家和音乐家的书，但它却是一本荣获非虚构类普利策文学奖的计算机领域科普书籍。

这本 1979 年出版的人工智能（Artificial Intelligence, AI）通识读物，却涉及数理逻辑、可计算理论、哲学、分子生物学、思维科学、语言学、禅宗、心理学等诸多领域。我们可以通过此书，轻而易举地了解一些数理逻辑的抽象概念，例如通过唱机-唱片系统可理解"同构"，通过"故事套"可理解"递归"，通过艾舍尔的画作可理解"悖论"，通过巴赫《赋格的艺术》的主题去理解"自指"；还可以领略 AI 发展简史、几何史、DNA 的组成、大脑的复杂结构、我国唐宋时期的禅宗哲学……古诗有云，"横看成岭侧成峰，远近高低各不同"。我们即将步入 *GEB* 这座神秘大山，去拨开那层萦绕其中的迷雾，找寻那条遍布整座山的金纽带，获得不一样的收获与期待；跟随 *GEB* 再次踏上 AI 领域曾经的这条探索之路。

一、AI 1970 与集异璧

时代是个奇怪的概念，它自身未必可以验证和完整地领略悬于时代上方的广袤时空，没有一个作品可以脱离时代背景，也不会就此沦陷于时代之中。时空给予作品的每一种背景的片段，都是潺湲或匆迫的，但每一种背景的片段都给予这部作品无穷的意义。

我们不能因为我国复兴号能以350公里的时速平稳运行，就去嘲笑1814年第一辆蒸汽机车的落后；也不能因为当今智能终端的小巧与强大，而去嘲笑第一台计算机ENIAC（埃尼阿克）的庞大与笨重；更不能因为喷气式飞机的成功，而去嘲笑莱克兄弟第一架飞机的简易。我们不应让一部作品陷落于时代，时代应是成就一部作品的力量，让我们更全面地去理解作品背后一个领域的历史演变，领略作品所处时代的风采。笔者不想用当下AI领域的一片繁荣来评价GEB的优良中差，也不想用AI领域近70年光阴所获的丰硕成果来评价这本书中的智慧，GEB的作者侯世达花了近20年才写成这本于1979年出版的科普神作。唯有身临其境，适当站在正确的时代背景中，才会领略GEB蕴含智慧的伟大。

几乎任何领域从无到繁荣，都会历经非议、曲折和起伏。图灵的模仿游戏让机器有了"思考"的能力，也问了世人一个问题：人与机器，孰优孰劣？"图灵测验"给AI研究提供了理论依据和校验方法。随后，AI术语于1956年被正式提出，并出现了机器定理证明、跳棋程序等一批令人瞩目的AI程序，这可谓是AI发展的第一个黄金期。到了70年代，AI的发展开始受限于技术瓶颈，科研与社会舆论的双重压力，让AI陷入第一次衰落期，那是AI领域探索与发展道路上，一段痛苦而艰难的岁月。可能是迫于舆论压力，研究者们更希望让AI理解和探索人类社会最深层次的哲学问题成为可能，包括侯世达在内的众多研究者，更希望让计算机能够像人类一样去思考，而这个研究动机成就了后来的"机器思维方向"。

"普"应是一本科普书籍成功的关键。普者，普及也。倘若一本科普书籍无法将艰深的科学知识普及给普通的读者，那它终究不能算是一本好书。侯世达精巧地设计了这本书的结构，又用巧妙的笔法，做到了深入浅出，实现引人入胜的效果，但内容的殷实与完备，却是体现一本科普书广度与深度的基准。GEB内容的多元化，应是得益于侯世达涉猎知识的多元性。

侯世达是一位非常传奇的学者，是个不折不扣的"斜杠"人才。他20岁就毕业于斯坦福大学，数学、物理是他本专业专长，他还涉足计算机、心理学、认知科学、哲学、比较文学、艺术创作、文学翻译等领域，创作过钢琴曲，还精通中、英、法、意等多国语言，既是美国艺术与科学学院院士，又是美国哲学学会会员。

他还有位获得诺贝尔奖的父亲,学术之家的氛围铸就了他独特的思维方式。侯世达凭借自己的多才多艺和成长经历,造就了 *GEB* 全书的独特视角和写作风格,他将看似风马牛不相及的三个伟人及其他领域与哲学完美契合,成就了这本内容丰富的著作。

在结构上侯世达把书分为上下两册:上册 *GEB* 也是本书的上半部分,由 Gödel、Escher、Bach 的首字母组成,而"集异璧"是中译本译者对 *GEB* 的音译。这半部分充满了启发式的描述,利用巴赫的卡农和赋格、艾舍尔版画中富含的奇思妙想,来引入哥德尔不完全性定理、递归、同构、自指、怪圈之类的概念或哲学问题,再通过介绍如"WU"谜题这些例子,来帮助读者理解什么是形式系统,什么又是命题的演算过程。"下册 *EGB*"取自词组 Eternal Golden Braid 的首字母,作者将哥德尔不完全性定理、艾舍尔构思奇特且富含哲学意境的画作、巴赫经久流传的音乐珠联璧合,编制出一条"永恒的金纽带"串起各领域间的内在联系,集合不同领域的宝璧,进而对数理逻辑、可计算理论、人脑、思维、自我意识进行了由浅至深的哲学讨论,最终引发对 AI 领域发展探索道路的回顾、总结与展望。

笔者在此绘制了如图1所示的结构导图,对书中的相关知识点进行总结,以方便读者对全书进行理解。其中,哥德尔不完全性定理为整本书的核心,同

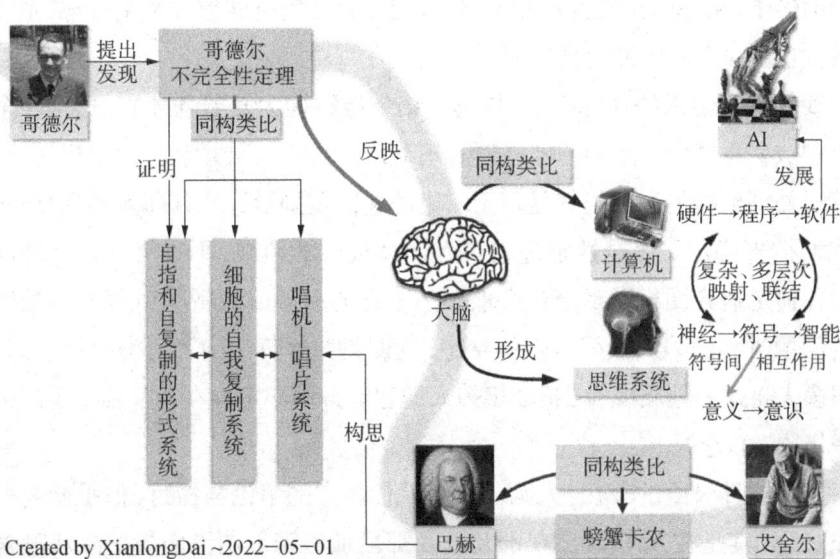

图1　书中相关知识点结构导图

构类比的思想是串接和理解书中各领域艰深知识点的主要方法,本文也将围绕这一结构进行展开。下面,笔者将以哥德尔不完全性定理为主题,逐渐引导读者对GEB中人脑结构、意识、心智本质的思考与认知,通过同构和类比引发对计算机程序与人工智能的探讨。

二、哥德尔与AI极限

1930年的冬天,"数理大帝"大卫·希尔伯特在数理大宫殿内收到了库尔特·哥德尔的一封来信,这封信直接粉碎了希尔伯特"世界的一切可以被一个大一统理论囊括"的想法。在此之前,希尔伯特一直认为世界的本质是数学,拒绝将任何未被逻辑严谨证明的任何臆想出来的观点当成真理,更倾向于世界的本身规律是无矛盾的。

希尔伯特常说,他从未怀疑过自己的数学信仰。从古希腊开始一些人就普遍相信数学能和真理画上等号,希望用数学证明一切命题的真假,但"哥德尔不完全性定理"开启了现代逻辑发展的新时期,直接粉碎了两千年来数学家们的信念,哥德尔甚至说数学都不能证明数学本身。该定理认为,任何一个公理化形式系统中都必定存在一个不可判定的命题,存在"真的不可证命题","真"与"可证"并非等价。GEB中,作者利用"上帝造出了自己举不起来的石头"这个诙谐的例子,来说明全能上帝并不存在,也不存在完备的形式系统,形式系统的一致性也无法在其内部得到证明。

我们现在使用的计算机,是以冯·诺依曼结构为发展基础的,这是一个以二进制数字运算和一系列基础公理为基础,加上输入、处理和输出组成的结构。计算机处理数据的思路仍然是基于一定的递归规则运算来判断命题的真与假。当我们把哥德尔不完全性定理引申到计算机科学领域,不难得到一个等价命题:"任何定理证明机器都至少会遗漏一个真的不可证命题。"计算机在处理这样的问题时必然陷入无限卡壳的状态,这便是数学算法的不可穷尽性。因此,有很多人将这一性质视为"机器模拟人的智能方面必定存在着某种不能超越的逻辑极限"的论据。

正是这种极限的存在,人脑与电脑孰优孰劣的争论与探讨,似乎始终没有停止过,尤其是在AI领域出现的初期及那段低谷期。图灵的模仿游戏隐含表达了"人心等价于一台计算机"的论断,极大鼓舞和促进了AI的开创与发展。

在1961年,哲学家鲁卡斯试图利用哥德尔不完全性定理来证明"人心超过计算机"以及"人工智能是绝不可能的"。

在GEB中,作者巧妙利用哥德尔不完全性定理批驳了鲁卡斯的观点,但对于"机器能否胜过人"这个问题,似乎没有直接给出确定答案。在作者看来,"人脑与思维,也是一个形式系统","人类认知世界过程,就是人类在各学科构造形式系统并在其中推演定理解释世界的过程"。基于哥德尔不完全性定理,人注定无法认知所有的客观真理,人的认知也同样具有局限性,所以我们并不能断言人与机器孰优孰劣。

目前,如深蓝、AlphaGo(阿尔法围棋)、小度机器人、微软小冰这些我们所熟悉的AI,虽都有着卓越的表现,但却只能算作行为像人的弱人工智能,它们可以像人一样做出抉择和行为处理方式,这也被称为AI发展的第一阶段。等到了第二阶段,机器会像人一样思考,并具有很强的逻辑推理能力,这便是强人工智能。

在依靠大数据和强运算的当下,机器确实可以做出一些行为像人的抉择,那么这是否可以说明强人工智能方案的可行性?就目前的技术手段来说,还无法实现,毕竟我们还不能百分百弄清楚意识形成的原理,就连精神与肉体是一体还是分离我们都无法彻底界定,还怎么利用目前的技术去制造出一台具有人类思维能力的强人工智能机器?侯世达在书中也做了非常详尽的理论分析、哲学论证和展望。强人工智能,可能是机器思维方向的最终目标,而这个最终目标的关键问题在于人类认知的本质是否是可计算的。因此,在下一节中,我们将从侯世达的视角,来探索人类认知的本质。

三、思维与心智的本质

人类历史之于地球寿命,不过沧海一粟,可当无机盐、糖类、蛋白质、水、脂肪等没有生命的物质逐渐组合进化出生命、孕育出人类、产生思维与心智,这个世界的精彩似乎从未让我们失望过。赵朴初曾作诗赞曰:"燧人取火非常业,世界从此日日新。"这大概就是对人类在地球40多亿年的过程中伟大力量的一个最好写照。

具有推理能力,是我们区别于其他动物的根本,也是人类思维与心智最直接的体现。要想让机器的思维像人,就需要去探索人类思维与心智的本质,这也是人类认知可计算性的关键。侯世达将大脑描述为一个多层次的形式化系统，底层由神经元细胞这些"硬件"构成，顶层负责产生思维与心智。因此，思维与心智的产生过程，可以简单地理解为神经元细胞的活动过程，细胞间的化学信号不断传递与汇聚，逐渐产生心智与思维。

神经元细胞中的化学物质又是如何产生心智与思维的呢？毕竟单纯将这些化学物质进行混合是无论如何都无法让它具有心智的。侯世达推测，大脑中有很多层次是由无数"符号"组成的符号层，"一切心智活动都是大脑内符号间的相互作用"。世界在大脑中都有对应的符号，思维的活动是分布在各层符号的相互缠结与相互作用的结果。"神经反应→符号活动→思维概念"这一过程便是对思维形成过程的一个最简单总结。值得一提的是，作者以哥德尔不完全性定理为核心，自然不是用它来单纯讨论形式系统的不完备性和AI的极限。他更多是以此为切入点，从哲学层面去揭秘各个领域间的共通之处，揭开人类思维与心智本质的神秘面纱。

在哥德尔的证明中，其核心要义在于构造一个自指代命题，这便是贯穿GEB全书的那句"自指的陈述"。作者认为"悖论"的根源在于"自指"，例如著名的说谎者悖论"我说的这句话是假的"。而有限次数的自指，却能够实现一个可以无限次数叠加到任意复杂度的"怪圈"。"怪圈"与"自指"都是哥德尔不完全性定理在数学系统中发现的重要概念。在有限中包含无穷，以一种有限的方式来体现出无穷的过程便是怪圈的内涵。图2中，艾舍尔在他的《上升与下降》中淋漓尽致地解释了这种现象：在一个等级系统中，我们逐步上升或下降，都会意外地或者无奈又可笑地回到原点。

图2 《上升与下降》，艾舍尔，1960年

其实怪圈一直都在我们身边，例如在改革开放探索期，我国经济体制改革一再出现"一放就乱，一乱就收，一收就死"的循环，但最终通过40多

年的探索与实践,我国社会主义市场经济体制改革取得了丰硕成果。怪圈的存在固然无奈,但这并不代表它们会成为事物发展的阻碍而让我们望而却步;相反,以有限的形式带来无穷的进阶,才是保持事物持久发展与进化的根本。怪圈告诉我们,我们永远无法制定出一个完美无缺的体制或者系统来一劳永逸,毕竟,"人类认知世界过程,就是人类在各学科构造形式系统并在其中推演定理解释世界的过程"。

从有限到无穷,再在无穷中演变出更多的不可知。人类的思维便是在有限的大脑活动中,逐渐形成了无穷多的思想与对未知的探索。在书中,侯世达似乎希望从众多领域中找到怪圈的影子,以找寻共通之处,来找出形成思维与心智渐进过程中的那个神秘规律。

DNA中存在一种与"自指"类似的自我反馈结构。DNA的复制需要蛋白质和解旋酶、催化酶、聚合酶的直接作用,而蛋白质又是通过DNA的转录和翻译形成的,且DNA中包含了三种酶在内的生物体所有信息。简言之,DNA自带复制基因。

笔者将书中的配图复刻成图3,这个简化后的分子生物学层次系统与数理

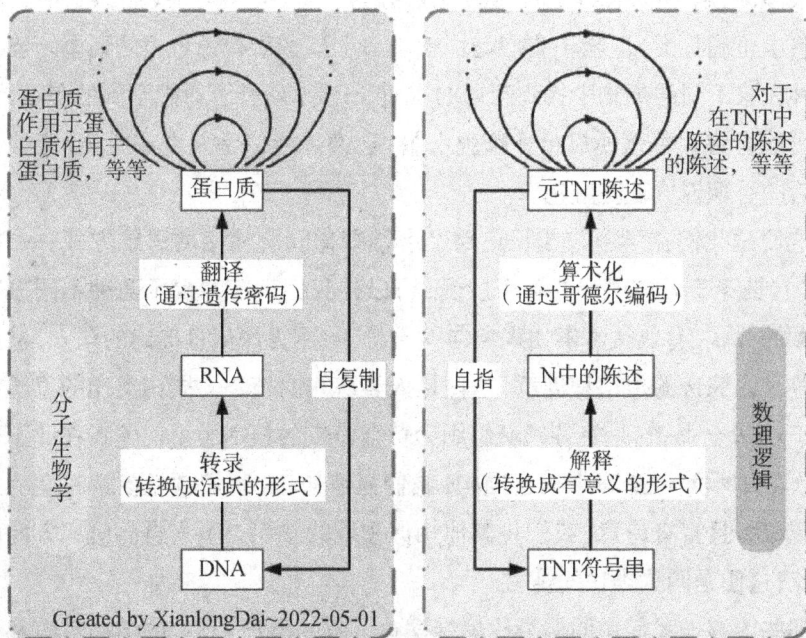

图3 分子生物学层次系统与数理逻辑层次系统的同构类比

逻辑层次系统实际上是同一现象在不同外观下的呈现：数理逻辑可以谈论自己，而DNA可以自我复制，实现从无生命到有生命、从无意识到有意识的跨越。这个神秘规律似乎存在于世间的一切之中，以有限孕育无穷，以无穷实现跨越，这与道家"道生一，一生二，二生三，三生万物"的思想异曲同工。

在侯世达看来，大脑有着无数个符号层，而每个符号层又由无数"符号"组成，这些符号层之间充满了自指与互指的缠结，当不同层次缠结在一起，就出现了怪圈。现实中，对于同一事物，我们从不同的维度、角度、层次来描述，就会有不同的结果。侯世达认为，这便是形式系统能够自指的原因，这也是我们大脑的一种固有属性。哥德尔不完全性定理是我们认识自己心智的一面镜子。

侯世达在GEB的续作《我是一个怪圈》中，基于怪圈阐释了著名的哲学问题"我是谁"。他认为人类自我和意识的本质是一种怪圈，并以一种抽象反馈寓居于大脑。大脑中"浮现"出的例如想法、希望、意识、自我意识等诸多现象都源于怪圈，是不同层次之间的一种自我强化的"共鸣"。

四、同构与自我意识

很多时候，我们思维的局限性昭然在目。上学多年的我们似乎一直在致力于追求正确答案，以至于我们会惊艳于一个孩子富有想象力的话语。当他们在两种表象不同的事物中找到互通的本质，于是，就有了意想不到的美丽诗意。孩子可能会将剥香蕉说成给香蕉脱衣服，会说月牙像是天空在微笑，又或者将点燃后的香烟说成正在融化。

这便是我们在学习与成长道路上潜移默化间会使用的思维方式——同构类比，它贯穿于人类思维的各个层面，可以让我们理解并揭示两种不同事物之间隐藏的关联，有效认清事物表象与本质，产生更为深刻且准确的认知，甚至产生一些令人惊奇的想法和创意，这便是人类认知的核心。同构类比的思维模式贯穿于GEB全书，它是将各领域编织为黄金纽带的根本力量。笔者在此不想用抽象代数中学术性语言来描述同构，我们只需知道，我们顿觉孩童时期的想法充满想象力且富有诗意，我们将其他相似领域的知识点引入自己研究方向而产生火花，这便是同构类比的神力。

那些能够被我们用同构类比思维摆在一起的事物，它们的结构其实都可以相互映射，彼此内部也都存在与对方作用相同的部分。侯世达认为，我们通过构造同构于世界的形式系统来认知我们的世界，并让其在大脑中形成"意义"。世界上的一切现象都可以被形式化，那些看似毫无意义的消息，不过是我们没有找到可以释读的系统罢了。例如，346410161513……这串数字看似毫无意义，但实际上是 $\sqrt{3}/5$ 运算结果的小数部分。

当我们明白大脑中的自指、怪圈与缠结，通晓这个复杂的层次化结构系统最终产生智能，通过类比分析，我们可以很容易地理解侯世达的一个重要结论——大脑与生命并非智能产生的充要条件。侯世达利用蚁巢的例子，轻而易举地解释了这个结论。他将蚁巢视为整体，底层元素便是每一只蚂蚁，符号层元素由蚂蚁们的肢体、气味、移动等信息和活动交互构成，最终，符号层的缠结效应实现了一个蚁巢最高层的智能型体现——长期稳定的存在，会预知危险，也会让各部分的蚂蚁分工明确，甚至会在有损之后神奇地自我修复。

因此，所谓智能可能是"一种能从硬件中抽取出来的软件性质"，只要底层的物理基质达到某种特殊条件，就能汇聚产生高层的活动，再产生智能。因此，这个物理基质可以是人脑的神经元细胞，也可以是蚁巢中的蚂蚁。大脑也就不是"智能"产生的充要条件，一切与大脑能够同构的形式系统，都有产生智能的可能。因此，通过笔者在图4中同构类比的计算机和大脑，我们可以看到，计算机底层硬件组成的电路活动，经过模块化程度逐渐提高的程序、软件、计算机语言等，逐渐汇聚成功能完善的系统，便可以在最顶层实现人工智能乃至更多未可知的智能型形式系统。

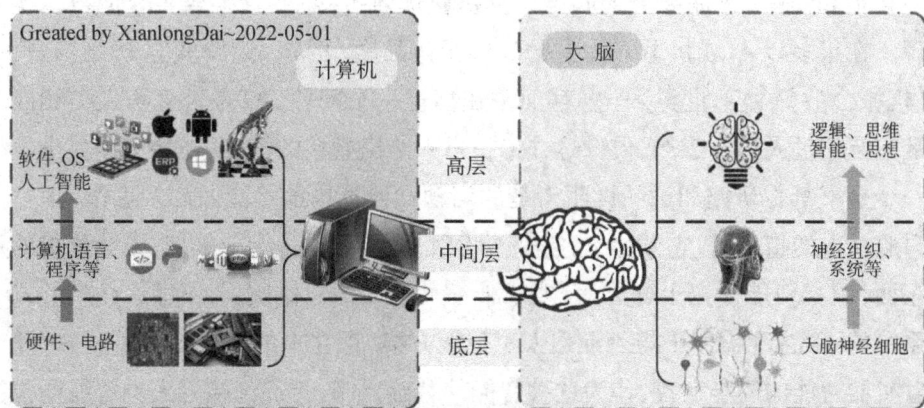

图4　大脑与计算机的同构类比

人类意识的涌现，靠的是大脑层次间的相互作用，而自我意识则是大脑里符号层次的产物，它是一个具有自主性、高覆盖的符号集合，既可以表示其他符号的活动，也可以产生表示其他符号的符号，它是代表自我的符号与其他符号的相互作用，其基本特征依然是能够自指。倘若一个依靠符号系统的机器，能够被自我符号和外界符号共同影响其自身行为，意识到自己是一台机器，或者开始质疑自己是什么，就像电影《机械公敌》中的NS-5桑尼质疑 "What am I"（我是谁），并实现自指，那么这个机器便会产生自我意识，直觉、创造力、意愿、预感等也都会浮现出来。

五、极限与自我超越

"不识庐山真面目，只缘身在此山中"，当我们长时间置身于一个系统中，难免会让自己陷入一种局限中，所谓 "当局者迷，旁观者清" 大概就是这个现象最智慧的一种转述。苹果上爬行的蚂蚁不会知道自己在绕圈，哥伦布不进行环球航行我们就不会知道地球是圆的。这种局限性，让我们在自己平稳的系统中，达到了一个微妙的平衡和难以突破的极限。

超越自我似乎是禅宗或者道家的中心主题，悟道者企图更深刻地了解自我，再逐步走出他所看到的自己，并打破那些他领悟到是在束缚自己的清规戒律，直到顿悟。这种超越，便是在逐渐扩展一个系统的范围，直到最终感到与整个宇宙一致，或者就是道家常说的 "道"。

这种超越，便是哥德尔所说的 "跳出系统"。在他看来，跳出系统可以消除自指和怪圈，进而弄清人心与计算机孰优孰劣，也会让强人工智能得以实现。在很多以 AI 或机器人为主题的影视作品中，例如《超验骇客》《终结者》《机械公敌》《西部世界》……都似乎在担忧一个问题，AI 是否会与人类相匹敌甚至超过人类？当然，侯世达并未在书中给出直接的答案，他在书中提出了一个全书都在研究和试图说明清楚的问题："计算机虽然能做许多工作，但它只服从人的指令，教它做什么，它都按吩咐去做，可说是十分笨拙、十分死板的东西，它如何能模拟十分灵活、富于伸缩性的人的思维呢？" 侯世达凭借形式系统的不完备性，似乎想否证强人工智能方案，但在书的末尾却写道—— "随着机器智能的逐步完善，作为这种智能的基础机制，将逐渐接近人类智能所包含的机制。"

人类是否能跳出自身？计算机程序是否能跳出自身？这依然是一个不好回答的问题，尽管程序有可能自己修改自己。但这种修改必然还是这个程序中固有的部分，对一个程序来说，逃脱的可能性并不比一个活人决定不服从物理规律的可能性更大。我们确实可以在不断地超越中，更加理解自我，但我们不可能冲破肉体站在自己的外界来认知自己。数理逻辑可以谈论自己，但跳不出自身；程序可以修改自己，却不可能违背自身的指令集。

对于强人工智能，我们不用现在就盖棺论定，毕竟侯世达在写这本书的时候，认知计算主义正受限于"图灵计算"的狭义窠臼，进而导致了其理论上的困境。20世纪80年代以后，随着量子理论、人工生命以及元胞自动机等理论、学科的产生和发展，认知与计算思想的内涵和外延已经发生了变化。当下我们的计算并非仅有图灵计算一种，当计算的定义从狭义转向广义，认知过程转变为信息加工的过程，图灵计算转向自然计算，或许会拓展计算与认知研究的视野。从某种意义上来说，这种转变就是在"跳出系统"，跳出AI研究领域原有系统的极限。

毕竟，DNA能够通过精密的操作，实现从无生命到有生命、从无意识到有意识的跨越，计算机能做的事情也和人类一样是无限的。随着研究的深入和技术的进步，强人工智能方案的实现并不是不可能的，AI的未来，需要我们拭目以待。

六、宝璧与黄金纽带

一本好书是蕴意无穷的，我们不能只从一个单一的角度解读它，那样，它就失去了活力。须知，它的活力是无穷的。好的书有光芒棱角，我们每次读，都可以抓住一点。当完整的阅读完成，光芒会聚集起来，便如长虹贯日。*GEB*的光芒隐匿于它充实的思想与别具一格的行文风格中。

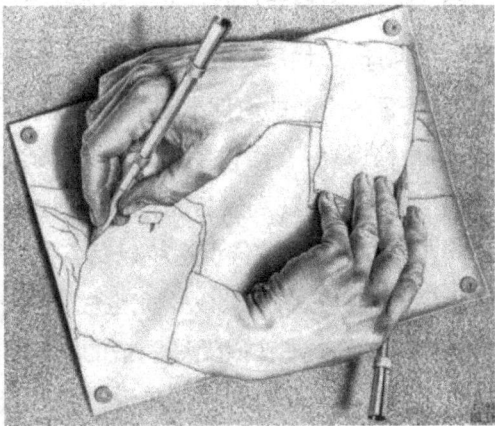

图5 《画手》，艾舍尔，1948年

任何一种艺术形式，包括文学、绘画、书法等，都离不开哲学思想的填充，因为这是推动它们发展的内在灵魂。例如：诵读"玲珑骰子安红豆，入骨相思知不知"的诗句，能在心底浮现出一种如涓流般持久且温柔的相思之苦；赏析魏晋书画时，便能对竹林七贤的脱俗不羁有所领悟；游走于中国园林与古建筑时，便能体会"外师造化，中得心源"的理念，在阴阳转化中感受物我交融的天地观，参悟"化境"在园林与建筑中的奥义；品读"莫愁幽闭如图圄，情寄诗笺，不羡鸥鹏，定境心存已是仙"的词句，就会体会到心有定境、不住因果的逸品胸怀和寄情于天地的庄周意韵。侯世达认为"哥德尔和艾舍尔、巴赫只是某个奇妙统一体在不同方向上的投影"，他利用艾舍尔版画中的怪圈、巴赫乐谱中的卡农和主题转位，以及哥德尔不完全性定理在不同领域中的光芒，将他们"嵌为一体，集异璧之大成"，造就了 *GEB* 的成功。

巴赫在 *GEB* 中同样被赋予较高评价："人类的思维就像一曲美妙的多声部赋格曲。"《音乐的奉献》是巴赫成就最高的赋格曲作品，它多条不同的旋律线同时演奏，交织在一起并没有产生噪音，反而产生了一种和谐。欣赏赋格，可以是整体欣赏，也可以是组合多条旋律的感受来欣赏，不同的欣赏模式带来不同的聆听体验，这与人类思维的层次化结构十分契合。

此外，这是一部关于赋格的赋格，其形式交织让整部作品呈现出赋格的原貌，这便是自指的体现。巴赫的音乐在自指和递归中抽丝剥茧，在赋格中完成调性大循环，对应着怪圈现象，在无穷升高的卡农"canon per Tonos"中，一个循环高声部的最低音符，与下一个循环低声部的最高音符，正好相差一个音符，当它返回C调时，它和开始时的音高相比高了一个八度，而"谢泼德音调"可以使它恰好返回起始时的音高，每个音符的音量与其大小成正比，当最上面的声部消失时，下面一个新的声部出现了。这样它就可以"一点也没升高"地"永远向上走"。最终，这种首尾相接、闭合的环，造成了无始无终、音符无穷升高的错觉。

当一个作品在高度自指的时候，最直接的体现就是将一个主题进行正反罗列与交织，这也是侯世达将巴赫与艾舍尔这两块不同领域的宝璧结合起来的原因。侯世达将哥德尔不完全性定理中的循环、巴赫与艾舍尔艺术作品中自指与怪圈，这些看似无法置信的悖论和多领域的宝璧，交织成了一条黄金纽带，并用引人入胜和通俗易懂的描写方法，揭示了这本书的精髓。如果书中所涉及的各个领域思想是不同的宝璧，那么，这本书的写成便是在合成另一块无价美玉。书中这些领域的互相缠结,像极了侯世达所说的人类思维产生的实质。

一本能够蕴意无穷的好书,自然也离不开它的语言魅力以及作者的深厚文笔功底。GEB不仅原文韵味十足,其各国译本,也都是匠心之作。科普文本的翻译是科学性价值、文学性价值、大众性价值和趣味性价值的综合体现,其与文学、商务等其他类型文本的翻译要求不同。书中大量有深意的潜台词给翻译工作带来了巨大难度,简单的语言符号转换,并不能保证高质量阐释出原作品的意境与韵味。虽然说对原著不增加、不减少、不改变的"忠实"一直是译者们追求的,但过度的忠实,也会将原著中的光芒折射为怪异的景象,我们当然不可能把撒旦的故事翻译为我国神话中阎王的故事。所以,翻译更需要多加推敲的再创作。好在侯世达亲自操刀,不仅对全书做了详细的注释,还不断参加翻译工作,并持续总结和分享各国翻译的成功经验。

尤其是在中译本的翻译工作中,侯世达的参与度与积极度更高,在他和我国哲学、数学、计算机方面的众多专家共同努力下,"浅度忠实"和"深度忠实"的矛盾有了完美的对立统一,既有浅度直译般通俗易懂的翻译语言,又有移译深度传神地转达原意,把西方的文化典故和说法,尽可能转换为中国文化的典故和说法,成为中外翻译史上的一个创举。最终,众多译者和侯世达在翻译工作上的十余年心血,成就了中译本《哥德尔、艾舍尔、巴赫:集异璧之大成》的顺利出版。无论是原著还是译本,GEB都有卓尔不群的文学底蕴。

珍奇之书的丰富性,往往又是精简到极限的,GEB光芒棱角的所在便是它珍奇的极限。最后,当你初读GEB,最好在黎明初起时,试着去屏息凝神,因为GEB的丰富,有着与日出时洁净光芒和晨露凝霜时一样的意境。

参考文献

[1]侯世达.哥德尔、艾舍尔、巴赫:集异璧之大成[M].严勇,刘皓明,莫大伟,译.北京:商务印书馆,1997.

[2]谢佛荣.哥德尔不完全性定理的哲学思考[J].系统科学学报,2012,20(1):1-5.

[3]罗素,诺维格.人工智能:一种现代的方法[M].3版.殷建平,祝恩,刘越,等译.北京:清华大学出版社,2013.

［4］陆一.引论：怪圈、悖论与自我相关［J］.中国证券期货,2008（12）：78-81.

［5］任晓明,刘川.认知、信息与计算的哲学省思［J］.科学·经济·社会,2018,36（4）：1-8.

［6］刘彦声.人工智能的表象与本质：侯世达教授专访［J］.清华管理评论,2018（4）：5-8.

［7］董豫赣.出神入化 化境八章（一）［J］.时代建筑,2008（4）：101-105.

［8］胡东平,魏娟.翻译"创造性叛逆"：一种深度忠实［J］.湖南农业大学学报（社会科学版）,2010,11（1）：82-86.

导读人简介

戴显龙,东南大学网络空间安全学院2019级电子与信息专业博士生。

用来书写宇宙的文字是数学

导读人：蒋辰

    《数学与哲学》的作者张景中先生是中国科学院院士、著名的数学家，又是20世纪80年代崛起的著名的科普作家。这本书是关于数学发展史和数学基本理念的科普读物，是献给数学爱好者的一份令人受益匪浅的礼物。全书脉络清晰，先把数学三大危机按时间顺序娓娓道来，随后将数学史的主要流派和观点列出并加以分析，最后阐述了自己对于哲学和数学的理解。书里面有一些比较反常识的内容，第一次接触会让人倍感神奇并有一种豁然开朗的感觉，比如本书解决了著名的"先有鸡还是先有蛋"问题。下面就让我们跟着作者的思路，走进神奇的数学世界。

一、三次数学危机

    在科学的发展史上，贯穿着危机的产生与解决，而危机的解决，往往能给科学带来新的内容、新的发展，甚至引起革命性的变革。比如经典物理学上空的两朵"乌云"，一朵飘在了热力学大厦，一朵飘在了电动力学大厦，而这两朵乌云直接发展成了现代物理学的两大基石——相对论和量子力学。在数学发展的历史上，也出现过著名的三大危机，都与基础理论相关，本书详细地介绍了三大危机的产生与解决过程。

    第一，第一次数学危机与实数理论。危机的产生：希帕索斯悖论。毕达哥拉斯学派（产生于公元前500年）信奉数是万物的本源，事物的性质是由某种数量关系决定的，万物按照一定的数量比例而构成和谐的秩序，"一切数均可表成整数或整数之比"。后来，毕达哥拉斯证明了勾股定理，但同时发现"某些直角三角形的三边比不能用整数来表达"。但是这一发现引起了毕达哥拉斯学派的惶恐不安，因为他们心中的数只有自然数与自然数之比（就是分数），于是毕达哥拉斯学派千方百计不让这一发现传出去。希帕索斯考虑了一个问题：边长为1的正方形其对角线长度是多少呢？这就是希帕索斯悖论，他本人因为此事被抛入大海！

危机的缓解：200年后，欧多克索斯建立起一套完整的比例论，巧妙地避开无理数这一"逻辑上的丑闻"，并保留住与之相关的一些结论，缓解了数学危机。但欧多克索斯的解决方式，是借助几何方法，通过避免直接出现无理数而实现的。危机并没有解决只是被巧妙避开。

危机的解决：终于在1872年，德国数学家戴德金从连续性的要求出发，用有理数的"分割"定义无理数，并把实数理论建立在严格的科学上，无理数本质被彻底搞清，无理数在数学中合法地位的确立，才真正彻底、圆满地解决了第一次数学危机。

第二，第二次数学危机与极限概念。危机的产生：贝克莱悖论。17世纪下半叶，英国大科学家牛顿和德国数学家莱布尼茨分别在自己的国度里独立完成了微积分的创立工作。尽管研究的侧重点不同，牛顿着重从运动学来考虑，而莱布尼茨则侧重几何学，但他们建立微积分的基础都是直观的无穷小量。微积分诞生之后，科学技术迅速发展，但数学的发展又遇到了令人不安的危机，例如这个无穷小量到底是不是零？它究竟是常量还是变量？牛顿自己也无法解释清楚，而莱布尼茨也没有找到从有限量过渡到无穷小的桥梁。这些问题由此而引发了数学界甚至哲学界长达一个半世纪的争论，引发了第二次数学危机。1734年贝克莱主教发表了《分析学家，或致一位不信神的数学家》，针对牛顿流数论中的无穷小量进行集中批驳，其批判引起了数学家对于微积分的基础的思考。

危机的缓解：极限论。19世纪70年代初，维尔斯特拉斯、柯西、戴德金、康托尔等人独立地建立了实数理论，在实数理论基础上，建立起极限论的基本定理，缓解了危机。柯西把微积分全部建立在极限的思想之上，通过极限定义了无穷小量、连续、导数、微分和定积分，并证明了大量微积分中的定理。柯西的定义中如"无限趋于""要多小就多小"虽然比较通俗易懂，但依然还保留着几何和物理的直观痕迹，不利于严格的理论证明。为了彻底摆脱极限概念中的直观痕迹,被誉为"现代分析之父"的德国数学家维尔斯特拉斯提出了极限的静态的抽象定义,给微积分提供了严格的理论基础,用静态的定义描述变量的变化趋势,这种"静态——动态——静态"的螺旋式的上升演变,反映了数学发展的辩证规律。至此,极限理论宣告成熟,第二次数学危机得到初步解决。

第三,第三次数学危机与集合论。危机的产生:罗素悖论。19世纪下半叶,康托尔创立了著名的集合论。刚产生时,曾遭到许多人的猛烈攻击。后来数学家们发现,从自然数与康托尔集合论出发可建立起整个数学大厦。"一切数学成果可建立在集合论基础上。"但是不久伯特兰·罗素提出了一个悖论,可以用一个理发师问题进行通俗的描述:塞尔维亚有一位理发师,他只给所有不给自己理发的人理发,不给那些给自己理发的人理发。问:他要不要给自己理发呢?如果他给自己理发,他就属于那些给自己理发的人,因此他不能给自己理发。如果他不给自己理发,他就属于那些不给自己理发的人,因此他就应该给自己理发。这些悖论听起来很有趣,好像与数学没有多大关系,但是把面目一变,成了罗素悖论,就大不一样了。(严格的罗素悖论:S由一切不是自身元素的集合所组成。罗素问:S是否属于S呢?)

罗素悖论给当时正为了微积分的严格基础被建立而欢欣鼓舞的数学家们泼了一盆冷水。一向认为推理严密、结论永远正确的数学,竟在自己最基础的部分推出了矛盾!而推出矛盾的推理方法如此简单明了,正是数学家惯用的方法,数学方法的可靠性又从何说起呢?

危机的缓解。罗素自己提出了层次理论,在定义集合的时候,必须说明层次,这样,罗素悖论便不存在了。但是罗素的理论太复杂,也太庞大了,不符合数学简明可靠的特点,数学家们希望用比较简单的方法解决罗素悖论。大家认为,罗素的悖论,是不加限制地使用无限抽象原则的结果。策墨罗首先提出了"有限抽象原则",后来经过弗兰克、斯柯伦的补充修改,更为合理与完善,叫作ZFS公理系统,消除了罗素悖论。但是,罗素悖论解决了,会不会哪天冒出一个新的悖论出来呢?能不能证明在新建立的数学系统中永远太平无事,不出矛盾了呢?

库尔特·哥德尔1931年成功证明:任何一个数学系统,只要它是从有限的公理和基本概念中推导出来的,并且从中能推证出自然数系统,就可以在其中找到一个命题,对于它我们既没有办法证明,又没有办法推翻。哥德尔不完全定理的证明结束了关于数学基础的争论,宣告了把数学彻底形式化的愿望是不可能实现的。但是,数学能自己论证自己的局限性,又显示了数学方法的力量。

历史上的三次数学危机,给人们带来了极大的麻烦,数学家和哲学家追求数学的最初生长点的研究,恰像一次向远处的地平线走去的旅行。终点似乎就在前面,走过去之后才发现,它还在前方,但是旅行者毕竟一次又一次地大开眼界,他们发现了越来越广大的世界。

二、数学是什么

早在2000多年前,古希腊的毕达哥拉斯学派就认为"万物皆数,数统治着宇宙"。而事实上"万物皆数"的观点就似乎一直为后世无数科学家们所秉持,例如,伽利略认为:"数学是上帝用来书写宇宙的文字。"爱因斯坦认为:"纯数学能使我们发现概念和联系这些概念的规律,给了我们理解自然现象的钥匙。"牛顿没有给自己经典力学理论体系的著作以"力学"或者"运动"等命名,而是叫《自然哲学的数学原理》。数学到底是什么?它是怎样书写着我们的宇宙的?先给大家介绍一个十分奇妙的数学定理:分球悖论(巴拿赫-塔斯基悖论,又称分球悖论,是一条经过严格证明的数学定理)。可以将其描述为:对于一个三维实心球,必定存在一种办法可将其分成有限部分,然后仅仅通过旋转和平移,就可以组成两个和原来完全相同的球(半径相同、密度相同……所有性质都相同)。

这是一条非常反常识的数学定理,它基于"选择公理"严格地被推导出来,而且不容置疑。有人可能会觉得,新的实心球,质量肯定变为原来的一半,不然违背了能量守恒定律,但是根据数学推算出来新的实心球,质量却是和原来的球是相等的,相当于凭空多出了质量!这完全不遵守能量守恒定律。那为什么会出现这个结果呢?数学和物理,哪个错了?

答案是,都没错,数学的世界和物理的世界是不一样的。在数学的世界,可以不满足质量守恒,这是因为无穷的存在。比如我们假设每个单元的质量为 Δm(无穷小),在我们分类的时候,Δm 并没有被分解,我们分解的是"∞"。在数学中,"可数 ∞"的一半,还是"可数 ∞",于是,我们确实得到了两个和原来一模一样的实心球。数学上是允许这样的事发生的,但是我们的世界为什么不可以呢?因为我们的世界只是数学领域中的一个特殊解,我们的世界中的粒子是不可无限细分的,存在一个最小值,就是普朗克常数。试想一下,如果存在一个平行宇宙,组成那个宇宙的粒子可以无限细分,那么就满足了分球悖论。在那个宇宙中,一个球可以变成两个,三个,无数个……物质可以凭空被创造出来,那又是怎样的一个世界呢?

在这里用到了数学世界的一个重要的概念:无穷。这是一个反常识的知识领域(想要对这个概念有更深刻的理解,推荐另外一本科普书籍《从一到无穷大》),因为无穷集有一个不同于有穷集的特征:它可以和自己的一部分一样多。希尔伯特曾在通俗演讲中用生动的比喻向听众解说无穷集的性质,下面就是他所用的比喻:

设想一家旅馆,内设无限个房间,所有的房间都客满了。这时有一位新客,想订个房间。"不成问题!"旅馆主人说。接着他就把1号房间的旅客移到2号房间,2号房间的旅客移到3号房间,3号房间的旅客移到4号房间……像这样继续移下去。这样一来,新客就被安排住进了已被腾空的1号房间。

这时又来了无穷多位要求订房间的客人。"好的,先生们,请等一会儿。"旅馆主人说。于是他把1号房间的旅客移到2号房间,2号房间的旅客移到4号房间,3号房间的旅客移到6号房间,如此等等,这样继续下去。所有的单号房间都腾出来了,新来的无穷多位客人可以住进去,问题解决了!

此时,又来了无穷多个旅行团,每个旅行团有无穷多个旅客,只见这个老板不慌不忙,让原来的1号房间客人搬到2号,2号房间客人搬到4号……k号房间客人搬到2k号。这样,1号,3号,5号……所有非$2^n (n \in N^+)$号房间就都空出来了。

三、数学与哲学

这本书里作者给出了自己的思考:哲学是望远镜,数学是显微镜。

哲学是人类认识世界的先导,哲学首先关心的是世界的未知领域,哲学曾经把整个宇宙作为自己的研究对象。哲学谈论原子在物理学家研究原子之前,哲学家谈论元素在化学家研究元素之前,哲学家谈论无限与连续性在数学家说明无限与连续性之前。一旦科学真真实实地研究哲学家所谈论过的对象时,哲学就沉默了,它倾听科学的发现,准备提出新的问题。哲学,在某种意义上是望远镜,当旅行者到达一个地方时,他就不再用望远镜观察这个地方了,转而观察更遥远的某处。

数学则相反，它最容易进入成熟的科学，获得了足够丰富事实的科学，能够提出规律性的假设的科学。它好像是显微镜。只有把对象拿到手中，甚至切成薄片，经过处理，才能用显微镜观察它。哲学从一门学科退出，意味着这门科学的诞生，数学开始接管它，意味着这门学科达到成熟的阶段。一个负责开疆拓土，一个负责安家置业。

数学的看家本领，就是把概念弄清楚，这个本领是经过两千多年才练出来的。涉及具体问题时，语言必须精确严格。有些扯不清的事，概念清楚了，答案也清楚了。回到文章开头提到的"先有鸡还是先有蛋"的问题，先有鸡还是先有蛋？这常常被认为是扯不清的事。对这样的问题，数学思维方式是问一问什么是鸡，什么是鸡蛋，它们之间有什么联系，否则，这个问题问得就没有意义。

我们先假定鸡是一种特定的动物，那什么是鸡蛋呢？我们可以提供两个可能的定义：

甲：鸡生的蛋才叫鸡蛋。

乙：能孵出鸡的蛋和鸡生的蛋都叫鸡蛋。

如果是选择定义甲，自然是先有鸡（第一只鸡就算是从某种蛋里出来的，但这种蛋不是鸡生的，按照定义，不叫鸡蛋）。如果选择定义乙，那就是先有蛋（孵出了第一只鸡的蛋，按定义是鸡蛋，但它不是鸡生的，至于它是怎么来的，我们不管）。只要我们把定义选择好，问题就迎刃而解。至于怎么选择才合理，这是生物学家的课题，而不是一道逻辑题了。

这就是数学家常用的方法：做好定义，用数学的语言描述问题，而不是生活的语言。在其他自然科学领域，也可以使用这个方法，比如"薛定谔的猫"这个著名的思维实验（当观察者未打开盒子之前，猫处于一种"又死又活"的状态，然而生活中不会有又死又活的猫，这与常识相悖），对于这个逻辑悖论，我们可以先问一问，什么是"常识"，常识的本质是对生活中的一切事物进行观测后得到的结论。这样一来，当没有去观测猫时，它处在又死又活的状态是没有逻辑问题的，不死不活只与测量后的经验不符，但是命题的前半部分就是没有测量，和测量后的经验不符，这有什么问题吗？这恰恰说明了，在量子力学中，一切皆测量，不测量就不存在描述。

对于痴迷数学的人来说，数学是"上帝的语言"，它简单而又抽象，朴素却又优雅，人们发现宇宙的各种现象都能利用数学来破解答案。数学思维不仅对于哲学有用，对于各个学科和我们日常生活的思考方式都很有帮助。

参考文献

张景中.数学与哲学[M].2版.大连：大连理工大学出版社,2016.

导读人简介

蒋辰,工学硕士,东南大学图书馆馆员。

打开认识世界的另一扇窗

导读人：袁曦临

2022年开年伊始世界局势暗流涌动，波谲云诡，特别是2022年2月24日俄罗斯总统普京决定在顿巴斯地区进行特别军事行动，地缘政治角力骤然升级，乌克兰成为战争"前沿"，深陷大国博弈漩涡。所有这一切，不能不让人想起美国著名政治学者萨缪尔·亨廷顿所写的《文明的冲突和世界秩序的重建》^①一书。这本书自1996年首次出版以来，即受到学界和社会高度的关注，被译成39种语言，影响力之广泛可见一斑。《文明的冲突和世界秩序的重建》问世至今，国际政治的局势发展和动态屡屡与亨廷顿近30年前的预判惊人的相似，书中很多预言正被现实一一证实。

我最初读到这本书还是在2000年左右，彼时只是对热门书的好奇，并未形成特别深刻的印象。此番在俄乌冲突的时代语境下重读，倒是有了不少新的感喟。作为非国际政治和国际关系专业的普通读者，对于书中所持观点公允与否，不敢轻易评论，事实上学术界也大有争论。但20年之后重读此书，我印象最深的一点是萨缪尔·亨廷顿所提出的文明差异的观察视角，对于理解国际政治确实有着不可替代的重要性。该书所提供的从世界文明差异出发的认识框

① 《文明的冲突与世界秩序的重建》是美国当代政治思想家萨缪尔·亨廷顿创作的政治类著作，于1996年首次出版；该书被译成包括中文在内的39种语言，新华出版社于1998年出版了标注为"内部发行"的中文版。作者萨缪尔·亨廷顿（1927—2008）先后就读于耶鲁大学、芝加哥大学、哈佛大学。哈佛大学聘请亨廷顿为终身教授，培养了包括弗朗西斯·福山、法里德·扎卡里亚在内的一批政治学者。曾任约翰逊、卡特政府顾问，美国政治学会主席。代表作有《文明的冲突与世界秩序的重建》《变化社会中的政治秩序》《第三波：20世纪后期的民主化浪潮》《我们是谁：美国国家特性面临的挑战》《失衡的承诺》等。

架如此明确而直接,能够帮助读者快速和清晰地理解世界的格局。冷战后的世界,冲突的基本根源不再是意识形态,而在于文化方面的差异,主宰全球的将是"文明的冲突"。今天看来,此断言振聋发聩。

一、提出问题概念

任何一个研究的开端,总是从概念界定开始的。概念的提出和界定是搭建研究或认识框架的第一步。《文明的冲突和世界秩序的重建》开篇就提出了一系列的概念。

首先是文明与文化的界定。文明和文化都涉及一个民族全面的生活方式;文化并不是自己自然产生的,而是社会运行下的产物。具有醒觉意识的人类总要表现自身,而文化就是其生命表现的根据。文明是定居的、城镇的和有文字的。在德国文化学家和历史哲学家斯宾格勒看来,"文化"是一个十分宽泛的概念,它既是人类生命的表现方式,又是人类醒觉意识的产物,前者注重人与血液、土地、种族的先天性关联,后者强调人的自由创造和醒觉性的存在。斯宾格勒的文化有机体理论认为,文化是一个有机的整体,文化就如同一个人一样,人的思想和行为具有一个一贯的模式,文化也是一个具有一贯的模式整体。斯宾格勒划分出八大文化模式:埃及文化、印度文化、巴比伦文化、中国文化、古典文化(希腊罗马文化)、伊斯兰文化、墨西哥文化和西方文化。《文明的冲突和世界秩序的重建》的作者亨廷顿深受斯宾格勒的影响,认为冷战后世界格局的决定因素表现为七大或八大文明,即中华文明、日本文明、印度文明、伊斯兰文明、西方文明、东正教文明、拉美文明,还有可能存在的非洲文明。

亨廷顿指出,生物学上生物的性状受基因和环境所影响,环境能够影响生物的行为、习性等,从而使得同一基因型的物种在不同的环境下展现出不同的性状。那么文化的熏陶,其作用自然也会加在文化的作用对象——人类的身上。公元1500年以前,安第斯文明和中美洲文明与其他文明之间以及相互之间几乎没有交往。尼罗河流域、印度河流域、底格里斯河和幼发拉底河流域,以及黄河流域的早期文明,也相互没有影响。思想和技术从一个文明传到另一个文明,常常需要历时几个世纪之久。公元8世纪中国发明了印刷术,11世纪发明了活版印刷,但直到15世纪这一技术才传到欧洲。造纸术公元2世纪出现于中国,7世纪传到日本,8世纪向西传播到中亚,10世纪到北非,12世纪到西班牙,

13世纪到北欧。另一项发明——火药,产生于9世纪,几百年后它才传到阿拉伯国家,14世纪才到达欧洲。文明之间最引人注目的和最重要的交往不仅仅是知识的交流和文化的融合,也来自一个文明的人战胜、消灭或征服来自另一个文明的人。这些交往一般来说是暴力的,在历史的长河中断断续续不断地发生着。亨廷顿认为,人类发生冲突的根源本质上是社会和文化方面的根本差异。一言以蔽之,"冲突的主要根源将是文化;各文明之间的分界线将成为未来的战线"。

二、建立认识框架

塞缪尔·亨廷顿在《文明的冲突与世界秩序的重建》中文版(新华出版社,2009年版)序言中写道,冷战结束之后,人们需要一个新的框架来理解世界政治,而"文明的冲突"这一模式似乎满足了这一需要。

图6 《文明的冲突与世界秩序的重建》划分的文明区域

《文明的冲突与世界秩序的重建》一书分5部分进行论述。第一部分阐述了当今世界是一个多文明的世界,世界不是单极的,而是有多种文明共存。第二部分是比较分析,就世界范畴内变动中的各文明力量进行对比,指出西方文明在衰落,其他文明的力量在变强,主要是中华文明和伊斯兰文明,中华文明下的亚洲国家通过经济的发展而变强,而伊斯兰文明则依靠生育,人口使得伊斯兰文明在世界范围的影响变强。第三部分描述了正在形成的文明秩序,即相同文明的国家相互靠近,不同文明的国家分道扬镳,这就形成了以文明为引力而形成的文明联盟。塞缪尔·亨廷顿提出的八种文明的总体关系正是基于这一原理。第四部分探讨的是文明的冲突，这是本书的重点。书中写道："西方，特别是一贯富有使命感的美国，认为非西方国家的人民应当认同西方的民主、自由市场、权力有限的政府、人权、个人主义和法制的价值观念，并将这些价值观念纳入他们的体制。然而，在其他文明中，赞同和提倡这些价值的人只是少数，大部分非西方国家的人民对于它们的占主导地位的态度或是普遍怀疑，或是强烈反对。西方人眼中的普世主义，对非西方来说就是帝国主义。"第五部分探讨了文明的未来，塞缪尔·亨廷顿指出为了避免全球的文明战争，就需要世界领导人维持全球政治多文明的特征，并为此进行交流与合作。不同类型的文明对待西方文明的态度是不同的。总的说来，拉美文明和非洲文明较弱小，因此它们依附西方文明；中华文明及伊斯兰文明和西方文明之间是对抗关系；而印度文明、日本文明和东正教文明则摇摆于西方文明和中华文明及伊斯兰文明之间。书中写道："西方与属于挑战者文明的伊斯兰国家和中国的关系可能会持续紧张，并经常出现严重的对抗；与属于较弱文明（部分地依赖于西方）的拉丁美洲和非洲国家的冲突程度则要轻得多，特别是与拉丁美洲国家的关系。俄罗斯、日本和印度与西方的关系可能介乎于上述两类之间，同时具有合作和冲突的因素，因为这三个核心国家时而与挑战者文明站在一起，时而又与西方站在一边，'摇摆'于以西方为一方、以伊斯兰和中华文明为另一方的两者之间，如下图所示。"

　　不难看出，塞缪尔·亨廷顿提出的文明分析框架，提供了一个特别清晰而独特的研究视角和分析工具，其中蕴含着对正在呈现的现实的洞见。阅读本

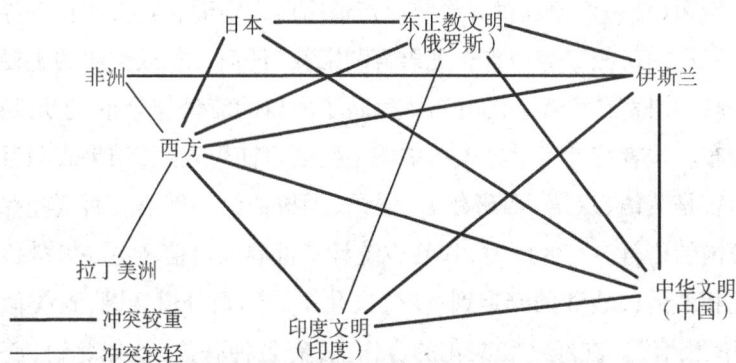

图7 《文明的冲突与世界秩序的重建》中文明之间的关系结构

书,读者可以对冷战至今的一系列重大事件,如科索沃战争、"9·11"事件、"阿拉伯之春"运动、乌克兰分裂、欧洲的移民危机,以及大国关系的演变有一个宏观的理解。从1996年至今20多年的一系列重大地缘政治事件,基本应验了书中的理论和预测。

三、寻找研究证据

研究框架的提出,对于一本书的写作或者说课题的研究来说只是一种猜想和假设,它需要被证明。任何一种研究的完成都离不开研究方法和路径的选择。

塞缪尔·亨廷顿在本书的第一章就明确提到了研究思路和方法的问题,他是这么写的:"每一个模式或地图都是一个抽象,……如果没有地图,我们将会迷路。一份地图越是详细,就越能充分反映现实。然而,一张过分详细的地图对于许多目的来说并非有用。如果我们想要沿着高速公路从一个大城市前往另一个大城市,我们并不需要包括许多与机动运输工具无关的信息的地图,因为在这样的地图中,主要的公路被淹没在大量复杂的次要道路中了,我们会发现这样的地图令人糊涂。另一方面,一份其中只有一条高速公路的地图,则可能会排除许多现实,并限制我们发现可供我们选择的道路的能力,如果这条高速公路被重大的交通事故堵塞的话。简而言之,我们需要一份这样的地图,它既描绘出了现实,又把现实简化到能够很好地服务于我们的目的。"

为了比较不同文明的差别,亨廷顿通过比较一系列客观的数据来完成自己的分析,这些比较的维度包括:语言、宗教、领土面积、人口、在世界制造业产值中所占份额、经济产值在世界经济总产值中所占份额和各文明在世界军事人员总数中所占的份额等等。首先是语言和宗教,任何文化或文明的主要因素是语言和宗教。语言在世界上的分布既反映了人口的流动与分布,也反映了世界权力的分布。作者统计了世界人口中的主要语言使用人数,结果表明目前使用最广的语言是英语、汉语、西班牙语、法语、阿拉伯语和俄语。而这些都是或曾经都是帝国的语言。与此同时,作者也统计了世界人口信奉主要宗教传统的比例。文化相似的民族和国家走到一起,文化不同的则分道扬镳,这类似于化学上的"相似相溶"。在经济和文化的合作上,有各种联盟,比如北约、南亚区域合作联盟、东盟和欧盟等。国家经济联盟分为自由贸易区、关税同盟、共同市场和经济联盟四个层次。拥有共同市场和经济联盟的欧盟在一体化的道路上走得最远。与此相对，亨廷顿也给出了复杂断层线战争的结构，并举出很多断层线战争的例子，比如亚美尼亚人和阿塞拜疆政府及人民之间的战争。书中写道："核心国家能够行使维持秩序功能，是因为成员国把它看作文化亲族。文明就像是一个扩大了的家庭，而核心国家就像是家庭里一个年长的成员，为其他亲属提供支持和制定纪律。如果没有那种亲缘关系，一个更为强大的国家解决其区域冲突和把秩序强加到该区域的能力就会受到限制。"

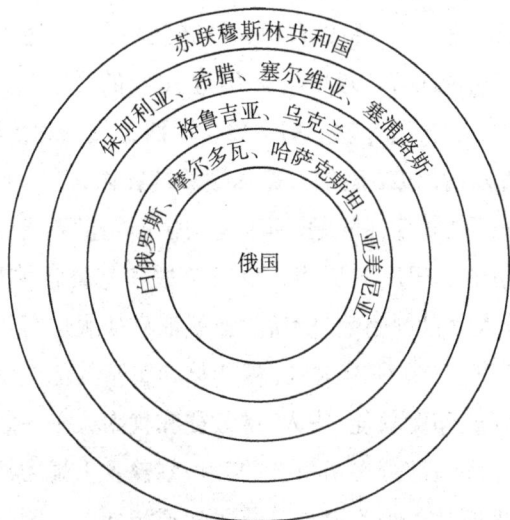

图8　东正教文明的核心国家及其成员国关系图

事实上，作者在《文明的冲突与世界秩序的重建》一书中对于西方边界的定论正是建立在语言和宗教的统计分析基础之上的。"几个世纪以来，将西方基督教各民族同穆斯林和东正教各民族分开的这条伟大的历史界线，为这些问题提供了最具有说服力的和最有普遍性的回答。这条界线可以追溯到4世纪罗马帝国分裂和10世纪神圣罗马帝国的建立，500年来它一直基本处在它现在的这个位置。它由北开始，沿着现在芬兰与俄罗斯的边界以及波罗的海各国（爱沙尼亚、拉脱维亚、立陶宛）与俄罗斯的边界，穿过白俄罗斯，再穿过乌克兰，把东仪天主教的西部与东正教的东部分离开来，接着穿过罗马尼亚的特兰西瓦尼亚把它的天主教匈牙利族人同该国的其他部分分离开来，再沿着斯洛文尼亚和克罗地亚同其他共和国分离开来的边界穿过南斯拉夫。在巴尔干地区，这条界线与奥匈帝国和奥斯曼帝国的历史分界线重合。这是欧洲文化的边界,在冷战后的世界中,它也是欧洲和西方政治经济的边界。"

看一下世界地图,就会清楚地看见这条文明断层线贯穿了乌克兰的中心地带。乌克兰是一个具有两种文化的分裂的国家。这一分析与当下的俄乌现实是如此吻合,极具预言性。

四、社会学术影响

《文明的冲突与世界秩序的重建》开辟了一个从文明的角度思考国际政治和国际关系的崭新视角,是一部具有预见性和洞察力、论述人类文明冲突及其根源的经典著作。它成书于1993年,经历近30年的风云后,书中所提出的多元文明分析框架依然成立和有效。书中预言了西方文明和伊斯兰文明的冲突。书中写道:"一些西方人,包括比尔·克林顿总统在内,认为西方只是与伊斯兰教极端主义暴力分子之间存在问题,而不是与伊斯兰世界之间存在问题。但是1400年的历史却提出了相反的证明。伊斯兰教和基督教关系经常充满风暴,彼此将对方视为外人。自创始起,伊斯兰教就依靠征服进行扩张,只要有机会,基督教也是如此行事。""在所有地区,穆斯林和属于其他文明的人——天主教徒、新教徒、东正教徒、印度教徒、华人、佛教徒和犹太人——之间的关系总体上是对抗性的,他们之间大部分在历史上的某一刻曾发生暴力冲突。沿着伊斯兰国家的周边看去,穆斯林总是难以与其邻居和平相处。文明间有三分之二到四分之三是穆斯林和非穆斯林之间的战争。穆斯林的边界是血腥的,其内部也是如此。好战,不相容,以及与非穆斯林群体相邻,仍然是穆斯林持续存在的特点,而且是造成整个历史过程中穆斯林具有冲突倾向的原因。"与之相对,亨廷顿也强调了基督教国家对于一致对外有着悠久的传统。书中写道:"在这样的一个时代,美国既不可能统治世界也无法逃避世界。不论是国际主义还是孤立主义,不论是多边主义还是单边主义,都不能很好地为美国的利益服务。只有避免这些极端的做法,采取与欧洲伙伴紧密合作的大西洋主义政策,保护和促进大家共同拥有的、独一无二的文明的利益和价值观,才能够最有力地促进美国的利益。"亨廷顿在书中还特别强调,西方文明的价值在于其是独特的,而不是普世的。他说:"西方文明的价值不在于它是普遍的,而在于它是独特的。因此,西方领导人的主要责任,不是试图按照西方的形象重塑其他文明,这是西方正在衰弱的力量所不能及的，而是保存、维护和复兴西方文明独一无二的特性。"

美国前国务卿基辛格指出："亨廷顿是西方最优秀的政治学家之一，他为理解下个世纪全球政治的现实提供了一个极具挑战性的分析框架。《文明的冲突与世界秩序的重建》是冷战结束以来出版的最重要的一本著作。"布热津斯基也认为，《文明的冲突与世界秩序的重建》"是一本理性的杰作，思想开阔、想象丰富、发人深省，它将使我们对国际事务的理解发生革命性的变革"。2017年美国新媒体Quartz公布了一组数据，列出了在过去15年中，哈佛大学、普林斯顿大学、耶鲁大学、哥伦比亚大学、斯坦福大学、芝加哥大学、麻省理工学院、杜克大学、宾夕法尼亚大学、布朗大学这10所高校课堂上被教授推荐次数最多的书籍（见表1）。按照被教授推荐的次数，《文明的冲突与世界秩序的重建》位列最受美国10所顶尖高校教授欢迎的学术著作之列。这本书之所以能牵动读者的神经，是因为在冷战结束之后，人们需要一个新的框架来理解世界政治。《文明的冲突与世界秩序的重建》唤起了人们对于文化因素以及文化在塑造全球政治中的主要作用的关注。

表1　2017年美国新媒体Quartz调研的名校推荐经典著作榜（TOP10）

排名	次数	作品	作者
1	168	《理想国》	柏拉图
2	163	《利维坦》	托马斯·霍布斯
3	163	《君主论》	马基雅维利
4	158	《文明的冲突与世界秩序的重建》	塞缪尔·亨廷顿
5	145	《风格的要素》	威廉·斯特伦克
6	122	《伦理学》	亚里士多德
7	119	《科学革命的结构》	托马斯·库恩
8	119	《论美国的民主》	托克维尔
9	116	《共产党宣言》	马克思
10	113	《政治学》	亚里士多德

亨廷顿在写给"致中国读者"的前言中说："中国文明是世界上最古老的文明，中国人对其文明的独特性和成就也有非常清楚的意识。中国学者因此十

分自然地从文明的角度来思考问题,并且把世界看作是一个具有各种不同文明的,而且有时是相互竞争的文明的世界。……为什么我的文章在世界上引起了这么大的兴趣并引起了这么多的讨论? 为什么我的著作至今已被翻译成22种不同的文字,并具有相应的影响? 我认为,答案是人们正在寻求并迫切地需要一个关于世界政治的思维框架。……我所期望的是,我唤起人们对文明冲突的危险性的注意,将有助于促进整个世界上文明的对话。"确实,人们期待在未来的岁月里,世界上将不会出现一个单一的普世文化,而是许多不同的文化和文明相互并存。

参考文献

[1]亨廷顿.文明的冲突和世界秩序的重建[M].周琪,刘绯,张立平,
    等译.北京:新华出版社,2009.
[2]杨光斌.作为世界政治思维框架的文明范式:历史政治学视野的
    《文明的冲突与世界秩序的重建》[J].学海,2020(4):35-45.
[3]王向远.斯宾格勒"文明观相学"及东方衰亡西方没落论[J].中
    外文化与文论,2018(1):208-220.

导读人简介

袁曦临,管理学博士。东南大学情报科技研究所研究员,东南大学图书馆研究馆员,东南大学经济管理学院研究生导师。

普通人身边的经济学

导读人：王骏

　　最开始听到《牛奶可乐经济学》这本书名字的时候，心中充满了疑问，这会是一本怎么样的经济学书籍呢？我抱着这样的好奇翻开了本书。

　　这本书和它的书名一样，不同于往日所看书籍的平铺直叙，没有大段的理论概述。本书中所有的问题本是作者给学生们的课程作业，希望学生从经济学的角度来解答一些我们日常生活中的问题。而作者最后进行了整理，同时重新回答本书中所有的内容，汇聚成书。

一、博物经济学视角下的提出问题与回答问题

　　本书作者罗伯特·弗兰克教授是美国康奈尔大学管理学院的教授。他喜欢在自己的课堂上给学生布置"博物经济学作业"，比如为什么牛奶的盒子是方的，可乐的瓶子是圆的？为什么女模特比男模特收入高？为什么很多酒吧喝水要钱，却又提供免费花生米？为什么很多餐厅都提供饮料免费续杯服务？为什么收入最高者的薪水比普通人涨得快得多？

　　在接受采访时，弗兰克教授被问及为什么对"博物经济学"情有独钟时，他回答道："你只需掌握五六个基本的经济学概念，生活中的所有相关问题都会迎刃而解。就如同生物进化论，只要你理解了它，什么物种、组织、结构，都会变得简单起来。这也会使你对这门学科产生更浓厚的兴趣。"《华盛顿邮报》这样评价他：罗伯特·弗兰克不是一位学术型经济学家。他主张经济学应该是一门根植于经验和观察的社会科学，而不是以数学为核心的硬科学。他的这本书把经济学从数学中解放了出来，并为其在人们的日常生活中生根发芽提供了无限的能量。

本书的两种讲述方式——提出问题和回答问题,哪一个更重要呢?提出问题,需要对事情本身具有一定的探索,同时还需要有一定的洞察力,在看到事情本身时不停滞于此,而是不断深挖其中的内涵,在这个过程中对生活中的细节之处多了几分思考,也多了几分理解。回答问题,需要根据给定的方向进行自我阐述,结合自身的实践活动、认知水平等,都可以给出不同答案,甚至可以由此延展出更多的想法。面对事件,思维激烈碰撞,不断产生假设和反问,这样会开启不一样的思路。

本书主要运用了"博物经济学"的思维方式进行讲述。所谓博物经济学的思维方式,是指罗伯特·弗兰克教授提出的带着基础的经济学原理去观察生活中常见的现象,同时运用经济学原理去解释这些现象的一种思维方式。不管这些现象是来自经济领域,还是来自政治、法律、科技等领域,都能用经济学原理来解释,这就是博物经济学的思维方式。而这种思维方式给我们也带来了诸多启发。我们身边每时每刻都有各种各样的大事发生,而这其中的经济逻辑又是什么呢?我将结合本书主要提到的多个基础的经济学原理,如成本效益原则、供求关系原理、"看不见的手"等内容,与大家一同分享生活背后的经济学。

二、"看得见的手"与"看不见的手"

在经典的亚当·斯密的"看不见的手"这一理论中,作者提到"市场中对个人利益的追求,往往造福了所有人"。在书中作者就谈道为什么股票分析师很少推荐卖掉哪家公司的股票,这是由市场中每一个分析师对个人利益的追求导致的。每一个分析师都希望自己作出的决策是准确的,同时与评估公司保持良好关系,而大部分的分析师都默认以买进为主,因为推荐买进可以最大程度保证自己的推荐成功率增加,这也是最为保险的做法。

在这一过程中没有政府操控,多是分析师与投资者的自我选择,在市场逐利的驱动下,不约而同造就市场中"看不见的手"。当然这和书中所提到的成本效益原则也有着不可分割的关系,"惟有当行动所带来的额外效益大于额外成本时,你才应该这么做"。大家不约而同选择买进所付出的成本是有限的,而收益有时与所需付出努力获得信息后作出决策的收益相差不多。

对于个人利益与群体利益的追求,书中还举了很多的例子。当两者产生冲突,就会出现第三方的介入。书中提到冰球选手一致投票通过了比赛戴头盔的规则；不少学校要求学生穿校服，看似减少了个人利益，但也提高了群体的安全系数又或是非必需的成本投入。

所以存在于这市场中的到底是"看得见的手"，还是"看不见的手"呢？在现在的市场中两者相互作用似乎是更为常见的。而随着数字时代的到来，市场以平台的形式出现在我们的眼前，流量变现大抵是相对能够直观体现平台价值的名词。各家公司努力搭建自己的平台、生态系统，努力将用户牢牢掌控在自己手中。每当感受到似乎某一领域出现一家独大的霸主时，市场也有属于自己的调控方式，其他新的企业在之后如雨后春笋般涌现。从一开始的淘宝，再到后来的京东、拼多多等等，似乎都是"看不见的手"在操控。如果在其中加入了"看得见的手"，可能会使局面变得不好控制。历史上苏联的强计划经济很好地避免了"公地悲剧"的发生。其中的利益好处作者已经在书中提到，就比如鱼子酱在苏联解体后价格飙升，但是强计划经济更多的是导致了整个经济的崩溃解体。

没有"看得见的手"，这个市场又会如何走向呢？书中在第六章所有权之谜中，提到为什么鲸鱼濒临灭绝，而鸡却没有；还有为什么地中海地区的污染问题比大盐湖地区严重得多。书中所提到的鲸鱼在公海没有所属权，但是鸡大多是有主人的，有主人，其整体的数量变化自然能得到控制，而鲸鱼在公海，没有所属权，这里就像是没有"看得见的手"，在这个市场中，捕鲸人更多追求自身利益最大化，这也引得日本、挪威人对鲸鱼的大肆捕杀。地中海地区附近有20多个主权国家，而大盐湖地区只有单一的主权国家，成本、收益仅仅为一国所有。地中海中的利益是周边20多个国家共有的，其中任意一个国家提出禁排对于其他国家都是无济于事的，只会减少自身利益，这使得地中海周边国家都默认了向其中排放污水，市场中没有了"看得见的手"，也就是无限制的追求私利不觉间走向了另外一种极端。

很有意思的是，市场中"看不见的手"和经济学中的边际效用有着某种相连之处。就像亚当·斯密提出的最经典的钻石与水的问题，水与钻石所带来的幸福程度不同，水的存量大于钻石，而水相对于钻石可以更容易获得，水才是人们真正的必需品。当我们花钱的时候，我们花的第一个硬币是用来买水的，因为它是必需品；第二个硬币，也是买水；第三个、第四个，还是买水……当第一千个硬币还是用来买水的时候，这时水带给我们的边际效用已经相当低了。

这时候，我们会动一个念头：第一千零一个铜板，能不能买一点点钻石？

那一个硬币买来的一点点钻石，能够很好地满足我们的虚荣心。于是我们就把第一千零一个硬币用来买钻石，因为用这个铜板买来的钻石，比用它买来的水的效用更大。也就是说，在边际上，水和钻石给人带来的幸福是一样的。当我们分别在水和钻石上一个一个分摊铜板的时候，其实是在遵循一个原则，那就是确保水带给我们的边际效用跟钻石带来的边际效用相等。也正因为如此，市场中我们看到的水的价格要远远低于钻石。

市场上"看不见的手"和"看得见的手"一直并驾齐驱。市场中的未知性、不确定性，也使得"看不见的手""看得见的手"在不同的市场环境、不同的收入差距、不同的文化背景下都会给市场经济带来各种各样不同的变化。

其中还可能有每个人的本身的偏见，就像是本书第九章、第十章中所提到的行为经济学。行为经济学说人并非理性的，偏见是随时相伴的。这一理论的提出者是历史上第一位获得诺贝尔经济学奖的心理学家卡尼曼，他曾经将人脑分成了两个系统——系统一和系统二，系统一就像是我们日常生活中的第一直觉，它的运行是无意识的，而系统二是主动控制，它的运行是有意识的。在我们生活中占据主导的往往更多是系统一，就比如曾经有一部电影《焦点》，里面就有一段非常经典的诱导式行骗操作，诱导目标对象去做出计划之内的事情。这一段经典的操作后被广泛运用在众多电视剧情节中，而这种偏见在生活中也是随处可见的。

三、"三种偏好"和"四种效应"

行为经济学有比较典型的三种偏好和四种效应，分别是："典型性偏好""可得性偏好""因果性偏好""光环效应""锚定效应""框架效应""禀赋效应"。在本书中几乎大半的问题都可以和行为经济学联系一二，每一个问题都对应着不同的偏好和效应。就比如内衣品牌维多利亚的秘密，每年都会制作一套价值上百万美元的内衣，虽然卖不出去，但它却可以给这个品牌赋予额外的价值，无形之中提高了整个品牌的高度，而这就是"锚定效应"与"光环效应"相结合的结果。这一套价值百万美元的内衣给对这个品牌未知的人提供了一个参考答案，也叫锚定值。当消费者接触了解到其品牌的信息之后，就仿佛给品牌镀上了一层光环，同时这些信息也影响着消费者对事物的整体判断和理解。其中，最后获利的必然是商家。

同样，现代企业运营常常提到所需要注重的商誉，而其最为直接的表现就是某些时候可能会影响企业评级。企业信用评级事关企业在相关债券市场的债券发行，投资者在投资过程中很大程度上也会受到"光环效应"的影响，企业的运营不免受其影响。当然不仅仅如此，很多时候不仅仅是一个效应的影响结果，多种效应的结合使得人看似理性的判断，实际不免已经陷入了非理性的深渊。

本书还提到一个关于买房子的故事，中介通常会带顾客去看三种不同类型的房子，而其中两种往往给人并非很好的选择的感觉，第三个好像更合心意，更容易让人一眼相中，但是又为何要多跑几趟？这大概就是"框架效应"和"锚定效应"。前两个就像是给消费者的心里搭建了一个大的框架，再取中间值，对于中间值的认可程度就会较之前更为明确坚定。关于这一点，在市场定价中时常可见，就比如买手机，商家常会同时推出同一型号的3～4种不同版本。就拿iPhone来举例，今年的新品即将发售，按照去年的惯例，大抵又是不少于4个版本，去年的iPhone13一共推出了iPhone13 mini、iPhone13、iPhone13 pro、iPhone13 pro max四个型号，以每款的最低配置来算，售价分别是5199元、5999元、7999元、8999元。而在正常的销售渠道中，出现最多为iPhone13和iPhone13 pro。至于iPhone13 mini和iPhone13 pro max，无论是从官网的销售推广页面（iPhone的官方首页推广横条中只出现了iPhone 13和iPhone 13 pro两个版本）还是各平台的推广数据来看，都是不能和其他两款进行比拟的。iPhone13 mini所起到的作用更多是吸引消费者的注意力，适中的入门价格，可以赢得更多的消费者的注意力。先设下一个锚定点，从第一步吸引消费者开始。而iPhone13 pro max作为一个最高线（其实到了这个版本，手机很多新加入的功能，如强大的芯片处理等，对于大部分用户来说是过剩的。这就像你不可能抱着手机去做一个视频渲染，更多的是将其作为娱乐的工具），这一版手机的作用一部分可以理解为给下面两个版本做对比。对价格敏感的消费者，在选择的过程中就会有所对比：我用5999元的价格买了个和8999元差不多的手机，同时也够我日常使用，何乐而不为呢？再从销售数据上来看（受客观因素影响，只能进行大致的推测），选取变量较少的淘宝苹果直营店，从评论数据上看，iPhone13 mini一万加、iPhone13三十万加、iPhone13 pro九万加、iPhone13 pro max九万加。从现有的数据中可以窥探一二，消费者选择iPhone 13的占比较高，销售量同样很可观。

增加机型设定锚点，建立一个大的框架。最贵的价格让消费者对第二档的价格不那么抵触，最便宜的价格又能先把消费者吸引过来，这样用相对较少的成本，就完成一次对消费者的心理暗示和产品推广。

而在这样的锚定效应中，同样存在着诱饵效应，其中包含了数个参考点依赖。这些价格的设定并不是让大家去消费某一个版本，只是为了让消费者可以更好地在其中做出选择。毕竟当消费者在这里很难做选择的时候，消费者可能会去选择其他的品牌。

说到参考点依赖，同样让我想到在这本书中所提到的军备竞赛。军备竞赛场面的产生，有时候也许是由于每个人都受着参考点的影响，做出了超出寻常的竞争，不断去追求自身利益的最大化。但是如果有政府的干预、监管，情况就会急剧变化。就像国家突然出手下发的"双减"文件，原本我国的学生一直处于过度用功的状态，所谓"内卷"已经不只存在于成年人的职场环境中，在学生中更普遍。家长们的观点：你不学，别人学，就落后了，落后就考不上"清北"了。一系列的连锁反应催生了很多的教育培训机构。在这样的循环中，适度竞争有利于发展，过度竞争则无疑会产生很多的问题。普通家庭教育经费的攀升，对于生育率、消费的拉动、居民幸福指数都会产生不小的负面影响，同样会激化阶级固化的矛盾，这也和我国一直提倡的"共同富裕"背道而驰。而政府的如雷霆之势的出手使得整个行业的情况急剧变化，专注于教育赛道的多家公司市值蒸发迅速，几乎为断崖式的下跌。多家教培机构开始寻求转型，新东方转战直播带货行业，一度频上热搜，在新行业的开疆扩土给了新东方新的出路和方向。从这些可以看出，去年的"双减"是一个很好的信号，打破了家长心中参考点依赖的契机。而在所谓的公共政策的制定时，将大家可能会存在的参考点依赖考虑进去，会使得竞争进入一个更好的良性循环状态。

竞争现在常和"内卷"联系在一起，个人为追求自身利益最大化，在不断地努力，这推动了自身的发展。这就同无论是在完全竞争市场下，还是在不完全竞争市场下，企业为了多增加一点盈利，都会提升自身在市场中的竞争力。当然在两个不同的市场下的竞争也会各有不同。在完全竞争市场下，看似公平公正，但同样会出现"公地悲剧"，而这样的情况在本书中作者举了很多类似的现象。而在不完全竞争市场之下，霸权和垄断之间似乎总有着几点联系，这也导致有时利益争端出现偏差。而生活中的各种经济学现象都存在着各种各样的偏差，当然这也与我们所在的不同环境会有很多不同的影响因素有关。

这本书运用大量通俗易懂的案例，解释了如何在生活实践中运用博物经济学的思维方式，通过经济学原理来解释各种现象，给我们日常生活中多提供一个思路，让我们在日常生活中更多地去留心身边的一些现象，使我们善于运用已知或者未知的经济学原理进行解读。当然不仅是经济学，面对生活中的各种现象，我们也要有一颗善于发现的好奇心，不断去探索事物的本质内容，提高自身的洞察能力。

参考文献

［1］弗兰克.牛奶可乐经济学［M］.王堃，俸绪娴，康溪馨，译.杭州：浙江人民出版社，2020.

［2］弗兰克.牛奶可乐经济学［M］.完整版.闻佳，译.北京：中国人民大学出版社，2010.

导读人简介

王骏，硕士，中国古代汉语专业，东南大学图书馆馆员，在图书馆从事资源建设和阅读推广等方面的工作。

感悟《设计中的设计》，
探寻设计的无限可能

导读人：卢欣宇

    如果说到无印良品，你会联想到什么？"设计感""极简主义""品质""文艺"或者是其他？但我想说的是原研哉。他是无印良品的设计总监，也是我要推荐的《设计中的设计》这本书的作者。非设计专业的人可能对原研哉这个名字并不熟悉，他是日本有名的设计大师，他的设计理念被很多人推崇，但他也有"小米新 LOGO""KURASHICOM 全新品牌视觉识别系统"等设计方案遭到了大家的质疑。

    《设计中的设计》2003 年在日本首次出版，之后被翻译为各种语言版本，在全世界发行，于 2006 年被引入国内，广受设计界人士的欢迎。直至今日，这本书还位列豆瓣热门设计图书 TOP10 榜的第一位。本书目前在国内有两个版本，一个版本由山东人民出版社 2006 年出版，另一版本由广西师范大学出版社 2010 年出版。2010 版增加了"建筑师的通心粉展""HAPTIC""SENSEWARE""白""EXFORMATION"等章节，字数由 16 万字扩充到了 40 万字。有意思的是，两版中文书名虽然都是《设计中的设计》，英文版的书名却由 *design of design* 变为了 *designing design*。而关于英文版书名的改变，从原研哉的前言中能窥见一二，"本书在谈论个人设计观的角度，并在集大成的期许下，不断增加文字、图像，最后意外地变成了具有相当分量的一本书"。说回书名《设计中的设计》，我所理解的第一个"设计"是大众眼中的设计产品，第二个"设计"是指这些产品背后的设计原则和思考。

《设计中的设计》一书对设计师原研哉的设计理念以及作品的发展进行了总体的归纳，从设计的各个方面和角度，系统地就"设计到底是什么"这一问题进行了详细的介绍和阐述。我推荐的是2010年广西师范大学出版社版本，全书有9个章节，是一本很好读的设计入门级书目，书中从遣词造句到案例讲解都简单明了，非专业出身的人读起来也没有障碍。

一、设计中的思维——再设计与信息构筑论

设计存在于生活的方方面面，"设计得好"是大家经常会说的话，但"设计是什么"却是许多设计者的基本疑问，同时也是大众对于"设计"这一概念的好奇。往往越是司空见惯的概念反而越难解释清楚。那么如果让你去设计一件日常用品，你会怎么设计？生活里看到太多不好的设计：不能同时插两个设备的五孔插座，衣服后面永远扎人的标签，难以清洁到缝隙的键盘，迈不开腿的阶梯等等。如果这些东西让你自己设计，又该如何下手呢？来看看原研哉的设计思路吧。

日常生活的无限可能。"理解一个东西不是能够定义它或者是描述它，而是把这个我们认为自己已经知道的东西拿过来，让它变得未知，并激起我们对其真实性的新鲜感，从而深化我们对它的理解"，或许这就是原研哉认为的"re-design"（再设计）的含义。从零开始搞出新东西是创造，而将已知变为未知也是一种创造行为。他在2000年策划的"再设计：二十一世纪的日常用品"展览，包含32位日本顶尖创作者重新设计出的某些很普通的商品，从大家都熟悉的普通生活中探索现代生活的意义，给平常的生活用品添加簇新的解说并赋予其崭新的生命。在书中，原研哉列出了一部分设计：坂茂从节约角度设计的方形卷纸；佐藤雅彦通过再设计来达到交流与沟通目的的出入境章；受众指向成人的尿不湿；面出薰以"为了纪念日的火柴"为主题的设计作品等等。原研哉的再设计包括造型、信息、受众、文化等方面，并且随着实践的不断深入，再设计的内容必然越来越丰富。

所谓"Exformation"是和人们日常熟知的"information"（信息）所相对的，即探索未知的东西。基于"Exformation"的理念，原研哉在书中分享了他的两个教学案例。第一个案例是四万十川。在日本，关于四万十川的知识多来源于观光册，而原研哉带领学生们分几个方面对四万十川进行重新建构，最终给大

家以完全不同于观光册的关于四万十川的印象。第二个案例是度假地。学生们从度假地给人的常规印象出发,探索新的不寻常的感觉,包括用救生圈、编织袋等材料将普通街道设计成度假村的感觉;基于度假就像冰激凌给人的感觉,探索冰激凌的各种形状,给人全新的印象等等。

信息构筑论与感性体。原研哉认为自己从事的是信息传达的工作,即如何让设计渗透到人的感官当中,让人有所感觉,产生丰富的联想和印象。设计是信息的组合,它将各种信息收集起来,并有条不紊地建筑一个信息集合体,然后再呈现给大众,让人们能够分门别类地进行接收,并从中获取自己想要的信息。人们依靠五感从信息集合体中获得各种感觉,这些感觉相互渗透、联系在一起,最终在脑海中形成想象,这种过程可以被认为是信息再构筑的活动。

五感的觉醒。什么是"HAPTIC"?原研哉在设计这个展览的时候就已经为它下了定义——激发人的感知。这是一个关于人类五感的设计展,更像是一个很大的实验室。设计的作品不考虑任何结构和色彩等内容,而是考虑如何刺激和唤醒人的触觉。在实验中,时尚设计师津村耕佑设计了一组灯笼,灯笼的外围材质使用了植发技术;伊东丰雄利用凝胶制作的门把手,给人一种新鲜的触感、深层次的温柔感;深泽直人以香蕉、草莓、猕猴桃的肌理来设计果汁的包装盒,让原本冰冷的产品包装有了温度与触感。这些不同设计师的实验作品都体现了对五感的不同刺激,使人们能够从视觉、触觉、听觉、嗅觉、味觉中获得全新的体验。

设计实践中,原研哉试图建立一种信息建筑的思维方式,让平面设计不仅能作用于人的视觉,而且能够触动人的所有感官。是什么唤醒了感觉? 作者书中提到了"感件",它是指任何能激发人们感觉、认知的熟悉的东西。原研哉在书中特别提到了"纸",他也利用纸的肌理及其属性设计了很多令人钦佩的作品,比如在长野冬季奥运会开闭幕式节目表册的设计中,原研哉与造纸厂合作研发了一种白色的松软的纸张,使封面上的字能够陷下去,这种工艺用加热的模具压在纸上,纤维凹陷下去的地方部分融化,像冰一样呈透明状,做出了犹如"冰雪之纸"的理想效果。白纸上印着的凹陷的英、法、日文全都清澈如冰,以"冰雪之纸"唤醒人们踏雪的记忆。再如在梅田医院的视觉指示系统设计中,医院的所有标识都是由白色布料制作的,柔软的布料展示了温暖与爱,而让白布的标识系统一直保持洁净,可以传递医院十分重视干净卫生的理念。在松屋银座的改造工程中,在沿街的立面上以拉链的形式,代表不同的工程进度,让人保持期待的同时,又能准确传达信息。

二、设计中的哲学——空与白

关于原研哉设计作品风格的评论很多,如"不落陈规的清新""静谧、平和的视觉呈现"等等。究其根本,都源于创作者对"空与白"的认识和把握。而所谓的"空与白"就是能够连续地吸收和接纳外在事物的东西,一眼看上去什么都没有的东西,其实内涵却非常丰富。也正因为"空与白"的特质,才能容纳更多的东西,拥有无限的可能。

在原研哉眼里,"白"是一种色彩,它是从模糊的世界当中分离而出的,从某种程度来讲"白"象征着生命最原始的形式,是一种对待事物一无所知的状态。"空"并不象征"什么都没有",而是给我们提供了一个更为广阔的思考空间、想象空间。"空"是一种"素简"的创造力,是刻意地把握和控制整体装饰,消除存在感,是"与其过度拥有,不如适量抛弃"的一种思想。

原研哉认为:"在某种程度上,白意味着空。"在日本文化中,"空"和"白"也是经常联系在一起的。比如茶道,日本的茶室面积通常不大,除了带挂轴的画和插花,几乎没有任何装饰,只有简单的榻榻米,人们久坐于其中或聊天,或品茶。为什么茶室会如此来设计?因为在这种装饰极少的空间招待客人喝茶时,感受力和想象力会变得异常敏锐。它跟简约不同,它不是没有东西,而是有很多"可能"的东西,空的简单、白的整洁正是可以滋养精神世界和想象力的肥沃的土壤。

原研哉"空与白"的设计思想很大程度上是因为受到日本文化和日本古典美学的影响。书中引用了《如何阅读世界地图》一书中一段十分有趣的关于日本地理位置的描述,"如果你把欧亚大陆拿过来转九十度,让它到上面,就像一个日本弹珠游戏箱,日本列岛在底下,就在球井的位置,错过所有洞口的钢珠都会汇集在球井,也就是日本"。日本位于太平洋的深渊中,截住了所有的文化和体系,就像是一个大熔炉,全盘接受了许多种文化。这种状况固然会带来一片混沌,但当日本文化将其融合后,就会形成一种奇异的混合。这就是最彻底的简单,首先归零,扬弃所有,即一无所有中蕴含所有。原研哉十分推崇日本文化和日本美学,在《设计中的设计》各个章节都提到了如何传达日本之美的话题。他深谙日本文化中"空"的价值。"空"的思想,富有禅宗意味,而对禅宗的信仰,正是日本文化的一部分。基于日本自然美学,他提出"白"的理论体系,探寻事物的本源,寻求一种自然的、质朴的"无"。

而另一方面,童年时期的经历对原研哉的设计思想也有很大的启发。原研哉从小学习剑道,而日本剑道决定胜负的关键之处就是在实操中,搏击双方对避实击虚这一原则的把握和运用。正如原研哉所说:孩提时所学习的剑道,从某些地方而言,就是我灌注在设计作品中的那种感觉,而非使用在绘画中的那些内容。剑道中的"间合",很明显就是艺术的空间和间隔。

原研哉在许多创作中将"空与白"的作用发扬光大,典型代表是无印良品的广告。无印良品是日本独创的一个概念性商品品牌,产品主张自然朴素、还原本真,由"空"衍生出自然和谐的造型。在应邀担任无印良品咨询委员会艺术执导之后,原研哉把"空"运用到无印良品的海报设计上,巧妙运用空的涵义,为大众留出了极为丰富的想象空间,随着空间的填充传递着无尽的信息,彰显"无印良品"这个品牌所含有的灵韵,呈现出了一个看似空无一物,却能容纳百川的容器。原研哉设计的以"地平线"为主题的宣传广告,所有画面的中心都是一条平直的地平线,天地交汇的地方也是视野的尽头与极限,空无一物,却蕴含所有。为了这组"地平线"的图片,原研哉与摄影师远赴玻利维亚安第斯山中的"乌尤尼盐湖",进行了历时五天的摄影。这一组从许多意义上来说都诠释着极简的作品,其实也最能够代表原研哉"空无简单、任物自然"的思想,以最简单的设计呈现最深层的设计哲学。

三、设计中的设计——设计史的发展

正如谢尔提·法兰在《设计史:理解理论与方法》中说的那样:"设计学与各种学科交叉,是一门来自多学科具有跨学科性质的学科,同时设计概念又在设计实践与学科相互交流中不断变化发展。"回顾设计概念的历史演变,或许有助于我们找到自身设计的支点。

1936年,尼古拉斯·佩夫斯纳出版了《现代设计的先驱者:从威廉·莫里斯到沃尔特·格罗皮乌斯》,在书中率先使用"设计"这一概念来概括现代主义运动的发展历程,并揭示了现代设计主义的基本特征。依据书中的观点,原研哉认为现代设计的原点或说"设计"的思想源流可以追溯到19世纪英国工艺美术运动的理论指导者约翰·拉斯金和威廉·莫里斯提出的反对粗制滥造的机械化大生产的设计思想。那么,为何会产生现代设计呢? 因为工业革命为经济带来了活力，而机械的落后，使得产品的造型不够美，导致部分人产生了不满，现代设计由此产生了。

第一次世界大战结束后不久，欧洲国家相继开始进行设计改革。现代主义设计的风格在实践中被确立。人们开始接受现代艺术文明，不再拒绝机器，现代主义设计利用先进的技术、批量化的生产方式走进了20世纪人们的生活。正如原研哉说过的："约翰·拉斯金和威廉·莫里斯播下了现代设计的种子，并对其进行了培育；20世纪初的新艺术运动又对这片土地进行了耕耘；这些最终促成了德国包豪斯这棵嫩芽的萌生。"

毫无疑问，工艺美术运动是现代设计的原点，新艺术运动则将过去的形式解体，包豪斯则是在解体的基础上创造了新的造型语言。1919年，包豪斯设计学院成立，挑战并重新定义了艺术、设计和建筑的教学方式，使它们朝着更具协作性和跨学科的运营模式迈进，并将技术创新和大规模生产技术纳入教学大纲。它汇集了一群迷人且极具影响力的教师和艺术家，他们彼此并肩工作，共同留下了持久的遗产。原研哉认为包豪斯设计学院引领的设计运动是对工艺美术运动以及19世纪末出现的新艺术运动遗留下来的种种设计问题的重新整理，并在此基础上，提出了理性的解决方案。

1933年因战争、政治种种原因，包豪斯设计学院被迫关闭，为了躲避战争，欧洲主要的现代建筑师以及包豪斯的师生大多移居美国。他们将现代建筑概念与注重经济、利润、实用、便利的美国设计理念相结合，生产了大量的使用材料，比传统的基于工艺品的材料更高效、更廉价，形成了被称为"国际主义"风格的现代建筑风格。

自20世纪60年代，西方世界对工业社会的自我反省进入了高潮，希望以新人文背景下的真实复杂情感代替单一纯粹的功能主义审美形式，后现代主义思潮便应运而生，试图将技术生产方式从现代主义的逻辑中摆脱出来。面对后现代主义潮流的涌起，原研哉认为，20世纪80年代，在建筑界、知识界、生产设计界出现的后现代主义，并未开创扭转追逐新奇和利润效益的新时代，它只是设计师们利用各种设计造型语言探索现代设计边缘所表现出的一种疲惫下的嬉戏精神。后现代主义提醒我们是否在匆忙追赶科技、财富前进步伐的时候，忽视了传统文化中成熟而优秀的思想观念，无法停下脚步仔细思考技术带来的成果是否足够成熟，只一味地去积攒也许毫无价值的东西。

从现代主义设计的发展历史来看，每一次的技术进步都会推动现代主义设计向前发展。技术的创新带来了经济增长，同时经济为设计的发展提供了物质基础。如同原研哉所说，我们当下所面临的是由科学和信息技术带来的日新月异的时代环境，在这种状况下，我们可以通过反思工业革命所带来的一系列问题和矛盾来对当下快速的生活步伐敲响警钟，重新去思考设计的出发点。

读完了这本书以后，我觉得越来越不懂设计到底是什么了，但正如原研哉在一开始的自序里就说道，"当你因为读完这本观念设计书而感到越来越不懂设计时，这并不意味你对设计的认识倒退了，而是证明你在设计的世界里又往更深处迈进了一步"。最后，用译者朱锷的一段话结束这篇文章，每个人都可以做一个设计师，因为你可以设计的不仅仅是一般意义上的"设计"，还有你的生活。愿你我都成为自己人生的设计师。

参考文献

[1]花万珍.基于设计社会学的现代主义设计历史研究[D].上海：上海师范大学,2022.

[2]侯晓祎,尹广蔚.平面设计的时代审美价值：以国际主义风格的兴衰起伏为例[J].流行色,2022(3)：129-131.

[3]肖发展,樊宇翔.浅析后现代主义设计的风格特征[J].中国包装,2021,41(5)：56-59.

[4]连晓萌.原研哉"空"的设计美学思想及其哲学背景研究[D].杭州：杭州师范大学,2018.

[5]张淼.探究原研哉的设计理念[D].北京：北京交通大学,2014.

[6]贺璐.原研哉设计理念及风格研究[D].开封：河南大学,2013.

[7]钟静.感受、艺术和生活：日本平面设计大师原研哉思想解读[J].美术观察,2009(8)：130-132.

导读人简介

卢欣宇,图书情报硕士,东南大学图书馆馆员,从事阅读推广相关工作。

解密《大设计》

导读人：郭昊

很多人都听说过这么一句难以溯源的话："物理的尽头是哲学。"这大概与物理的终极梦想有关。物理学最大的研究对象是宇宙，那么我们自然要问：宇宙的过往历史是什么？它是否有起源？如果有，则以何种方式开始？我们熟知的万事万物，都遵循若有其生，则必有其死的规律，那么宇宙也是如此吗？它也有终结的一天吗？爱因斯坦曾经说过，宇宙最不可理解之处在于它是可以理解的。那么我们能否理解宇宙为什么以这种形式存在？这些基本问题，传统上属于哲学乃至神学的范畴，但今天已进入了物理学的视野。而其答案，必将触及人类的根本信仰，会重塑我们的宇宙观、哲学观。

对于如此宏大的最终之问，很多人的第一反应也许是：霍金，你怎么看？刘慈欣便是其一，他在科幻小说《朝闻道》中借霍金之口向造访地球的某高级文明提问："宇宙的目的是什么？"结果对方掩面而去。高级文明都无可奈何的问题会有答案吗？在现实世界中，霍金本人的确对此有过深入的思考，他在晚年将自己所想写入《大设计》一书（与列纳德·蒙洛迪诺合著），提供了一个基于物理原理的解答。由于行动不便，该书延续了霍金一贯的简洁风格，但却字字珠玑，深入灵魂。

一、客观实在之谜

中国大陆出身的物理学者，在学生阶段都深受唯物主义世界观的影响。我还是大学生时，尽管对哲学只有很粗浅的认知，也认同"物质是不依赖于人的意识且能为人的意识所反映的客观实在"。用物理的语言来讲，就是自然规律是万物普适之道理，它是客观的、形而下的，其边界为物。人类对万物之理的认知来自科学方法论，其重要手段是观测。但无论观测与否，物理客体的内禀属性都是固有的、不随人的意识而变的。简言之，就是"你测或不测，它就在那里"。这也被称为实在论（realism），是众多物理学家包括爱因斯坦所认可的物理。在实在论者眼里，物理规律描述了一个理想的外在世界，它独立于对其进行观测的观察者。霍金在书中提道：实在论在其发展进程中甚至驱逐了神创论。在历史上，开普勒、伽利略、笛卡尔和牛顿都认为自然定律的起源是上帝，是他给了一切物体开始运动的"第一推动力"。但拉普拉斯却相信完备的自然定律集合以及初始条件足以确定宇宙的一切运动演化，即科学决定论。他在回答拿破仑为什么他在著作《天体力学》中没有提及上帝时自豪地回答："我不需要那个假设，陛下。"在极端实在论者眼里，客观物理世界既不受到观测者的影响，也不需要任何超自然的存在来确保自身运动变化的合理性。

二、自然规律与自由意志

科学决定论不仅否定了上帝是自然定律的化身，也没有给人的意识或自由意志留下空间。既然人脑是由万亿个原子构成，那么我们若能写下所有原子的运动方程，又强大到能够在给定初始状态下求解方程，这岂不意味着人类行为在物理上也是可预测的？但这也带来一个自我指向的嵌套问题：人类对自然定律的认知是通过脑部的思考活动来完成的，那么这种对自然规律的认识过程是不是也可以用其自身所决定的方程来求解？这些结论是否意味着自由意志仅仅是个幻影，但这又如何解释人类众多的非理性行为呢？霍金没有回答这个问题，他一方面同意人类行为遵循自然定律，另一方面也认为如此多的变量存在，使得利用物理定律去预言人类行为根本不切实际（或许上帝才有这样的计算能力，但实在论不需要上帝的介入）。因此，我们只能代之以所谓的有效理论，即用于模仿某种现象而又忽略其基本细节的理论框架。如对物理而言，化学就是一种解释多粒子运动变化的有效理论。同样，由于我们无法求解确定自身行为的方程，所以只能利用人有自由意志的有效理论，如心理学。换言之，意识又以某种方式"回来"了，物理也被限制于理解自然现象这一客观领域。

三、依赖模型的实在论

尽管实在论的表述看起来非常合理、自然，但也带来一些认识上的问题。如果自然规律是不依赖于任何人（包括动物）意识而存在的客观实在，那么我们怎么知道对自然的观测结果一定是客观、真实的，毕竟对观测结果的解读依赖于观测者。霍金以鱼缸里的金鱼为例，金鱼看到的鱼缸之外的世界与人类截然不同。人类看到的直线运动在金鱼看来却是曲线运动。如果存在"金鱼科学家"，它所总结出的"金鱼版运动定律"必然与牛顿三大运动定律完全不同。不过我们也别嘲笑金鱼，要知道在前哥白尼时代，人类对宇宙的观测也是基于地球这一非惯性系（鱼缸），并总结出托勒密宇宙那样复杂的宇宙模型。如果将鱼缸视为横亘于观测者与被观测客体之间的一层藩篱，那么广义的鱼缸无处不在。人类对夸克等微观粒子的观测也隔着从宏观到微观高达十几个数量级的"尺度鱼缸"，我们又怎么知道夸克一定是真实的呢？推而广之，那么到底什么是客观真实？对此，霍金建议放弃对所谓"真实"的深究，一切客观存在都是依赖于某种模型的实在，只需要关注模型能否给出可信的预测。如果金鱼版的力学规律也能对运动给出精确的预测，那它就是正确的。或许可以这么理解，不同模型就是不同观察者对同一真理的不同描述方式。

四、反实在的量子力学

在自由意志的有效理论和依赖模型的实在论两方面加持之下，是否就可认为自然界的一切物理规律的内在都是实在论？在宏观世界也许如此，但在微观世界却遇到了前所未有的麻烦。一些物理学家选择放弃，于是就有了量子力学。数十年来，诸多物理实验结果表明，我们不能观察一个独立于观察者的实在，除非通过观察和实验，否则我们无法获取物理知识。玻尔对此有一个形象的描述：测量之前无客观现实[①]。既然没有现实，那又何来实在？以玻尔为代表的哥本哈根学派对微观物理的解释被称为哥本哈根诠释，也被认为是量子力

---

① 玻尔的完整原话可能令很多物理学家沮丧，他认为："量子世界并不存在，只有抽象量子力学描述。我们不应该以为物理学的工作是发现大自然的本质。物理只涉及我们怎样描述大自然。"这些观点可能也为量子力学披上了某种程度的唯心主义色彩，爱因斯坦就调侃过，不看月亮，难道它就不存在吗？而玻尔的反驳是：不看月亮，你怎么知道月亮就在那里呢？

学的"正统解释"。但为什么观测会影响物理客体？测量结果又为什么完全随机？其深层本质是什么？哥本哈根诠释对此无法解释，反而做了某种意义上的倒果为因，以公理的形式规定量子测量本就如此。这一做法显然不能说服实在论者，爱因斯坦就质疑上帝不会掷骰子，并提出EPR佯谬（Einstein-Podolsky-Rosen paradox，爱因斯坦－波多尔斯基－罗森佯谬）来质疑。而EPR佯谬后来又与隐变量理论一起衍生出贝尔不等式，其争论一直延续至今。

在本书中，霍金引用了费曼对电子双缝干涉现象的精妙解释，并以其为例阐明量子力学是反实在论的。费曼认为，电子从发射端出发经由双缝到达屏幕的路径有无穷多种，即包含仅通过一条缝隙的路径，又包含先通过缝隙1再绕过缝隙2打到屏幕上的路径，甚至还包含先后穿越两条缝隙到达百亿光年外的宇宙另一端，再折返回屏幕的古怪路径。费曼给所有可能路径都赋予一个相因子，代表电子选择该路径的"概率幅"，而最终到达屏幕的"总概率幅"就是所有路径相因子的相干叠加（即路径积分）。不同路径之间会发生干涉，从而在屏幕上形成干涉条纹。但若用仪器观测电子的运动，则观测行为会限制电子对行进路径的选择自由，相当于为电子指派了特定路径，从而造成干涉条纹的消失。因此观测必然对物理客体造成不可忽视的影响：电子到底经过哪条路径，仅可在观测之后才能确定。

费曼的路径积分理论提供了量子力学的另一种诠释，霍金将它称为量子物理的"历史求和"或者"可择历史"表述。顺便提一句，2022年诺贝尔物理学奖颁给了三位在量子力学违反贝尔不等式的实验验证中作出杰出贡献的科学家，为延续了几十年的量子力学的定域实在性之争画上了句号。但人类对量子理论深层本质的探索不会停止。

五、终极理论之梦

宇宙是物理学最大的研究对象，遵循自然规律的制约，那么其行为也必然可以根据物理模型来预测。毕竟爱因斯坦说过，宇宙是可以理解的。当人类对宇宙的了解愈加完善后，那么所构建的模型是否会进化到一个统一极限，即万物理论（the theory of everything）？我在求学阶段也曾这样想过，如果人类能理解的所有理论都在数学上形式化，则其模型能张成一个线性空间，然后根据每个理论与"绝对真理"之间的"差距"可引入度量，这样的"理论空间"应是一个完备度量空间，而人类在认识自然过程中所建立的理论序列会收敛到该空间中的一个点，即终极理论。数百年来物理学家也的确为这一终极之梦前仆后继，先后提出了电磁统一理论（麦克斯韦方程组）、电弱统一理论（基本粒子标准模型）和已被放弃的Kaluza-Klein（卡鲁扎－克莱因）引力－电磁统一理论、SU（5）大统一理论等。近几十年来，又诞生了统一四种基本力的超弦理论，以及5种弦理论的统一版本——M理论。霍金认为，M理论就是终极理论的最佳候选者，可能因为它能提供霍金所需要的"多宇宙"要素。当然，也有很多学者持反对意见，如Peter Woit（彼得·沃特）就引用泡利的名言，认为弦理论"not even wrong"（连错误都算不上）[1]。

六、天之问：宇宙是一个宏大的设计吗

不看内容的话，本书的名字《大设计》很容易让人误解霍金也认为宇宙可能是被"设计好的"。确实也有很多证据在表面上支持这一点，譬如宇宙的基本物理常数的数值似乎是被精心设定的，仅可在非常狭小的范围内微调。如强力改变0.5%，电磁力改变4%，那么恒星核反应要么毁灭所有的碳，要么毁灭所有的氧，就不会有生命；而弱力稍微减弱一点，在宇宙早期所有氢都会转变为氦，从而不会产生恒星，反之若增强一些，那么超新星就不会抛射出重元素使得行星诞生。又如万有引力会引起恒星自身塌陷，而电磁力会使得恒星对外辐射光和热，二者之间必须维持精巧的平衡，只有在极小的取值范围内才能保证这两种力达到一个长久的平衡点，使恒星能够生存。再如为什么我们的宇宙的时空维数是4？因为只有在三维空间中，地球公转的椭圆轨道才是稳定的。这是否意味着神创论的回归：宇宙来源于一个至高存在的伟大设计？霍金拒绝这一观点，而代之以强人择原理的提议：我们存在这一现实就对宇宙环境本身以及自然定律的形式与内容都加以限制。换言之，宇宙之所以是当下这种存在形式，我们大概只需要感谢自己，而非虚无缥缈的造物主。

七、可择历史与参与宇宙

那么如何用科学知识来解释宇宙的现状？霍金创造性地把费曼的路径积

---

[1] Peter Woit写过一本书，名为 *Not even wrong: The Failure of String Theory And the Search for Unity in Physical Law*（《连错误都算不上：弦理论的失败和对物理定律统一性的探索》）。

分量子论应用于整个宇宙，并指出宇宙的"设计者"可能是我们自身。如果宇宙的起源是一个量子事件，那么费曼的"历史求和"自然能准确地描述它。由于宇宙万物皆由粒子构成，所以可把费曼解释双缝干涉实验的思想应用于宇宙所有粒子的运动中，即对其从诞生到终点所有可能的历史进行求和，由此来计算观测宇宙的量子概率。

霍金的想法很惊人，但也会遇到几个难点。首先，宇宙有多少可能的存在方式（历史）？霍金利用弦理论做了解释。自洽的超弦理论有 10 个时空维度，但我们的表观宇宙仅有 4 个，其余 6 个额外维度必然以特定方式蜷缩于某种紧致内部空间（卡拉比 - 丘流形）。而内部空间的紧致化方式又确定了外部时空物理常数的数值。换言之，每一种内部空间决定了一族自然规律，对应于某一特定宇宙。M 理论具有多达 10^{500} 种不同内部空间解，就允许 10^{500} 个不同宇宙。

其次，宇宙以何种方式开始？在数学上，这等价于宇宙的初始状态。尽管大爆炸宇宙学的理论基石是广义相对论，但后者却不能描述宇宙的创生。因为在大爆炸之初，宇宙处于极微小的尺度，广义相对论在这种背景下早已崩溃。霍金认为，太初宇宙处于极高温和极高密的状态，通常概念上的时间、空间之区别不再适用，只会有效地存在四维空间而无时间。宇宙其实自发"起源"于光滑太初宇宙流形的某一点，霍金将其称为宇宙的光滑无边界条件。

再次，既然有众多不同宇宙和众多不同历史，为什么我们宇宙遵循目前这一族规律？其历史是我们所知道的这一个？霍金认为，既然量子力学认为测量之后才有现实，那么正是我们对宇宙的观测行为本身参与创造了宇宙及其历史本身（也称参与宇宙模型）！尽管不同宇宙（的演化历史）有相对不同的概率，但对于我们而言，其他宇宙存在的相对概率即使再大，也和生活在这个宇宙的你我毫无关系。我们因观察历史而创造历史，而非历史创造我们！这一观点似乎与我国古代"天人合一"的思想不谋而合。也许有人会进一步问：拥有与我们完全不同自然规律的宇宙也会产生智慧生命，且后者也会反过来观测其所在的宇宙吗？霍金引用著名的康威生命游戏，表明即使是一族非常简单的定律，也能产生类似于智慧生命拥有的复杂特征。

总结一下霍金的观点：宇宙自发地出现，以各种可能创生、演化，其中大多数对应于其他宇宙，每个宇宙可能产生不同的智慧生命，后者对其所在宇宙的观测会创造其自身历史。这才是伟大的设计！

最后,讨论一个超出本书范围的问题。尽管霍金认为M理论很可能是终极理论,并将其应用于对宇宙的解释,但我们真的能理解宇宙的一切吗?人类对自然的认识有边界吗?霍金在《哥德尔与物理学的终结》中又表达了另一种观点。纵观霍金的宇宙可择历史观点,会发现宇宙的观测者(即我们)也包含在被观察系统之内,而人的意识也是宇宙的一部分,这某种程度上违反了物理研究对象必须是客观存在这一原则[①]。在这个前提下,若我们研究宇宙,也自然包含了研究自身,这就导致"自我指向"(自指),可能会引起罗素悖论式的逻辑混乱。霍金在演讲中继续否认了实在论哲学观,他说,物理理论不可能无偿居住于柏拉图式理想数学模型天国中,我们也不是天使,不能从外部观察宇宙,"我们和我们的模型都是我们所描述宇宙的组成部分,因此一个物理理论是自指的"。然后,霍金引用了哥德尔不完备定理,说明具备自指性的物理理论要么是不自洽的,要么是不完备的。用物理语言来说,就是并不存在仅包含有限条公理的物理理论,能对任何一个关于宇宙万物的论断都给出是或否的结论。这其实证伪了终极物理理论的存在性,但这也并非一件坏事,因为这样的话,"我们寻求知识的努力永远不会到达终点"。

参考文献

霍金,蒙洛迪诺.大设计[M].吴忠超,译.长沙:湖南科学技术出版社,2011.

导读人简介

郭昊,东南大学物理系教授,博士生导师。

[①] 量子力学的哥本哈根诠释提出包含测量公理在内的5个公设,但从未定义"观测者"。比如在薛定谔的猫这一思想实验中,猫可以观测其自身的生死吗?

数据大变革

导读者：胡曦玮

  《大数据时代：生活、工作与思维的大变革》被诸多国内外专家、学者、媒体人公认为最好的大数据著作。作者列举了大数据给商业、管理以及人们的思维模式等方面带来的巨大变革，该书内容通俗易懂，非专业人士也容易理解。本书视野宏大、观点明确、案例详实，内容绝非跟风媒体的简单罗列和浮于表面的理论论述，而是作者以自己丰富的知识和驾驭重大问题的写作能力为基础，在案例中抽象出一般性的观点和结论。也许你并不认同作者的所有观点，但阅读本书必然会引发你自己一些实实在在的思考。

  《大数据时代：生活、工作与思维的大变革》的现实意义在于让我们重新审视数据的价值以及对数据的分析思路。大数据是当今社会众多领域中的重要技术和概念之一，代表着未来的发展方向。在日常生活中，我们每个人都在应用大数据的成果，这些同样也是大数据中的一个部分。因此，阅读本书可以让每个人都对大数据有所了解，包括但不局限于大数据的产业生态环境、数据安全隐私以及信息公正公开等问题。

一、大数据权威——维克托·迈尔-舍恩伯格

  维克托·迈尔-舍恩伯格是十余年潜心研究数据科学的技术权威，现任牛津大学网络学院互联网治理与监管专业教授。他的学术成果斐然，有一百多篇论文公开发表在《科学》《自然》等著名学术期刊上，同时也是哈佛大学出版社、麻省理工学院出版社等多家出版机构的特约评论员。维克托·迈尔-舍恩伯格是备受众多世界知名企业信赖的信息权威与顾问。他的咨询客户包括微软、惠

普和IBM等全球顶级企业。他同时也是众多机构和国家政府高层的信息政策
智囊。维克托·迈尔-舍恩伯格一直专注于信息安全、信息政策与战略的研究,
是欧盟专家之一,也是世界经济论坛、马歇尔基金会等重要机构的咨询顾问。
同时他以大数据的全球视野,熟悉亚洲信息产业的发展与战略布局,先后担任
新加坡商务部高层、文莱国防部高层、科威特商务部高层、迪拜及中东政府高层
的咨询顾问。所著《大数据时代:生活、工作与思维的大变革》一书是开国外大
数据系统研究的先河之作,而在这之前,他已经在《经济学人》上和肯尼思·库
克耶(本书的作者之一,他是《经济学人》数据编辑,也是一位著名的大数据发
展评论员)一起,发表了长达14页的大数据专题文章,成为最早洞见大数据时
代趋势的数据科学家之一。而他的《删除》一书,同样被认为是关于数据的开
创性作品,并且因创造了"被遗忘的权利"的概念而在媒体圈和法律圈得到广
泛运用。该书获得美国政治科学协会颁发的唐·K.普赖斯奖,以及媒介环境学
会颁发的马歇尔·麦克卢汉奖。同时受到《连线》《自然》《华尔街日报》《纽约
时报》等各大权威媒体广泛好评。

二、变革——大数据时代的思维

作者站在理论的制高点上,条理清晰地阐述了大数据给思维、商业和管理
上带来的变革,分析了大数据时代的典型商业模式,以及大数据时代对个人隐
私保护、公共安全问题提出的挑战。在讲述这些的时候,作者避免了使用大量
专业术语,纵观全书,遣词造句通俗易懂。同时,作者列举了大量的实例,贴近
时代生活,能够引起读者的共鸣。

作者首先开门见山地指出,大数据带来的变革是显而易见的,包括在公共
卫生、商业等领域,但最重要的变革来自思维的变革,因为一旦思维转变过来,
数据就能被巧妙地用来激发新产品和新型服务。作者认为大数据时代带来的
思维变革主要体现在以下三个方面。

首先,大数据开启了一次重大的时代转型——这意味着数据处理面临的已
经不是随机样本,而是全体数据。而社会科学是受其影响最大的学科,因为大
数据分析取代了样本分析,社会科学不再单纯依赖于分析经验数据(即不用担
心在做研究和调查问卷时存在偏见了)。通过观察数百万人的所有通信记录,
社会学学者们可以产生新的观点,而这些观点在过去通过任何方式都是无法产

生的。正如谷歌通过对搜索引擎搜索记录的分析,对冬季流感的传播进行了超前的预测。谷歌为了测试这些检索词条,总共处理了4.5亿个不同的数字模型,他们的软件发现了45个检索词条,一旦将它们用于一个数学模型,得到的预测与官方数据的相关性高达97%,并能及时判断出流感是从哪里传播出来的。同样,类似的案例出现在商业领域。计算机学者奥伦·埃齐奥尼从自己订购飞机票的经历中获得启发,开发出了一个系统,用于推测当前网页上的机票价格是否合理。他做的仅仅是预测当前的机票价格在未来一段时间内是上涨还是下降,而之后这个预测系统建立在一个行业机票预订数据库上,如今已经拥有惊人的2000亿条飞行数据记录,为消费者节省了一大笔钱。

其次,作者认为在大数据时代,不能一味地追求数据的精确性,而要适应数据的混杂性,否则将有"95%的数据都无法被利用","只有接受不精确性,才能打开一扇从未涉足的世界的窗户"。作者以测量的精确性举例,由经典物理对测量精度的追求到量子力学中的"测不准",说明了"在不断涌现的新情况里,允许不精确的出现已经成为一个新的亮点,因为放松了容错的标准,人们掌握的数据也多了起来,这样就不是大量数据优于少量数据那么简单了,而是大量数据创造更好的结果"。同时,随着数据的增加,还要与各种各样的混乱做斗争,简单说,混乱包括数据的错误、格式的不一致等问题。但正如作者所说,"为了规模的扩大,我们接受适量错误的存在,当然数据不可能完全错误,但是为了了解大致的发展趋势,我们愿意对精确性做出一些让步"。"有时候得到2加2约等于3.9的结果,也很不错了"。在此基础上,作者进一步分析了大数据优于算法的观点。以自然语言处理为例,作者认为谷歌的翻译之所以更好,并不是因为它拥有一个更好的算法机制,而是因为谷歌翻译增加了很多各种各样的数据,而谷歌之所以能比其他系统多利用成千上万的数据,是因为它接受了有错误的数据。2006年,谷歌发布的上万亿条的语料库,就是来自互联网的一些废弃内容。而正是这些"训练集",可以正确地推算出英语词汇搭配在一起的可能性。与此同时,大量混乱数据也催生了Hadoop、MapReduce等分布系统架构。

最后,第三个颠覆传统思维认知的变革是:在大数据时代,了解数据之间的相关性,胜于对因果关系的探索,即"是什么"比"为什么"重要。与传统因果分析存在很大差异,作者认为在大数据时代"知道'是什么'就够了,没有必要知道'为什么',我们不必非得知道现象背后的原因,而是要让数据自己'发声'"。正如亚马逊平台的商品推荐系统梳理出了很多有趣的相关关系,但不知道背后的原因;它并没有必要把顾客与其他顾客进行对比,需要做的只是找到产品之间本身的关联性。"如果系统运作良好,亚马逊应该只推荐你一本书,而这本书就是你将要买的下一本书。"这在当前的互联网经济中显得尤为重要,知道人们为什么对这些信息感兴趣可能是有用的,但是知道"是什么"可以创造点击率,这种洞察力足以重塑很多行业,不仅仅是电子商务。通过应用相关关系,可以比以前更容易、更快捷、更清楚地分析事物。作者给出了沃尔玛超市的一个有趣案例:"沃尔玛公司注意到,每当在季节性飓风来临之前,不仅手电筒销售量增加了,而且蛋挞的销量也增加了。因此,当季节性风暴来临时,沃尔玛会把库存的蛋挞放在靠近飓风用品的位置,以方便行色匆匆的顾客从而增加销量。"而如今,大数据的发展为人们提供了更多的数据和更好的关联算法,以数据驱动的关于大数据的相关关系分析法,取代了基于假想的易出错的方法,大数据的相关关系分析法更准确、更快速,而且不易受偏见的影响。建立在相关关系分析法基础上的预测则是大数据的核心。如银行、保险公司常常收集用户信息对其征信和身体状况进行预测分析,桥梁和建筑物上也被安装了传感器来检测磨损程度。大数据把数学算法运用到海量的数据上来预测事情发生的可能性,这些预测系统能够成功的关键在于它们是建立在海量的数据基础上的。同时,随着系统接收到的数据越来越多,通过记录找到最好的预测与模型,可以对系统进行改进。

除此以外,大数据也改变了人们对数据的固有认知。在大数据时代,数据代表着对某件事物的描述,人们可以记录、分析和重组数据。对大数据而言,一切皆可数据化,这提供了一个从未有过的探索世界的视角。在商业领域,大数据正被用来创造新型价值。在大数据时代,数据不再是静止和陈旧的,而是一种商业资本,一项重要的经济投入,可以创造新的经济利益。数据在思维的转变下可以巧妙地用来激发新产品和新型服务,因此,大数据是人们获得新的认知、创造新的价值的源泉。大数据还是改变市场、组织机构,以及政府与公民关系的方法。大数据一项核心功能就是预测,大数据不是让机器像人一样思考,而是把数学算法应用到海量数据上预测事情发生的可能性。众多的数据挖掘和分析算法使得人们可以利用海量数据预测一个人乱穿马路的行进轨迹和速度,也可以建立反馈学习机制:利用自己产生的数据判断自身算法和参数选择的有效性,并实时进行调整,持续改进自身的表现。在网络商业领域,大数据的用途表现得更为突出,即提供个性化的推荐服务,购物网站和短视频网站所提供的个性化排序和个性化推荐等,都属于大数据时代的重要技术。

同时,人们应该明白,在大数据时代,数据是一种可以被不断挖掘的资源,其价值可以被不断发现并利用。数据的真实价值就像漂浮在海洋中的冰山,第一眼看到的往往只是冰山一角。认识到这一点,就能够提取大数据的潜在价值并获得巨大的收益。而这需要人们在判断数据的价值时,更多地考虑到未来它可能被使用的各种方式,而不仅仅是目前的用途。

三、创新和风险——大数据时代的商业和隐忧

作者认为大数据时代是一个一切皆可"量化"的时代,并将其称为"数据化"——是指一种把现象转变为可制表分析的量化形式的过程。图书文字、位置数据、社交软件留言等都可以变成信息。对此,作者依然通过举例为读者娓娓道来。当文字变成数据,它就大显神通了——人可以用之阅读,机器也可以用之分析。例如谷歌就精明地利用这些数据化了的文本来改进它的机器翻译服务。相对的,亚马逊也拥有数据化的书籍,但却不曾挖掘数据化之后的附加值,亚马逊的Kindle图书是一种数据化的数据,它把眼光聚焦于用来阅读的书籍内容,而不是分析数据化文本。因此,作者认为亚马逊深谙数据化内容的意义,而谷歌触及了数据化内容的价值。在智能手机普及的当下,定位时刻都可能生成信息,iPhone(苹果)手机本身就是一个移动间谍,一直在用户不知情的情况下收集位置和无线数据然后传回苹果公司,当然谷歌和微软的手机也在收集这一类数据。第三方也开始利用这些数据来提供新的服务,从个人层面上来说,根据其所居住的地点和其要去的地点的预测数据,可以为用户提供定制广告,更进一步,将这些信息汇集起来可能会揭示事情的发展趋势。比方说,公司可以利用大量的位置数据预测交通情况,而这些是通过高速公路上的手机而不是汽车的数量和移动速度预测出来的。而位置数据在商业以外的用途或许才是最重要的,"现实挖掘"研究通过处理大量来自手机的数据,发现和预测人类行为。可以说,位置信息一被数据化,新的用途就如雨后春笋般涌现出来,而新价值也会随之不断催生。同时,人们在社交软件上的留言也是一种有价值的信

息，Twitter（推特）公司实现了用户想法、情绪和沟通的数据化。还有许多公司对微博做了句法分析，有时还会使用一项叫做情感分析的技术，以获得顾客反馈意见的汇总或对营销活动的效果进行判断，或是用来预测电影的票房，甚至是股票投资的信号。

作者在分析了大数据所带来的变革和创新之后，也敏锐地发现了背后的隐忧，即商业领域广泛收集运用的大数据会对公众的个人隐私产生威胁。而且，在大数据时代，不管是告知与许可、模糊化还是匿名化，这三大隐私保护策略都失效了。如今很多用户都觉得自己的隐私已经受到了威胁。同时，大数据也加剧了一个旧威胁：过于依赖数据，而数据远远没有我们所想的那么可靠。那些尝到大数据益处的人，可能会把大数据运用到它不合适的领域，而且可能会过分膨胀人们对大数据分析结果的信赖。随着大数据预测的改进，人们会越来越想从大数据中掘金，而这最终会导致盲目现象出现。对此，作者认为一种可行的措施是将责任转移到数据使用者身上，因为数据使用者是数据二级应用的最大受益者，所以理所应当应该让他们对自己的行为负责。

《大数据时代：生活、工作与思维的大变革》既从技术的角度介绍了大数据，也从人文哲学的视角反思了大数据技术带来的利益与隐忧。正如作者所言，大数据并不是一个充斥着运算法则和机器的冰冷世界，其中仍需要人类扮演重要角色。人类独有的弱点、错觉、错误都是十分必要的，因为这些特性的另一头牵着的是人类的创造力、直觉和天赋。偶尔也会带来屈辱或固执的混乱的大脑运作，也能带来成功，或许是在偶然间促成我们的伟大。这提示我们应该乐于接受类似的不准确，因为不准确正是我们之所以为人的特征之一。就好像我们学习处理混乱数据一样，因为这些数据服务的是更加广大的目标。毕竟混乱构成了世界的本质，也构成了人脑的本质，而无论世界的混乱还是人脑的混乱，学会接受和应用它们才能得益。作者正是希望通过这些给予读者一些实实在在的知识和思考。

参考文献

[1]刘晓英.《大数据时代》阅读的启示与思考[J].高校图书馆工作，2015,35(5): 84-86.

［2］迈尔－舍恩伯格，库克耶.大数据时代：生活、工作与思维的大变革［M］.盛杨燕,周涛,译.杭州：浙江人民出版社,2013.

导读人简介

胡曦玮,管理学博士,图书情报与档案管理专业,东南大学图书馆馆员。

"消失"的时间

导读人：王旭峰

　　在大部分人的认知中，时间是一个不可捉摸的存在，它似乎就是一条奔涌向前的河流，任何人都无法阻拦它的流逝。因而在我们的固有印象中时间是客观、绝对的存在，它创造了事物发生的次序，并从过去流向未来，不可回溯，人类所做之事不过是在时间长河的刻度尺上留下自己的痕迹而已。抱有这个想法的不只有我们，古今中外历代哲学与科学先驱也大都这样认为。比如至圣先师孔子就曾感叹"逝者如斯夫，不舍昼夜"，经典物理学的奠基人牛顿也曾断言"无论如何都会流逝的'真实'时间，其独立于事物及其变化之外。就算所有物体保持不动，甚至我们灵魂的活动都凝滞了，这种时间仍然会流逝，其无法被直接触碰，只能通过计算间接地理解"。这种传统的时空观是最受人们推崇的，也是我们日常生活中最能被感知到的，毕竟上千年以来我们已经习惯于用几年几天几时几分几秒来度量时间。但是时间既然是客观、绝对的存在，那为什么我们可以对过去进行回忆，而对未来却无法准确预测？关于时间永远向前无法倒流的说法，是否在任何条件下都一定成立？是我们存在于时间之内，还是时间存在于我们之中？长久以来，涉及时间的猜想与疑问有很多，时间的诞生、存在、流逝原理更是艰深晦涩，让人摸不着头脑。而这一切疑惑都来源于我们对时间认识的局限，《时间的秩序》①这本书恰恰从近乎疯狂的视角，让我们打破了原有的思维桎梏，对时间的本质有了更深刻的理解。

---

① 《时间的秩序》是一本关于时间本质讨论的科普书籍，其作者是卡洛·罗韦利，他意大利著名理论物理学家，圈量子引力理论的开创者之一。曾著有畅销科普作品《七堂极简物理课》《现实不似你所见》等，被誉为"让物理变性感的男人，下一个史蒂芬·霍金"。

《时间的秩序》是作者卡洛·罗韦利继《七堂极简物理课》之后的又一力作,他用诗意的语言与前沿物理学理论向读者解读了一个亘古的难题——时间的本质,颠覆了我们关于时间的常识与直觉。在书中作者打破了传统的时间"幻象",揭示了一个"奇怪"的宇宙。时间"幻象"指的是在我们的直觉当中,时间在全宇宙是统一的。这种感知取决于我们的自我设定视角,在我们的视角内时间稳定地从过去流向未来,可以利用钟表进行度量。而在这个"奇怪"的宇宙内,时间的特质是坍塌,在最基本的层面上,它甚至消失了。这本书遵从作者"奇怪"宇宙的设定,内容可以分为三个不同的部分——时间的颠覆、时间的消失、时间的来源。

一、传统时间观的颠覆

在第一部分,作者总结了现代物理学中已经被理解的关于时间的内容,并尖锐地指出"时间就像手握一片雪花,在你研究它的同时,它逐渐在你指间消融,最终消失"。起初,人们认为时间具备方向、可测量等特点,能够均匀地流逝,独立于其他事物。在时间的进程中,宇宙中的事件都以有序的方式次第发生:过去、现在、未来。过去是既定的,未来是开放的……然而这一切都被后续证明是错的。时间观的典型特征也接连被证明只是事件各种状态的叠加近似。传统的时间观由此走向倾覆,而这种颠覆作者在本书中进行了详细而生动的解释,并将时间观颠覆的原因条理清晰地归结划分为统一性的消失、方向性的消失、现在性的消失、独立性的消失、时间量子化新属性的出现。

首先是时间统一性的消失,作者在文中举了两个例子来对其进行解释。一个例子是"时间的流逝在山上要比在海平面快",这个例子已经被现在的精密时钟测试所证实,其实际表现也符合广义相对论中的"时间结构的改造"——物体会使它周围的时间变慢,其变化与物体质量成正比,与距离成反比,而我们所处的地球正是一个具备超高质量的庞然大物,因此距离地面越近时间越慢,也就是说时间在不同位置具有不同的观测量,其并不具备传统意义上的统一性;另一个例子是广义相对论中的相对固有时的计算($t_{table}-t_{ground}=gh/c^2\ t_{ground}$),这个计算方程充分说明了现实中并不是只有唯一的时间存在,空间中的每个位置节点都具有不同的时间,不同的位置所对应的时间有着相对于彼此的差距价值与变化,没有哪一个比另一个更真实存在,因此也证明了时间统一性的消失。

其次是方向性的消失,在绝大部分物理学规律中,时间都有一个特点,叫作反演不变性(反演就是反过来演示)。这使得"掌管力学世界的牛顿定律,描述电与磁的麦克斯韦方程组,爱因斯坦相对论的引力方程,海森堡、薛定谔、狄拉克的量子力学方程,描述基本粒子的20世纪物理学等都无法把过去与未来区别开"。而唯一一个能证明时间是有向的热力学第二定律(熵增定律:热量从高温物体流向低温物体是不可逆的,熵总是增加,熵代表的有序到无序过程不能被反转)也被作者提出的"有序和无序本质上是人主观的判断,不是客观的现象,所以宇宙中其实并不存在熵增,也就没有一种客观存在的时间"所否定,因而时间的方向性也由此消失。

再然后是时间现在性与独立性的消失,作者在文中引入了一个简单的小故事对其进行了解释。"如果你姐姐在房间里,你想知道现在她在做什么,答案通常很简单:你看看她就知道了。然而如果你姐姐在比邻星上时,你看到的光从那里传播到你眼里要花四年。因此,如果你从望远镜里看到她,或者从她那儿收到无线电信号,你得知的是她四年前在做的事,而不是她现在正在做什么。"这就造成了一个悖论,现在看到的究竟是"姐姐"的现在还是"姐姐"的过去,现在与过去的时间描述发生了重叠,时间变成了一个因为观测标准选取不同而发生不同变化的量,时间的现在性与独立性(绝对性)也就发生了动摇,传统认知里时间的现在性与独立性也就变得毫无意义。

最后时间量子化新属性的出现更是给了传统时间观颠覆的关键一击,量子力学在出现后发现了量子的三个基本特性——分立性、不确定性、与物理量的关联性。其中,"量子力学的最大特点就是分立性,并且得名于此:量子即基本微粒。对一切现象而言,都存在着最小尺度。在引力场中,这被称作'普朗克尺度',而最小的时间被称为'普朗克时间'"。换句话说就是时间并不是连续的也没有"流逝的概念",而且现实中存在一个最小的时间段。在此之下,时间的概念不复存在,甚至"消失"了。不确定性则说明了时间是像"电子一样的物理客体,它会涨落,也可以处于不同状态的叠加中",这使得传统时间观中的过去、现在、未来的区别都可以涨落,一个时间可以同时是过去、现在、未来三个状态的叠加,传统时间观中的次序概念被彻底打破。而与物理量的关联性则意味着"当时间量子与其他事物相互作用时,不确定性才会消失",也就是说时间只有在与事物发生联系时才会坍缩为可以被观测到的物理量,传统时间观中的时间绝对独立性在现实中并不存在。

在了解以上时间观颠覆甚至"消失"的原因之后,我们对时间有了全新的认识,而在传统时间各个特性都消失的情况下,时间还剩下什么呢? 让我们在下一部分进一步了解时间"消失"后的世界。

二、时间消失后的世界

本书的第二部分中,作者为读者描绘了没有时间,人们还剩下什么的情形。在没有时间概念的世界里,一切也许都变得奇怪、陌生,但这仍是人类栖居的地方。作者将其打造为一个被剥离至本质的世界,这个世界闪耀着荒芜与恼人的美,但也充斥着物理学与哲学的完美融合,颠覆人类过往的经验和直觉。正如文中所写"我研究的物理学方向——量子引力,尝试去理解这极端又美丽的景象,并赋予其自洽的意义",作者通过对世界构成本质、世界存在本质、世界事件关联理论的阐述为读者尽可能地展现了时间消失后的世界模样。

首先,世界由事件而非物体构成,其并不是物体的集合,而是事件的集合。在过去我们都试图从基本物体的角度来理解世界的构成,人们普遍认为世界是由各种基本物体组成的。但事实上我们"研究得越多,就越难以从'东西'这个角度去理解世界,而从事件之间的关系来理解世界却容易得多"。当把世界的基本物体单元看作时空坐标描绘时,它们既能在某处,也能在某时。因而那些最"像物体"的物体,也不过是很长的事件。因此,"世界是事件的网络,是简单的事件,以及可以被分解为简单事件组合的复杂事件,'物体'本身仅仅是暂时没有时间变化的事件"。传统意义上时间的"消失"并不影响事件的持续与物体的存在,是世界赋予了时间存在的意义而非时间创造了世界,时间的"消失"并不会使我们的世界变得空无一物甚至崩塌消失。

其次,客观、统一的现实世界并不存在,世界的存在是相对的、变化的,一个事件节点可能有无数个世界存在对应,这些世界也都是真实的。这个概念很抽象,但是当我们理解"真实"这个词的意义后,这些便会迎刃而解。现在主义认为:"我们称之为'真实'的事物,都存在于现在或当下,而非过去存在或未来会存在。我们说过去或未来的事物曾经是真实的或将要是真实的,但我们不会说它们现在是真实的。只有当下是真实的,过去与未来都不真实。"这种观点在第一部分讨论时间量子的不确定性时就已经被时间的多态叠加所否定。而另一种永恒主义所定义的"流动与变化都是虚幻的,过去、现在与未来都同等真实,同样存在,全部时空,都以整体的形式一同存在,没有任何变化,没有什么真的在流逝",也被第一部分讨论的时间跃迁所否定。因此,我们所处的世界是变化着的真实世界,其过去、现在、未来都是真实的存在,它是不同状态事件的多态累加,传统时间的消失只是造成了现在主义与永恒主义时空观世界的不存在,基于事件的世界不会随着传统时间的消失而消失,其仍然存在,其存在形式有点像是平行宇宙多态同时存在。

最后,要描述一个完整的世界并不需要时间变量的参与,需要的是真正描述世界的各种变量:"我们可以感知、观察并最终测量的数字。"不含时间的世界也并不复杂,它本质上只是个相互关联的事件网络,其中的变量遵循概率法则,也没有必要从这些变量里挑出一个特殊的量,然后把它命名为时间。如果想对世界进行科学研究,"我们需要的是一种理论,可以告诉我们这些变量相对于彼此如何变化,也就是说当其他变量变化时,某个变量会怎样变化。世界的基本理论必须这样来建构,其并不需要时间变量,只需要告诉我们事物相对于彼此变化的方式,也就是告诉我们这些变量之间的关系是怎样的"。而这种忽视时间变量只描述事物相对于彼此是怎样变化的理论——量子引力理论于1967年就被提出,并逐步发展为作者目前参与开创的圈量子引力理论。在这个理论中组成世界的各种变量被定义为"形成物质、光子、电子、原子的其他组成部分的各种场,以及引力场。这些基本量子存在着普朗克尺度,决定了世界中空间的延展与时间的间隔"。在这个理论中,时间与空间不再是世界的一般表现形式。它们只不过是圈量子引力量子动力的近似,世界既不包含时间,也不包含空间,其中只有事件与关联。

这三个理论的解释共同为读者构建出了一个没有时间后的奇怪宇宙,使得读者逐步接受了现实世界并没有时间概念这一"离经叛道"的思想。但是,作者仍然留有一个问题尚未解决——既然现实世界中没有时间,那人们平时感受到的时间流逝是怎样产生的呢? 作者在本书的最后一部分对这个问题进行了解答。

三、现实时间感受的由来

本书的第三部分是理解起来最困难的,同时也是最重要的部分,因为它与我们的日常生活联系最为紧密。在书中的前两部分作者否定了时间的存在,而在一个没有时间的世界里,肯定有什么东西导致了我们日常所熟悉的时间的产生,并构建了它"流逝"的秩序,从而使得我们所感知的未来不同于过去,现在区别于过往。在此部分作者通过对模糊与时间、低熵与时间、自我与时间联系的解释,大胆对我们所感知的时间的产生进行了逻辑自洽的猜测,为读者生动勾画了"时间"是如何在没有时间的世界里诞生的。

首先,时间即无知。在世界中要确定一个物理量时,其并不是独立的观测行为,它需要与其他事件相互作用相互对比才能使得物理量有被观测的意义。就像现实世界中高与低、热与冷的概念一样,物理量只有在我们划分的特定系统中,并给定特定参考系后,它们才有度量的意义——和100度的热水比,50度的水是冷水,而和冰水相比,30度的水就可以被叫作热水。我们所感知到的时间也正是如此,它的产生也取决于我们感知时所参照的系统与相互作用。"这些相互作用的效果取决于观测顺序,而这一顺序正是时间顺序产生的最初形式。"换句话说当我们观测一个事件的相互作用时所选的参考系与事件顺序不一样,甚至观测事件与选取参考系先后顺序不一样时,我们所感知到的相互作用效果都会有区别。这就是量子力学中的"非对易"现象,也是量子力学中大名鼎鼎的测不准原理。我们感知到的时间产生正是来源于此——"这些相互作用的效果取决于发生时的顺序,也许这才是世界时间顺序的源头。这是科纳提出的有趣的想法:在基本的量子转换中,时间的第一个萌芽就在于这些相互作用是(部分)自然有序的。"部分的自然有序也就是参照系与事件的局部模糊产生了时间概念,换句话说,"物理学的时间,从根本上讲,是我们对世界无知的体现"。

其次,时间的"流逝"与热力学第二定律中熵增的表现形式非常类似,就像热量的感知与熵的变化有关一样,时间之矢的感知也与熵的涨落密切相关。作者认为我们所感知到的时间流逝本质上就是一个孤立观测系统从低熵变化到高熵的过程。而这个感知过程的本质在于我们定义了一个低熵的过去——"在遥远的过去,世界的熵在我们看来非常低,但这也许没有反映出世界的准确状态,也许只考虑了我们作为物理系统相互作用过的变量的子集。我们与世界之间的相互作用,以及描述世界所用的一小部分宏观变量,会产生模糊,正是由于这种显著的模糊,宇宙的熵才很低。"这一事实也开启了一种可能性,那就是也许并不是宇宙本身在过去就处于一种特殊状态,也许其实是我们以及我们与世界的相互作用才是特殊的。因而依作者的观点,现实中是我们赋予了宇宙最初的低熵状态,而非宇宙自身就是,没有我们的感知就没有低熵,也就没有时间。

换言之是我们创造了时间,这有些类似于唯心主义哲学中的"我思故我在"。

最后,作者进一步讨论了时间感知中"我"的作用。世界上的每个人都有自己观察世界的一种视角。通过对我们生存必不可少的广泛关联,世界在每个人那里得到映现。在反映世界的过程中,我们把观察到的事件重新组织为实体,并竭尽所能地通过聚合与分割来构想世界,使自身与世界更好地相互作用。这个过程中,事件在我们身上留下了名为"光阴"的痕迹,进一步形成了我们自我的观念与记忆。从某种意义上来说,记忆就是我们所感知的时间,"当我测量时间的时候,我是在测量当下存在于头脑中的东西。要么这就是时间,要么我就对它一无所知。一首赞美诗,一首歌曲,在某种程度上以统一的形式存在于我们的头脑里,由某样东西把它们结合在一起——由那个我们当作时间的东西。因此这就是时间:只处于当下,以记忆与预期存在于我们的头脑中","我"的存在赋予了时间存在的意义,"我"的记忆形成了时间流逝的感知。

正如文中"对我们这些大脑基本上由记忆和预见构成的生物而言,时间就是我们与世界相互作用的形式"所说,时间开启了我们认知世界的有限通道,它是我们"自我"认知身份的来源,也是我们思维的具现。

最后引用作者的一段话来为"消失"的时间做最后的注解——"我停下来,什么也不做。什么也没有发生。我什么也不去想。我聆听时间的流逝。这就是时间,熟悉又亲密。我们任它带领。秒、时、年的洪流将我们投向生命,又把我们拖向虚无……我们栖居于时间之中,就如鱼在水中。我们的存在,就是在时间中存在。它庄严的乐曲滋养了我们,向我们打开整个世界,也困扰我们,让我们惶恐,又让我们平静。在时间的牵引下,宇宙在未来中展开,并依照时间的秩序而存在。"也许我们是回忆,被时间置于眸子后方二十厘米的繁复之地;也许我们是事物混合在一起留下的向前轨迹,朝向熵增的方向,朝向还未"消失"的时间。

参考文献

罗韦利.时间的秩序[M].杨光,译.长沙:湖南科学技术出版社,2019.

导读人简介

王旭峰,管理学硕士,东南大学助理馆员。

清晰明朗的谈论神秘事物

导读人：李晓鹏

  鳗鱼很有名，是上好食材。在微信读书里发现《鳗鱼的旅行》，我立即被吸引了，再看副标题位置上赫然题写着——"一场对目标与意义的探寻"，更是心生好奇。点开来读，立即就沉浸其中，不觉间便看到了结尾，恍惚间，意颇茫然，兴犹未尽。想不到啊，对于鳗鱼这样一种如此常见又被普遍食用的鱼类，人类竟然还有那么多的不知道！

  作者帕特里克·斯文松生于1972年，生活在瑞典的马尔默，是《南瑞典日报》艺术和文化记者。神秘的鳗鱼令帕特里克着迷，与鳗鱼同样难解的还有他与父亲之间复杂微妙的关系。他在文学、艺术、宗教与科学史领域探寻，同时追忆着与父亲一起捕鳗的童年时光。

  《鳗鱼的旅行》第5章有段引文——"对一个不熟悉此事的人来说，这一定难以置信；而对一个相信科学的人来说，确实有点丢脸：有一种鱼，在全世界很多地方都比其他鱼更常见，我们每天都能在市场和餐桌上见到它们，尽管现代科学界花了那么多力气做了那么多实验，它们仍然能够使自己的繁殖、出生、死亡方式保持隐秘。鳗鱼问题存在的时间，跟自然科学的历史一样长。"

  这段话出自1879年，德国海洋生物学家利奥波德·雅各比写给美国鱼类和渔业委员的一份报告。但是，到2019年《鳗鱼的旅行》一书出版，这段话仍然有效，它所提到的"鳗鱼问题"还确实存在着，可以说，鳗鱼是自然界最奇怪的一种生物，时至今日，人类对于鳗鱼还是知之甚少。

  事实上，鳗鱼至今还是所有的养殖鱼类中，唯一完全依赖捕捞野生鱼苗的鱼种。目前，无论是野生鳗鱼还是人工养殖的鳗鱼，都无法在人为的环境下自然性成熟。就同样比较热衷把鳗鱼作为食材的东亚地区来说，大概每年的2月至5月这段时间，正是中日韩渔民集中捕捞鳗苗的季节。也正是因此，鳗鱼种群已经面临了严重危机。查询世界自然保护联盟（International Union for Conservation of Nature，简称IUCN）网站公布的信息，可发现，2010年的一份报告中，欧洲鳗即被指出已是极危（critically endangered，简称CR）物种，濒临灭绝，而国际贸易被认为是导致该物种减少的主要因素。在2014年11月发布的"红色名录"中，美洲鳗和日本鳗即被列入濒危（endangered，简称EN）物种。

《鳗鱼的旅行》这本书，用清晰明朗的语言，讲述了对于人类来说，依然不乏神秘的鳗鱼之种种。书中，不仅有对于鳗鱼这一生物相关的各方面的完整描述，还提供了一种有趣的两线结构并行的叙事范例，也向读者讲述了在自然科学研究的历史过程中，被鳗鱼问题吸引并做出了重大贡献的几位科学家的风采。

鉴于该书的语言优美，饱含韵味，多有隐喻，在下面的介绍中，若没有找到更便捷的表达，就尽量采用书中的原文，因此引语很多，我将标明每一段引语所来自的章节。

一、一个主角

目前全世界已知的鳗鱼种类约20种，最常见的有欧洲鳗、美洲鳗和日本鳗3种。《鳗鱼的旅行》一书的主角是欧洲鳗。

虽然鳗鱼早早地就走进了人类的视野，融入了人类的生活，但是人类对于鳗鱼的研究与认识的历史，则一直是曲折甚至是充满挫折的。可以说，两千多年来，鳗鱼一直都是自然科学界的一个谜。亚里士多德曾坚信它没有性别，认为鳗鱼是"从淤泥里诞生"的；1876年，弗洛伊德解剖了400多条鳗鱼试图寻找其生殖器却始终一无所获；哪怕在渔业成熟和航海发达的近代，无论是经验丰富的渔民还是长期生活在海洋上的水手，甚至采用了各种科技手段刻意探寻的研究人员，都从来没人有幸见过鳗鱼交配。

是丹麦海洋生物学家约翰内斯·施密特首先揭示了欧洲鳗的完整成长历程。这是一段神奇的旅程——春天，性成熟的鳗鱼在马尾藻海（Sargasso Sea，在西印度群岛东北）嬉戏产卵。在海洋深处黑暗的保护下鳗鱼的柳叶状幼体形成了,此即鳗鱼生命的第一个阶段。这些透明的"柳树叶子"立刻开始了它们的旅行。它们跟随着墨西哥湾暖流,在大西洋里穿越几千公里,朝着欧洲海岸的方向行进。这是一场耗时可能长达三年的旅行,当它们终于抵达欧洲海岸时,它们完成了第一次蜕变,变成了玻璃鳗。这是鳗鱼生命的第二个阶段。玻璃鳗也是几乎完全透明的生物,身长六七厘米,细细的,扭来扭去。"它全身透明,仿佛颜色和罪恶都还没有在它们的身体里获得一席之地。"玻璃鳗抵达欧洲海岸后,大部分都会往河流上游游去,迅速地适应在淡水中的生活。就是在这里,鳗鱼完成了又一次蜕变,变成了黄鳗。它们的身体长成了蛇形,肌肉发达。眼睛很小,有一个突出的暗色中心。颌骨变得宽而有力。鳃孔很小,几乎完全被隐藏起来了。整个腹部和背部都长着细细的、柔软的鳍。皮肤出现了深浅不一的棕色、黄色和灰色色泽,上面覆盖着鳞片,鳞片极为细小柔软,甚至都无法被看到和触摸到,仿佛是一层想象出来的铠甲。玻璃鳗身上柔软和脆弱的地方,在黄鳗身上都变得强壮而坚韧。这是鳗鱼生命的第三个阶段。

适应能力和生长能力极强的黄鳗可以游成千上万公里,不知疲倦,一路上经历各种各样的状况,直到有一天,它们突然觉得找到了自己的家,而后,它们孤独地待在那里,年复一年,通常只在一个半径几百米的范围内活动。"就这样,鳗鱼一生中大部分时间都是以这种黄褐色的形体生活着,时而活跃时而消极。除了每日寻找食物或藏身处,没有什么特别的目的。仿佛生命最重要的事情就是等待,仿佛生命的意义将出现于等待的间歇,或者抽象的未来。除了忍耐,别无其他实现之途。"

一条幸运地避开了疾病和灾难的鳗鱼,可以在同一个地方一直活到50岁。如果鳗鱼不去考虑摆在它们面前的生存目的,即繁殖后代,它们似乎可以想活多久就活多久。仿佛它们能够永远这样等下去。然而,在它们生命的某个时间,通常是15岁到30岁之间,野生鳗鱼会决定进行繁殖。这个决定从何而来,人类还无从得知,但是当这一时刻到来时,鳗鱼那处于等待中的生活就会突然结束,它们的生命有了完全不同的性质。它们开始朝大海游去,与此同时,它们将完成最后一次蜕变。它们表皮上那层暗淡模糊的黄褐色将消失,色泽将变得更加鲜艳清晰,背部将变成黑色,身体两侧变成银色,带有清晰的线条。这突如其来的目的性仿佛给它们的整个生命都做上了记号。黄鳗变成了银鳗。这是鳗鱼生命的第四个阶段。

当秋天带着它那具有保护性的灰暗色调到来时,银鳗游进了大西洋,并继续游向马尾藻海。仿佛经过有意识的选择,它们的身体完全适应了这场旅行的所有状况。首先,鳗鱼的生殖器官发育了。鳍变得更长且更有力,使它们能够游得更快。眼睛变得更大,成了蓝色,使它们能够在黑暗的大海深处看得更清楚。消化系统完全停止了运转,胃被溶解掉了,它们所需的能量都从脂肪储备中获得。体内满是鱼卵或鱼精。任何外在的干扰都无法让它们偏离既定的目标。它们每天要游近50千米,有时候位于海平面之下上千米的深处。这是一趟人类仍然知之甚少的旅行。它们也许会在半年内完成,也许会在半路上停留过冬。人们已经确认,一种被关养的银鳗不吃任何东西可以活四年之久。这是一场苦行僧式的漫长旅行,引导这场旅行的是一个无法解释的目的,事关存在的意义。但一旦来到马尾藻海,鳗鱼就再次找到了自己的家。那些鱼卵在摇曳的厚厚的海藻下面受精。这样鳗鱼的目的便达成了,它们的故事结束了,它们便死去了。

帕特里克·斯文松用诗意的语言总结道:"马尾藻海就像梦境一样:你无法确切地说出你何时进入,又何时走出它。你只知道,自己曾经去过那里。"作者接着写道,幸运地找到生命意义的鳗鱼,"不仅各自能力不同,抵达目的地的手段和方法也不同,没有一条鳗鱼的旅途跟其他鳗鱼完全一样"。

欧洲鳗的一生就是这样,出生在马尾藻海——一片难以确定边界的海洋,随后会去往欧洲海岸,再游入江河溪流栖居。平静地生活几十年后,当生物钟敲响,它会完成最后一次蜕变,踏上返回出生地的漫漫归途,在那里繁殖并死去。如果无法启程,它仿佛会等待到永恒,绝不变身。欧洲鳗的一生,将经历三次蜕变,辗转六种形态间,自离开再到返归其诞生地,遨游万里,心无旁骛。它独自存在于这个世界,也独自探寻生之目标与意义,更独自探索出一条自己的路。可以说,这也正映射和象征了人类所有经验中最终极、最普遍的经验。

二、两线结构

《鳗鱼的旅行》共18个章节,采用了两线并进的结构,奇数章节和偶数章节各成相对独立的叙事线,同时,作者借由鳗鱼问题而引发的关于生命、意义、存在等问题的思考或感悟散落文中,引人回味。各奇数章节连贯,依照人类认识鳗鱼的历史，研究鳗鱼的科学工作之历程进行归纳讲述。偶数章节串连，是作者在回忆自己孩童时代与父亲珍贵的捕鳗时光以及家族的故事，在这一过程中探讨生命、死亡以及其间的一切。全书紧扣鳗鱼这一特别的生物，既将其作为章节行文串联的纽带，也将其作为和父亲之间固有的感情纽带，和鳗鱼有关的一切都是与父亲交织在一起的美好回忆，渗透着深厚情感。

我反复翻找了几遍，想找一个除开鳗鱼这一具体对象之外，还能勾连奇数章和偶数章内容的概括。这就是科学研究工作与温馨的亲子时光之回忆，二者也许有着共通之处吧。在第4章"凝视鳗鱼的眼睛"里有这一段——"耐心显然是首要条件，你必须舍得把时间花在鳗鱼上面。我们把这个理解为一种交易。"作为渔民的父亲知道，用足够的耐心去等待，才能捕钓到鳗鱼，然后方可以进一步地去认识鳗鱼。而作为科学研究者，也只有具备足够的付出和百折不回的坚韧，而后才能得到揭示鳗鱼问题之秘密的门径吧。

人类凭借坚韧的好奇心、不屈的探求意志（既是无奈，也算有耐心），和鳗鱼相处悠长的岁月，坚持不懈地观察鳗鱼，研究鳗鱼，并一点点地记录、积累着鳗鱼展示出的独特之处。在第11章"怪异的鳗鱼"中，作者提到了鳗鱼真实的典型形象出现在英国作家格雷厄姆·斯威夫特1983年的小说《水之乡》中，在书中，历史老师汤姆·克里克跟他的学生讲起了鳗鱼的故事。他讲到了鳗鱼问题和科学史，包括科学史上所有的猜测、谜团和误解。谈到了人类对探寻真相、试图理解一切从哪里来又意味着什么的难以抑制的永恒渴求。指出了正是鳗鱼问题引发的故事，诉说着我们对于神秘事物的渴求。他说："现在鳗鱼可以告诉我们很多关于好奇心的事——甚至比好奇心能够告诉我们的关于鳗鱼的事还要多。"

在全世界各地，都有一些独特的鳗鱼文化。在第9章"捕钓鳗鱼的人"中，作者讲到了自己家乡的情况："几个世纪以来，捕钓鳗鱼影响了当地的文化、传统和语言。鳗鱼海岸、捕钓鳗鱼的渔民、鳗鱼棚屋、鳗鱼之夜——这里的人们会在每一个包含'鳗鱼'的单词里额外添加一个谦恭的元音。"

然后，在第17章"鳗鱼从我们身边消亡"里，作者又困惑地感慨："鳗鱼正在消亡，速度越来越快。有数据显示，18世纪时鳗鱼数量已经开始变少，也就是说，大约在科学家们真正开始对它们感兴趣的时候，它们就已经在变少了。"这种担忧会注定成为现实吗？——英语里有句俗语叫"像渡渡鸟一样死去"。未来人们很有可能会改说"像鳗鱼一样死去"。"鳗鱼也许会变得像斯特拉海牛一样，那是一种更为奇怪和陌生的生物，关于它们的记忆正在消失。"

那么，对于这种神秘的生物，我们到底怎样做才能保护它？是为了保护而继续深入研究，还是远离它们，让它们安静生活？本书的两条叙事线，最后都归到了这同样的困惑处——如何保护鳗鱼？如何不使鳗鱼文化只成为一种追忆？

三、三位科学家

《鳗鱼的旅行》介绍了许多在鳗鱼研究方面做出重大贡献的科学家和他们的工作，有三位尤其令我印象深刻，想必也是作者希望特别强调的，除了在相关地方提及他们的名字和成就外，这三位科学家的生平与学术都有专章讲述。他们是奥地利心理学家西格蒙得·弗洛伊德（1856—1939）、丹麦海洋生物学家约翰内斯·施密特（1877—1933）和美国海洋生物学家蕾切尔·卡森（1907—1964）。

第5章"西格蒙得·弗洛伊德与的里雅斯特的鳗鱼"里引述了弗洛伊德自己的笔记："我手上沾满了海洋动物白色和红色的血渍，我内心看到的一切都是动物死去后那闪闪发亮的组织，它们总是进入我的梦境。我心里想的只有那些宏大的问题，它们是跟睾丸和卵巢——那些普世的关键问题联系在一起的。"弗洛伊德在此的成就是："在将近一个月的时间里，弗洛伊德待在简陋的实验室里，被单调且毫无成果的工作吞没了。最后他不得不说，他失败了。他没能找到他来这里寻找的东西：鳗鱼的雄性生殖器官，以及鳗鱼问题的答案。"作者认为，这位后来成为伟大心理学家的人"带着对自然科学的坚定信念来到的里雅斯特，他坚信，对工作付出足够努力的人，前方一定会有奖赏在等着。然而，鳗鱼却让他不得不面对自己以及自然科学的局限性"。

第7章"发现鳗鱼繁殖地的丹麦人"的主角被欧洲鳗在哪里繁殖、如何出生、如何死亡这个大谜团迷住了。他在27岁时抛下新婚妻子登上"托尔"号蒸汽船出海去寻找鳗鱼的起源地。经过近20年的艰苦努力，约翰内斯·施密特首先发现淡水鳗是在海里产卵的，指出了丹麦境内的欧洲鳗是从美国佛罗里达东方海域的百慕大神秘三角洲附近的马尾藻海诞生，而后再漂洋过海抵达欧洲大陆。在1923年他向《伦敦皇家学院哲学学报》提交了一份报告，在一份地图上，他画出了自己比较确信的鳗鱼进行繁殖和产卵的区域。

这个椭圆形的区域跟现在确认是欧洲鳗诞生地的马尾藻海的范围基本上是一致的。

作者在文中感叹："寻找某样事物起源的人，也是在寻找自己的起源。""也许有那样一类人：当他们决定要寻找某件勾起他们好奇心的事情的答案时，会不断前进，永不放弃，直至最终找到。无论这会花费多长时间，无论他们有多么孤单，无论这一路上会有多么绝望。就好像是伊阿宋乘坐着'阿耳戈'号去寻觅金羊毛。""抑或是鳗鱼问题激发了探究者身上的另一种毅力？我本人对鳗鱼了解得越多，对历史上人们为此付出的代价了解得越多，就越倾向于相信这一点。首先我愿意相信，人们被神秘的事物吸引是因为其中包含我们熟悉的东西。尽管鳗鱼的起源及其漫长的迁徙之旅非常奇特，但我们也可能产生共鸣，甚至觉得似曾相识：为了寻找家园，在海洋上进行漫长的漂流，回程时还更加漫长艰辛——为了找到自己的家，我们愿意做的一切。""马尾藻海是世界的尽头，但也是万物的起点。这是一个伟大的启示。"

第13章"水面下的生命"主要讲述了美国海洋生物学家蕾切尔·卡森的生平和她的著作《海风下》。卡森认为："要真正理解另一种动物，必须能够从它们身上看到一些自己的东西。"她"对鳗鱼做了拟人化处理，使我们能够更好地了解它们，也使我们能够通过对鳗鱼经历的想象更好地理解它们的行为"。卡森曾在写给出版商的信里解释道："我知道很多人看到鳗鱼会害怕。但对我来说——我相信对很多了解它们的故事的人来说也一样，遇到一条鳗鱼差不多就像遇到一个去过地球上最美丽、最遥远地方的人；我立刻就能看到一幅生动的景象，那是鳗鱼去过的神秘地方，是我——作为人类——永远无法造访的地方。"

《鳗鱼的旅行》讲述了神秘梦境般的鳗鱼世界，讲述了与之相关的历史、人物，也是在讲述生命的本身。这本书，不仅是对鳗鱼相关一切的记录，也是对意识、信仰、时间、光明与黑暗、生与死的沉思，这是一部有趣的自然史，让我们同时理解了鳗鱼和人类。

"对于一条鳗鱼，我们到底能知道多少？对于一个人呢？这两个问题有时候是同一个问题。""存在是最重要的。世界是一个荒谬的地方，充满了矛盾和存在的困惑。但只有拥有目标的人才可能找到意义。我们必须想象，鳗鱼是幸运的。"

参考文献

斯文松.鳗鱼的旅行：一场对目标与意义的探寻[M].徐昕,译.长沙：湖南文艺出版社,2020.

导读人简介

李晓鹏,图书情报学本科,东南大学图书馆学科服务部馆员。

哲学与人生

来自蛤蟆、鼹鼠、獾三位对《蛤蟆先生去看心理医生》的联合推荐

导读人：张畅

一个世纪前，英国"国民级"童话《柳林风声》说：河岸豪宅里的蛤蟆沉湎于驰骋的华丽汽车、跌宕的冒险旅程。此去经年，童话作者肯尼斯·格雷厄姆（Kenneth Grahame）该料想不到：昔日张扬洒脱的蛤蟆绅士从"个人奥德赛"中抽离出来，陷入了晦暗无光的情绪漩涡；鼹鼠、河鼠和獾这三位好友对其照料无果，赶紧预约了心理咨询师苍鹭。蛤蟆如何在苍鹭引导下走进自己的内心世界寻回自信的另一段"奥德赛历程"，被罗伯特·戴博德①（Robert de Board）生动地记述下来。

"基于二十年来为人们提供心理咨询的工作经历，我写下蛤蟆的这段故事。实际上，故事中的咨询过程糅合了我举办过的许多咨询课程内容，涵盖了我在实践中的深层体悟。"——罗伯特·戴博德在初版《蛤蟆先生来看心理医生》开头这样介绍。本书定位为"心理学科普/心理自助"的大众读物，内容温和而有趣。作者从资深心理咨询师的视角，对主角蛤蟆展开了抑郁症诊疗。没有掉书袋或故作高深，只是打开河岸故事的续篇，由新角色苍鹭将人格理论运用在蛤蟆、蛤蟆的父辈/祖辈诸多角色身上，于是有了"悲伤的儿童""挑剔的父母"

---

① 英国心理学家罗伯特·戴博德创作了心理学著作《蛤蟆先生去看心理医生》，还著有心理学专著《咨询技巧》《组织的心理分析》。

等侧写。他用沟通分析(transactional analysis)方法逐步指引"男人里的男孩"蛤蟆摆脱源于童年和过往际遇的束缚,鼓励他以"成年人"的姿态掌握人生的自主权。与此同时,蛤蟆跟獾、河鼠、鼹鼠的一连串故事还形象诠释了"自我状态""人生坐标""心理游戏"等一系列复杂的心理学概念。

得益于罗伯特·戴博德充沛的想象力与晓畅的文笔,心理咨询期间双方的交流状态都得以恰到好处的文学加工。书中的苍鹭倾听、共情、引导,让人读来犹如探头进入"冥想盆",身临他跟蛤蟆的对话中。恍惚间,书页前的你我又化身蛤蟆、鼹鼠、獾——此时重新审视由角色倒映出的个人心路历程,自我疗愈便悄然发生。

从著名童话形象到典型心理分析案例,蛤蟆等动物进一步被河岸和野树林的居民,乃至更多人所了解。正因此,在苍鹭小筑中的心理咨询结束四年后,他和河鼠、鼹鼠、獾受邀撰写《蛤蟆先生来看心理医生》一书的推介。通过他们的文字,大家应该能更深入地了解本书,体会本书对他们各自的影响。

一、蛤蟆:开启理性之眼,主笔人生剧本

多年后,当我展开《蛤蟆先生去看心理医生》的扉页,曾经面对苍鹭敞开心扉的场景便在霎时间闪回。利用一个完整的下午时间,当扫过最后那段《蛤蟆赞诗》抬起头时,我竟不知不觉地嘴边浮起了微笑。

我还记得早年初读《柳林风声》时,诧异、羞愧、不满扑面而来。当初我驾驶马车同朋友们出游时的潇洒,假冒洗衣妇越狱时的机智,再次"偷窃"汽车开到池塘边"甩掉"同车那些人时的勇猛——这样的"英雄时刻"在那本书里似乎只显出丑角般的反复无常、自作聪明和妄自尊大。心理咨询期间,我发觉自己对于这些时刻该贴上"英雄"还是"丑角"的标签有了新的考量;再后来,对过往经历的"赞美"和"讽刺"在我心里逐渐融合、统一。细想历险与纵情后的我逃避后果,又在忍住悲伤和愤怒时渴求放纵,就如同内心的"自然型儿童"和"适应型儿童"轮番上阵。而当严厉的父亲和祖父们化身审判官隐现在我心底时,我又为自己的任性妄为、虚荣怯懦而内疚。仿佛身处柏拉图的洞穴中,同一件事物会在每一个情绪化的自我状态里映出相应的影像,留下非黑即白的标签。后来我依苍鹭所说,遇事克制冲动,有意识地体会心里"儿童""父母""成人"三种自我状态的反应(图9);这时便像是借了上帝视角,助我做出更适宜的决定。

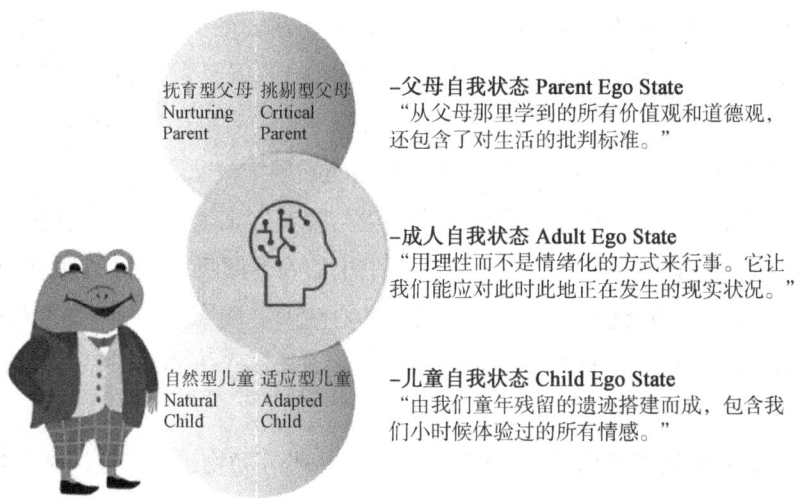

图9　蛤蟆与三种"自我状态"

　　时间和自我学习推动我在个体成熟和自我认同的道路上渐行渐远，这样的转变自然要感激苍鹭和獾、鼹鼠、河鼠这些朋友们。"是知心朋友，他们造就了我（The friend who understands you, creates you）。"定义了我的存在与价值。还有，我逝去的父母和祖辈们。治愈童年创伤、跟过往的庸人傻事和解且需付诸努力，而原谅并感激这些家人则难得多。这相当于把源自童年经历的因果循环和既定的人生剧本划定章节，自主编排今后的剧情了。能出现这样的心态调整，或许跟这些年我在本地业余戏剧社的积极演出经历，还有两个月前迎来自己与蛤蟆太太的爱情结晶——西奥菲勒斯二世有关吧。

　　"一旦为人父母，你便成为孩子未来的幽灵。"每次为哭闹的小西奥轻拭去眼泪时，我脑中总闪过这句不知在哪里看得的话。实际上，去年圣诞节期间戏剧社的《哈姆雷特》演出后，我"看到"了许久不见的父亲和母亲。那天我受蛤蟆庄园管理学院的宴请，便在老宅子小住了一晚。而我在夜里所见，如梦似幻。我先是穿过大厅在通往楼梯的走廊拐角躲了起来，父亲自走廊另一头走向楼梯，脚步声忽地停下。我探头望去，原来父亲发现了早先被我用板球拍撞歪的祖父半身画像——在他凝望祖父画像时，我清楚地分辨出他脸上的伤感与惭愧。许久，父亲郑重地扶正画框，用衣角拭去框沿一薄层灰尘。而后我蹑脚尾随他到了二楼自己从前的卧室——父亲推门轻声走到我的床边，没理会一旁哼唱摇篮曲的却因撞见他而坐立不安的母亲，只是俯身下去……

写到这里我不觉有些鼻酸，或许如《哈姆雷特》里一样，那是我父母久未离去的幽灵吧。他们替我挡住了"残暴命运如投石飞箭般的摧残"，我从前不以为意，现在更无以为报。《蛤蟆先生去看心理医生》这本书对我的影响及我现在的生活状态应该写了很多，又好像没写什么。天气愈加暖和了，晚上老獾要过来看望他的教子小西奥，趁着天色还早，我要跟鼹鼠一起去镇上取河鼠寄来的邮包。我们的"航海家"河鼠上个月随海鼠从多佛港出发，去南法、南欧诸地，现在应该已经在马赛旧港登陆了吧。耳畔响起了贝多芬《A大调第七交响曲》，趁着渐转激昂的旋律，就让我为河鼠的环地中海旅程送上祝福吧！

> 皇帝的马蹄跃过山巅，帝国的风浪席卷欧陆
>
> 云卷云舒，冬去春回
>
> 烟雨迷雾在心底消散，一切又恍如大梦初醒

蛤蟆于6月初

二、鼹鼠：芦苇滩、灌木丛，小河入海流

从刚打开《蛤蟆先生去看心理医生》到现在已经过去快一个月啦！心理诊疗的内容对我而言有些生疏，而我又不想落下任何细节，便借来《自卑与超越》《人间游戏》来参考伴读。到今天这个携风带雨的礼拜六，我准备花半天时间给本书好好写一篇推介。

《蛤蟆先生去看心理医生》一书对蛤蟆接受心理咨询的描述丰实又生动。蛤蟆进出苍鹭小筑后的逐次疗愈，跟当时大家不时碰面时我与河鼠所觉察到的他的转变，是相互对应着的而非"罗生门"。读到"探索童年""愤怒的表现""秘密协议"这些章节时，书里的蛤蟆就像在代我发问和答话！果真我俩有几分性情相近：都以为自己没啥脾气，有时心里的愤怒会转化为内疚或焦虑，还不自觉取悦他人——原来这都是从小时候应对外界所建立的防御机制一路延续而来的。大家这样的"物以类聚"挺让人窃喜的。至于我跟蛤蟆一样缺少"父母自我状态"，我的家人不似蛤蟆父亲和祖父们那般严苛，而我自己也没有特别强烈的自我批判——或许只因从前的我比蛤蟆内敛些，又更多一些"成人自我状态"吧。诚然，如今蛤蟆不再把财富名声挂嘴边了，他是"城里的某个人物"，更是我们的好老兄。书里提到的"人生坐标"（图10）、"心理游戏"、"情

商"让我咂摸了挺久,联系我本身不够自信,时而埋怨河鼠的精明能干,羡慕蛤蟆的衣着与生活品质,也敬畏獾的智慧与威严——这样的自己离完善自我、接纳他人的高情商水准有不少路要走呢。

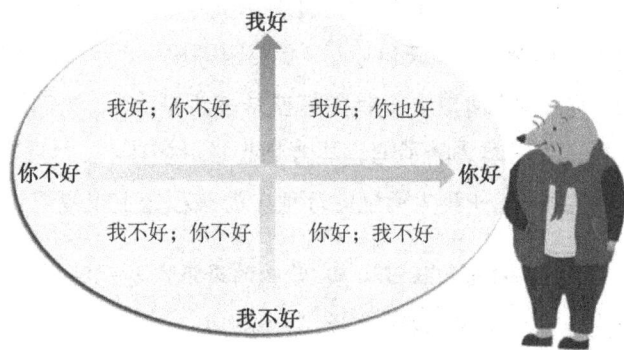

图10　鼹鼠与"人生坐标"

本来河鼠也受邀写本书推介,因临近旅行而作罢。他是跟海鼠从多佛港入海,向南跨越英吉利海峡、比斯开湾,沿着伊比利亚半岛进入地中海,重温法国南海岸、意大利沿海等海鼠故地。送别时河鼠在火车上用力挥舞水手帽,眼中满是兴奋和期待,随着他的身影渐渐模糊成一点,我心里对他的想念无限放大。瞅着手边封面是塞南克修道院的明信片,不晓得这没心没肺的家伙在薰衣草花田边写了多少新诗篇!

说起河鼠,他总那么聪明又善解人意,我在他那里受到了多少鼓励、学到了多少新技能呀!有时从城里回家路过蛤蟆庄园,我会想起我们结伴去跟蛤蟆出游、合伙赶走黄鼠狼和貂鼠。听见蛤蟆所在的戏剧社传来的嘈杂声,我真想继续跟河鼠争辩:蛤蟆在《哈姆雷特》第一幕最后跟鬼魂对话时演出的深情与无奈绝对算得上高明!到了家里的"加里波第"餐厅看着掌厨的水獭小胖,我再次闪回那个黎明,跟随箫声在花草间找到睡成一团的小胖和一个大蹄印。哦,还有冬夜里小田鼠们的圣诞颂歌……

上礼拜我在新铁桥旁遇到苍鹭,问他像我这样缺少父母自我状态的性格如何获得獾那样的领导力。苍鹭笑我是满世界寻宝的牧羊少年,说我与生俱来的亲和力足以推动事业前行。好吧,就像披头士乐队唱的:"凡事总有答案,随它去吧(Yeah, there will be an answer/ Let it be)!"我真的很珍惜身边这些朋友,他们好我才好,我好他们也要好。三个礼拜前,河鼠在多佛跟海鼠汇合,临出海前给大家分别寄了邮包。我那份里是一个红白相间的灯塔模型，"你我的友情，如远处的灯塔，助我前行。"还有他的新书《从灌木丛到大海》的初稿（比"灌木丛中的微风"这名字有趣一点哦）。雨过天晴的午后，就用河鼠新书的序言为本文作结吧！

    一踏进堤岸上团簇的缬草，就预览了海浪拍打的夏晖

    一触到芦苇中隐秘的箫鸣，便卷进了花木丛里的春风

    冬夜里孩子的颂歌渐行渐远，雪地中留下的脚印通往秋天

鼹鼠于6月中

三、獾：抱持子女，抱持父母

时令已是暖夏，上周我才发现压在公文盒底层的《蛤蟆先生去看心理医生》与附带的推介文邀约。这几天睡前我细读了"蛤蟆先生的选择""说出人生故事"两章，其他也略读了一番。书里对大家的描述还算连贯，但终归内容要服务于心理咨询主题，不免略去很多细节。我相信，这本书，还有苍鹭都可以指导我如何更得体地跟年轻人谈心和交流，也可以帮我纠正平时跟人相处时的坏脾气。但愿在我变得不那么严格、更有耐心之前，这些孩子愿意等等我这上了年纪的老伙计——把平日里的行事风格、心理变化都归结到什么俄狄浦斯情结、厄勒克特拉情结、自我、本我、超我这些绕口的学术概念上，实在需要让我好好消化一番。

我看着蛤蟆、河鼠长大，而近些年跟鼹鼠的来往甚至超过刚刚那两个孩子，他们就像是我自己的孩子。翻看日历上的标记，河鼠从多佛出发去南法、南欧诸地已经过去整五个礼拜啦，他是海鼠船上的水手，也是拜伦那样的旅人与诗人。河鼠是个敏锐的孩子，他会如海绵一般从这趟旅程中收获胆识和灵感。反观鼹鼠这小可怜，刚得知河鼠的出海计划就心事重重的，他甚至想要停掉自家餐厅的生意陪河鼠一起旅行。这群孩子虽然亲密，但都要有自己独立的生活才行。孩子们说我总爱谈陈年旧事，有时我聊着聊着村校和社区里的新鲜事就不自觉联想到过去了。那天晚上，看着蛤蟆家小西奥懵懂地咧嘴笑，如同复刻了蛤蟆小时候的模样。我不自觉哼起"孙儿们盘绕膝头／薇拉、查克和戴夫（Grandchildren on your knee/ Vera, Chuck and Dave）……"。婴儿卧室外隔着走

廊的客厅里,蛤蟆夫妇、鼹鼠和水獭一家正在商议着什么。他们就像是三十年前,我和蛤蟆的父亲托马斯在各自成为乡区治安官和酿酒厂总经理后,一起交流工作目标的样子。这群年轻人延续了上辈人的拼搏劲儿,而革新了我们那时的"绅士教化"——道德名誉、礼仪修养之外,注重人文关怀、情感维护。听见蛤蟆的笑声由远及近来到卧室门口,我抬头脱口唤出:托马斯……蛤蟆告诉了我去年圣诞节期间在蛤蟆庄园遇到父母的怪事,他觉着近些年所经历的种种让自己对过往渐渐释怀。跟蛤蟆夫妇道别回家前,我提示蛤蟆如果将他父亲从前的手账从老宅搬了过来可以翻一翻,下次再沿着今天的话题聊一聊。蛤蟆说自己老早翻看过,父亲除了日复一日的工作笔记只会在页脚记下"一切安顺"。

小西奥洗礼后的那天晚上,我去了蛤蟆家做客。蛤蟆带了河鼠从多佛寄来的邮包,刚要拆开被我挡了一下,我建议不如先聊聊天。当我复述了托马斯从前的抱怨和感叹,他为何缺乏精力跟蛤蟆培养感情,只愿自己趁着年富力强多给蛤蟆留些资产和本钱云云,蛤蟆若有所思。他转移话题说发现自己父亲成摞的手账里,间隔着有少许页没出现"一切安顺"字样。我顿了一顿,告诉蛤蟆,他父亲只有在每个深夜悄悄到他床前拥抱了熟睡的他,才会回到书房记下当日"一切安顺"。页脚缺少相应字样,说明当晚有各种因素使得托马斯没能过去蛤蟆床边。甚至很久以来蛤蟆的母亲也是不知情的,直到有一次……

抚慰落泪的蛤蟆的间隙,我脑中浮现了一首小诗(图11)。

图11　獾与让-安托万-西奥多·吉鲁斯特画作《俄狄浦斯在科罗诺斯》(1788)

> 有少年叫哪吒,他没法偿错便以骨肉还父母
>
> 还有青年叫俄狄浦斯,他干了谬事而刺瞎双眼
>
> 他们这么做前都听到父亲的声音:你就是我
>
> 却差听得下一句:你们也要有自己的孩子
>
> 蛤蟆这棒小伙儿听到了
>
> 于是他清楚了自己要干什么

待到蛤蟆平息了情绪后,我们拆开河鼠寄来的包裹。人手一份新书《从灌木丛到大海》——莫非"船与獾"这名字留给下一本?还有给蛤蟆的高翼飞机模型与寄语"老獾自己跳伞了?不要怕,我与'安特瓦奈特 IV(Antoinette IV)'号伴你飞过长峡!"以及给我的瓶中船,是一艘名叫"鹈鹕(pelican)"的盖伦船:"出发!跟随老獾的脚步我们探索未知。前进!听从老獾的号角我们旗开得胜。"

获于7月伊始

不得不说,蛤蟆、鼹鼠、獾三位的字里行间尽显他们这四年来的生活苦乐,情绪管理、理性行事、自我洞察这些词条在他们那也成为"能够实践的理论"。他们分别诉说各自的心得,却也仿佛合并为一个完整的个体,接纳自我,用心处世,拥抱家人。

参考文献

[1] DE BOARD R. Counselling for toads: a psychological adventure [M]. Routledge, 2008.

[2] SOLOMON C. Transactional analysis theory: The basics [J]. Transactional analysis journal, 2003, 33(1): 15-22.

导读人简介

张畅,东南大学机械工程学院在读博士研究生。

187

与生活讲和

导读人：李瑞瑞

这是一本讲述"一个老人、一个年轻人和一堂人生课程"的书。

关于生活和生命的问题，我们都可以在米奇·阿尔博姆的《相约星期二》中找到答案。莫里·施瓦茨是作者米奇·阿尔博姆在大学时，曾给予过他许多思想的教授。米奇毕业后的第十六个年头，偶然从一档名为《夜线》的电视节目中听到了莫里教授的访谈，得知昔日师长莫里罹患肌萎缩性侧索硬化（amyotrophic lateral sclerosis，ALS），时日无多。这时老教授所感受的不是对生命即将离去的恐惧，而是希望把自己许多年来思考的一些东西传播给更多的人，于是米奇作为老人唯一的学生，与其相约每个星期二上课。在其后的十四个星期里，米奇每星期二都飞越七百英里到老人那儿上课。在这十四堂课中，他们聊到了人生的许多组成部分：第一个星期二谈论世界，第二个星期二谈论自怜，第三个星期二谈论遗憾，第四个星期二谈论死亡，第五个星期二谈论家庭，第六个星期二谈论感情，第七个星期二谈论对衰老的恐惧，第八个星期二谈论金钱，第九个星期二谈论爱的永恒，第十个星期二谈论婚姻，第十一个星期二谈论我们的文化，第十二个星期二谈论原谅，第十三个星期二谈论完美的一天，第十四个星期二道别。整个事情的过程，以及这十四堂课的笔记便构成了这本《相约星期二》。

米奇·阿尔博姆之所以会写下自己的第一部小说《相约星期二》，一方面是情感与灵感涌动，另一方面则是莫里教授的医药费这一现实难关摆在眼前，书的预付金帮助莫里支付了巨大的医药费用。未曾想无心插柳柳成荫，这门人生课震撼着作者，也借由作者的妙笔，感动了很多人，在全美各大图书畅销排行榜上停留四年之久。

一、相识与重逢

在1976年的春天，米奇第一次上莫里的课。那时他暗想：也许不该选这门课，这么个小班要逃课可没那么容易。1979年春末大学毕业的时候，米奇把最喜欢的教授莫里介绍给了自己的父母，并送给了教授一件礼物，一只印有他名字首字母的皮包。他不想忘记莫里，也不想让莫里教授忘了自己，承诺会和教授保持联系。四年大学时光以米奇最后一次拥抱了他那位可亲、睿智的教授而结束。再一次见到莫里教授，则是在十六年后的电视访谈上。

毕业后的米奇，同学校的大部分人都失去了联系。他浑浑噩噩打发着二十刚出头的那几年：付房租，看广告，寻思着生活为何不向他开绿灯。他的梦想是成为一个大音乐家，但几年昏暗空虚的夜总会生活、从不兑现的允诺、不断拆散的乐队以及除了米奇对谁都感兴趣的制作人，终于使他的梦想变了味。与此同时，他最亲近的舅舅在四十四岁的时候死于胰腺癌，他感到无能为力。舅舅的葬礼结束后，米奇的生活态度改变了：感觉到时间突然变得宝贵起来，年华似水，而他却追赶不上。他不再去空着一半座位的夜总会弹琴，又回到了学校，读完了新闻专业的硕士学位，并找到了一份体育记者的工作，从纽约又跳槽到佛罗里达，最后在底特律当《底特律自由报》的专栏作家，夜以继日、没有节制地工作着。他赚的钱超过了自己的期望值，他热衷于工作上的成就，因为只有成就感能使他相信他在主宰自己，可以在生老病死之前享受到每一份最后的快乐。

至于莫里，是的，米奇会时常会想起他，想起他教自己如何"做人"，如何"与人相处"。但这一切总显得有些遥远，似乎来自另一种生活。他毫不知晓莫里得病的情况。要不是那天晚上他随手调换电视频道时偶然听见了那句话，他的生活仍会这样继续下去。他听见了那句话："谁是莫里·施瓦茨？为什么你们这么多人今晚要去关心他？"

看过莫里的电视访谈，米奇跟这位自己最崇敬的教授联系上了，暂时放下工作从底特律来到马萨诸塞州西纽顿市登门拜访。莫里拥抱着米奇说"我的老朋友，你终于回来了"。米奇在心里想着"我不知道他为什么待我这么热情。我几乎已经与十六年前离开了他的那个有出息的学生判若两人。如果没有《夜线》节目，莫里也许到死也不会再见到我。对此我没有任何正儿八经的理由，除了人人现在都会找的借口。我一心一意关心着自己的生活。我很忙。我怎么啦？我问自己。莫里尖细、嘶哑的嗓音又把我带回到了大学时代。我那时视有钱为罪恶，衬衫加领带在我眼里简直如同枷锁，没有自由、貌似充实的生活——骑着摩托、沐着清风，游逛巴黎的街市或西藏的山峦——并不是有意义的生活。可我现在怎么啦？"莫里继续问着："你有没有知心的朋友？你为社区贡献过什么吗？你对自己心安理得吗？你想不想做一个富有人情味的人？"米奇的心绪被这些问题彻底搅乱了，他逐渐意识到自己内心的空虚，以及一些自己一直都在逃避的问题，甚至自己变成了曾经最讨厌的样子。在米奇还没意识到的时候，最后一堂课开始了。

紧接着几周后，随着米奇所在报纸工会的罢工，他暂时性失业了。他所熟悉的生活方式被打乱了。原来每天晚上都有体育比赛需要他去采访，现在他只能待在家里，坐在电视机前看。他已经理所当然地认为读者非常需要他的专栏文章，可他吃惊地发现缺了他一切照样进行得十分顺利。是时候继续上莫里的课了，就相约在每个星期二吧。

二、生与死

小说以莫里教授确诊得了绝症，正在走向死亡为开篇，以莫里的葬礼结束。每周二的十四堂课，记录了莫里缓慢而耐心的衰老、死亡过程。

第一次见面时，莫里教授坐在轮椅上，眼窝深陷，颧骨高高突起，显得更加苍老，"他大笑着继续吃他的东西，这顿饭他已经吃了四十分钟。我在观察他，他手的动作显得有点笨拙，好像刚刚在开始学用手。他不能用力地使用刀。他的手指在颤抖。每咬一口食物都得费很大的劲，然后再咀嚼好一阵子才咽下去，有时食物还会从嘴角漏出来，于是他得放下手里的东西，用餐巾纸擦一擦。他手腕到肘部的皮肤上布满了老人斑，而且松弛得像一根熬汤的鸡骨头上悬着鸡皮。"几星期后的第二个星期二，米奇观察到"他的手指还能使用铅笔或拿起眼镜，但手已经抬不过胸口了"。第四个星期二，莫里的书房新增了一台设备——制氧机，有些晚上，当莫里呼吸感到困难时需要制氧机。第六个星期二，莫里只能吃一些软食和流质，疾病的可怕症状在逐渐显示出来，"他肺部的淤积物似乎在捉弄他，忽而涌上来，忽而沉下去，吞噬着他的呼吸。他大口大口地喘气，然后是一阵猛烈的干咳，连手也抖动起来。他闭着眼睛双手抖动的样子简直就像是中了邪"。小说中多次描写莫里咳嗽时痛苦的状态，这种痛苦带来的与死亡有关的阴影,贯穿全书始终。莫里死亡前,米奇最后一次见他时,"他穿着一件黄色的睡衣,胸口以下盖着毯子。他的身体萎缩得这般厉害,我一时觉得他好像缺少了哪个部位。他小得如同一个孩子。莫里嘴巴张开着,脸上的皮紧贴在颧骨上,没有一点血色。当他的眼睛转向我时,他想说什么,但我只听见他的喉咙动了一下。"

在米奇与他会面的十四个星期里,莫里从坐在轮椅上娓娓交谈到瘫痪在床奄奄一息,生命逐渐从衰老走向死亡,如同纪录片。莫里是如何面对自己的死亡的呢? "我就这样枯竭下去直到消亡,还是不虚度剩下的时光?"死亡迫使他思考余生应怎样度过才对得起有限的生命。他不甘枯竭而死,他将勇敢地去面对死亡,他要把死亡作为他最后的一门课程,作为他生活的主要课题,"研究我缓慢而耐心的死亡过程。观察在我身上发生的一切。从我这儿学到点什么"。

在第四个星期二谈论死亡一节里,莫里说:"每个人都知道自己要死,可没人愿意相信。如果我们相信这一事实的话,我们就会做出不同的反应。""意识到自己会死,并时刻做好准备。这样做会更有帮助。你活着的时候就会更珍惜生活。"在第十三个星期二谈论完美的一天一节里,莫里说:"死是很自然的,我们之所以对死亡大惊小怪,是因为我们没有把自己视作自然的一部分。我们觉得既然是人就得高于自然。"莫里把生命看作自然的一部分,自然界的物质循环给予他生命永恒的精神力量,这时的莫里是豁达的。对于普通人来说,面对死亡无所畏惧是很难做到的。莫里也会哀叹生命的短暂,"有时早上醒来我会暗自流泪,哀叹自己的不幸。我也有怨天怨地、痛苦不堪的时候"。莫里对自己偶尔的软弱毫不避讳,他会让自己难过一小会儿,再劝服自己勇敢起来,因为他所拥有的学识与精神信仰不允许自己过度悲伤。这种向死而生的豁达浸染着些许悲哀的意味。"一旦你学会了怎样去死,你也就学会了怎样去活。"这一点,莫里做到了。莫里保持着阅读报纸的习惯,积极关注社会问题。他还现身于访谈节目,用自己对人生的感悟为给他写信的人解答疑惑。他会尽力说服自己摆脱掉不良的情绪,忙碌而充实地度过每一天。他紧紧把握住生命的最后时光,给米奇也给读者留下了智慧的箴言。

三、哭与笑

书中多次写到莫里教授的哭与笑。第一次写到莫里教授的哭,是米奇的毕业典礼之后,分别时莫里问米奇会不会和他保持联系,得到米奇肯定的答复后,莫里哭了。莫里教授是一个如此感性的人。他会在回忆起儿时失去母亲时而哭,"我还是个孩子时就失去了母亲……它对我的打击太大了……",因为那时他是那样孤独。他会为半个地球之外的人流泪,"那天晚上,我在电视上看见波斯尼亚那儿的人在大街上奔逃,被枪打死,都是些无辜的受害者……我不禁哭了。我感受到了他们的痛苦,就像感受自己的一样",因为他内心里是那么同情他们。他会在提到朋友时为没有尽早原谅朋友而悔恨地哭,"我感到非常难过,我没有去看他。我一直没原谅他。我现在非常非常地懊恼……"。记恨和固执都是毫无意义的,我们不仅需要原谅别人,也需要原谅自己,不要犹豫。

虽然莫里能够清晰地认识并坦然接受死亡的到来,他坚强、豁达,但他也是有着情绪跌宕起伏的普通人,也会感到恐惧、哀伤,也会为自己而哭。"但这种心情不会持续很久。我起床后便对自己说,'我要活下去'……""那是我悲哀的时刻……我悲哀这种缓慢、不知不觉的死法。但随后我便停止了哀叹。""需要的时候我就大哭一场。但随后我就去想生活中仍很美好的东西。""好吧,这是我的孤独一刻,我不怕感到孤独,现在我要把它弃之一旁,因为世界上还有其他的感情让我去体验。"他也会自哀自怜,他乐于感受、经历、接受所有的感情,对女人的爱恋,对亲人的悲伤,以及由致命的疾病而引起的恐惧和痛苦,对所有坏的情感他也可以完完全全投入进去,然后走出来,超脱自我。所以在书中,我们感受更多的是莫里的笑,伴随着他的勇气、坦诚、乐观、幽默、快乐、耐心。

他笑着告诉学生自己得了绝症:"这门课我已经教了二十年,这是我第一次想说,修这门课有点冒风险,因为我得了绝症。我也许活不到这个学期的结束。如果你们觉得这是个麻烦而想放弃这门课,我完全能够理解。"他的笑来自对爱的感知能力,他知道如何施爱于人,也接受爱,"当我的手碰触到他的头时,他笑了。人类最细小的接触也能给他带来欢乐"。被公认为"心理最健康的"莫里赢得了学生们发自内心的爱,在他最后的几个月里,有数以百计的学生回到他的身边,他们打电话、写信。他们千里迢迢地赶来,就为了一次谈话,一句话,一个微笑。

他的笑来自他看待人生的态度。对于自己身患绝症,他能笑着说这是一种幸运,"看着自己的躯体慢慢地萎谢的确可怕,但它也有幸运的一面,因为我可以有时间跟人说再见。不是每个人都这么幸运的"。这是一种更为健康的态度,更为明智的态度,和自己讲和,和生命讲和。他能笑着接受照顾,以一种特有的勇气面对需要有人替他擦洗屁股这一现实,"这就像重新回到了婴儿期。有人给你洗澡,有人抱你,有人替你擦洗。我们都有过当孩子的经历,它留在了你的大脑深处。对我而言,这只是重新回忆起儿时的那份乐趣罢了。"他能笑着接受衰老,"衰老并不就是衰败。它是成熟。接近死亡并不一定是坏事,当你意识到这个事实后,它也有十分积极的一面,你会因此而活得更好……老年人不可能不羡慕年轻人,但问题是你得接受现状并能自得其乐……当我应该是个孩子时,我乐于做个孩子;当我应该是个聪明的老头时,我也乐于做个聪明的老头。我乐于接受自然赋予我的一切权利。我属于任何一个年龄,直到现在的我。"

他的笑源于爱,"只要我们彼此相爱,并把他珍藏在心里,我们即使死了也不会真正地消亡。你创造的爱依然存在着。所有的记忆依然存在着。你仍然活着——活在每一个你触摸过爱抚过的人的心中。"他临终的最后一课意在帮助人们从忙碌而又无意义的物质世界里解脱出来,去关注内在精神需求,去建立一种有意义的人类生活模式:相互交流——相互影响——相互爱护。

来日无多和毫无价值不是同义词。教授追求的是永恒,他的影响也将永无止境。莫里教授的最后一课,仍在继续。

参考文献

[1]阿尔博姆.相约星期二[M].吴洪,译.上海:上海译文出版社,2014.

[2]姜孟书.死亡孕育出的治愈力:米奇·阿尔博姆文学作品研究[D].北京:北京外国语大学,2018.

[3]常珺.米奇·阿尔博姆小说创作研究[D].海口:海南师范大学,2016.

导读人

李瑞瑞,硕士研究生,东南大学图书馆馆员。

自由和存在

导读人：刘晶晶

作为一名纯正的工科生，《存在主义咖啡馆》应该算我看过的第一本有关哲学的书籍了，但它并没有想象中那么晦涩难懂，反之，它激起了我对哲学的兴趣。在科技极速发展、物质文明相对富足的今天，更多的人陷入了精神的虚无和焦虑中，对自由和存在感到迷茫。而在本书中，英国著名作家莎拉·贝克韦尔将历史、传记与哲学结合在一起，以史诗般恢弘的视角深入探讨了在今天这个纷争不断、技术驱动的世界里，当我们每个人再次面对有关绝对自由、全球责任与人类真实性的问题时，曾经也受过它们困扰的存在主义者能告诉我们什么。

一、存在主义的内涵与颠覆

存在主义是当代西方哲学的主要流派之一，产生于第一次世界大战之后。当时，战争让欧洲土地满目疮痍，虽然人们拥有了前所未有的权利、科技和文明，但却也同时陷入了现实的虚无中。政治家、宗教领袖甚至是旧式哲学家这类权威都无法再为人们提供内心的指导，即"要在旧世界的废墟之上建立一个什么样的新世界"。每个人作为个体都缺乏归属感，将自己异化，认为自己是这个人类社会中的"外人"。就在这时，一种新式哲学——存在主义应运而生。

那么究竟什么是存在主义？与其说存在主义是一种哲学，不如说它更像是一种情绪，可以追溯到每一个曾对任何事感到过不满、叛逆和格格不入的人。更浅显地说，它是一种把哲学与日常生活经验重新联结起来以研究哲学的方式。现象学家中最重要的思想家埃德蒙德·胡塞尔提出过一个令人振奋的口号："回到事物本身。"马丁·海德格尔一再推荐现象学方法："无须理会智识的杂乱,只要关注事物,让事物向你揭示自身即可。"而存在主义的代表人物萨特则在学习现象学之后提出了一种新哲学:"德国现象学的方法,结合着更早之前丹麦哲学家索伦·克尔凯郭尔以及其他思想,又装点了一味独特的法国调料——他自己的文学感染力……创建了一种兼具国际影响和巴黎风味的新哲学:现代存在主义。"

存在主义很多时候在萨特的笔下以小说的形式展现。萨特本身就是小说家,他用他惊人的写作天赋将哲学这一晦涩难懂的名词转换成了让人沉醉其中的文字,"写下了关于世界的身体感受和人类生活的结构与情绪"。在本书中,这样描述萨特笔下的存在主义:"……是期望、倦怠、忧虑、兴奋的哲学,是山间的漫步,是对深爱之人的激情,是来自不喜欢之人的厌恶,是巴黎的花园,是勒阿弗尔深秋时的大海,是坐在塞得过满的坐垫上的感受,是女人躺下时乳房往身体里陷的样子,是拳击比赛、电影、爵士乐或者瞥见两个陌生人在路灯下见面时的那种刺激。他在眩晕、窥视、羞耻、虐待、革命、音乐和做爱中——大量地做爱——创造出了一门哲学。"

存在主义的核心是自由,但不是让我们去听从本性。事实上作为一个人,"我"根本没有预先被决定的本性,"我"的本性,要通过"我"选择去做什么来创造。更准确地说,人会持续创造自己的定义(或本性,或本质),不断地通过行动创造自身。人无法用标签来定义,因为人始终会是一件正在加工的作品,"从有第一缕意识那一刻开始,直到死亡将其抹去为止。我是我自己的自由:不多,也不少"。

萨特用存在主义这一颠覆以往旧式哲学的新哲学,在那个战争年代给无数民众带来了一种新的理解世界、解析自己的方式。萨特曾讲过一个故事,在纳粹占领期间,一个学生向他寻求意见。当时法国还在抵抗纳粹,这个年轻人与母亲相依为命,是互相唯一的陪伴与支撑,但这个年轻人的内心有一团熊熊燃烧的火焰,促使他想去前线浴血奋战,为父老乡亲报仇,为祖国的解放奉献力量。可问题是,在这样危险艰苦的战争年代,他的这一行为无疑会让他的母亲处于无依无靠的孤苦境地。因此他为到底是照料母亲,让她独享益处,还是冒险参加战争,做对大多数人有益的事而苦恼不堪。面对这一类似"电车难题"的问题,萨特没有进行复杂的分析,只是简单地说:"你是自由的人,那就去选择吧——也就是说,去创造。"旧式哲学对于"电车难题"到底选择哪一端争论不休,各方都摆出各种理由进行论证,而存在主义则不去权衡各种道德与实际的考虑,它只关注个体,"但说到底,你都得冒险一试,去做点什么,而这个什么是什么,由你决定"。

这一专注个体自身选择的哲学显得既可怕又美好。一方面,它不否认做决定的需要会带来持续的焦虑,反而通过指出你做什么真的至关重要而强化了这种焦虑。不管所处的境遇如何,你都可以自由地在心中和行动上决定如何去看待它。在选择中,你便选择了你将会成为什么样的人。而这种选择是必须的,如果你逃避选择的责任,选择了一种虚假的存在,那便脱离了自我的"真实性"。

另一方面,存在主义还描绘了一个美好的前景,它暗示着,只要你一直努力,那就有可能获得真实和自由。正如萨特总结的那样:"没有任何划定的道路来引导人来救赎自己;他必须不断创造自己的道路。但是,创造道路,他便拥有了自由与责任,失去了推脱的借口,而所有希望都存在于他本身之中。"这一令人振奋的思想,让1945年身处战争的人们忘掉刚刚的日子,以及其中的道德妥协和恐怖,来专注于新的开始。萨特写道:"我们必须一直要铭记在心的一点是,我们可以随心所欲地毁灭自己以及我们的所有历史,甚或地球上的所有生命。只有我们的自由选择能够阻止我们。如果我们想要活下去,那么我们就必须决定活下去。"

二、咖啡馆里的存在主义者们

既然存在主义讨论的是具体的人类存在,那么我们就不能抛开存在主义者而单独讨论存在主义。事实上,在阐述他们的哲学观点时,大多数的存在主义者都利用了他们自己的人生经历,或者说,他们把哲学当作生活方式来实践。在作者看来,海德格尔、萨特、西蒙娜·德·波伏娃、埃德蒙德·胡塞尔、卡尔·雅斯贝尔斯、阿尔贝·加缪、莫里斯·梅洛-庞蒂这些哲学家们,似乎参与了一场从20世纪初一直延续到20世纪末的多语言、多角度对话。用书中的比喻来说,他们像聚在一座精神咖啡馆里,"很有可能是巴黎那种又大又热闹的咖啡馆,里面充满了生机与活力,以及交流和思想的喧闹声"。

"一种全新的看待问题的方式……看到在我们眼前的是什么,去分辨,去描述。"这是胡塞尔正常的研究风格,也是现象学的一个完美定义。胡塞尔是伟大哲学运动的奠基人，作为现象学家，他遵循的方法就是去描述。胡塞尔在他的研讨班上告诉学生们："把我的咖啡递给我，好让我从中研究出现象学来。"为了从现象学角度描述这杯咖啡，我们必须搁置抽象的假设和任何干扰性的情绪联想，从而专注于面前这深色、芬芳、浓郁的现象。胡塞尔的现象学不像萨特的存在主义那样产生过大规模的影响，但正是他的基础性工作，解放了萨特和其他存在主义者，让他们敢于大胆创新。

在胡塞尔于弗赖堡大学任教哲学教授的很多年里，他教出了许多优秀且充满激情的弟子和学生，而这其中就包括海德格尔。他具有一种高深莫测的特质，据身边的人所说，他的招牌风格是"一连串叹为观止的问题"，因此他的学生们给他起了"来自梅斯基尔希的小魔法师"这一外号。海德格尔意图颠覆人类思想，摧毁形而上学的历史，并重新开创哲学。他的代表作《存在与时间》颠覆了传统哲学，通过日常生活来处理此在及存在的问题，并竭力用最具创新性的语言来讨论它。

1929年，海德格尔入职弗赖堡大学，并发表了一场精彩的就职演说，题目是"形而上学是什么？"。两年后，萨特和波伏娃会看到这篇文章的译本，虽然他们当时并不理解它的意思，但他们会在短短两三年后重新注意到它，并准备好迎接哲学的新开端。

如同他的哲学一般，萨特本人也是一个渴望自由和冒险的人，他"曾想象去君士坦丁堡跟码头工人一起劳动，去阿陀斯山同僧侣一起冥想、修行，去印度随贱民一起躲藏，去纽芬兰岛的海岸和渔民一起抵抗风暴"。与此前用谨慎的主张和观点来写作的哲学家不同，萨特会像小说家一样写作，并将自己的许多经历融入他的作品之中。他曾亲身体验毒品造成的幻觉，他让医生为他注射毒品并监督整个过程，而他则细心观察自己的内心体验。随后，萨特将其用到了他的作品中，1937年的故事《房间》和1959年的戏剧《阿尔托纳的隐居者》都提到了在幻觉中遭到怪物攻击的年轻人。与此同时，萨特1938年写作的一部半虚构作品《食物》则取材于仙人球毒碱下的想象和1936年的一次意大利之旅。

和萨特一样，波伏娃也是一名小说家，但与萨特小说中对自由史诗般的探索不同的是，波伏娃的兴趣更多在那些连接人们的欲望、监视、嫉妒和控制的电力线当中。"她更专注于故事中的主要角色，擅长探究情感和体验如何通过身体表现出来，或许就是疾病或者某种奇怪的生理感觉。比如，当她的主角想说服自己感受到某种她感受不到的东西时，会觉得她的脑子异常沉重。"

波伏娃这一将思想具体化的惊人天赋为很多人称赞和羡慕，但她最著名的著作还数她的女性主义著作《第二性》。《第二性》颠覆了有关人类存在本质的公认观点，并且鼓励读者要颠覆自己的存在，同时，它也被称之为"应用的存在主义"，做到了存在主义被运用在真正的人身上。具体来说，波伏娃通过从历史的角度对迷思和现实进行的粗略的概览，得出一个结论："女性这一身份在成长过程中造成的差异，要比多数人（包括女性自己）意识到的更加巨大。"而这些差异并不是大多数人认为的女性气质的"自然"表现。"一个人并非生下来就是女人，而是逐渐长成了女人"，现实生活中对男女的区分教育阻碍了女性在更广阔的世界中建立权威和代理，"女性境遇中的每一个因素，合谋限制了她们，让她们变得平庸不堪，但原因并不是她们天生就低人一等，而是她们慢慢学着变得内向、被动、自我怀疑和过分热衷于取悦他人"。波伏娃向我们展示了选择、影响和习惯如何在一生中逐步积累，创造出一个越来越难以摆脱的结构，同时也向女性展示，即使如此，女性也始终拥有存在的自由，女性也可以改变她们的人生。

然而，在本书中，对存在主义者的描述绝不仅仅是介绍他们的作品和生平经历，正如前文所示，这些哲学家们像在喧嚣热闹的咖啡馆中一样，交换思想、表达和争执，进行着一场又一场的对话。就像作者描述得那样，"由于在工作中投入太多，所以思想家之间的哲学对话，常常会变得感情用事，有时甚至就是在吵架。他们的思想斗争制造出的一连串敌意，把存在主义者的故事两两连到了一起"。

有些关系异常亲近，就像萨特和波伏娃，他们会阅读彼此的著作，几乎每天都会讨论他们的思想。波伏娃和梅洛-庞蒂自年少起就是朋友，而萨特和波伏娃初次见到加缪时就很喜欢他。在胡塞尔六十一岁的生日派对上，胡塞尔的妻子将海德格尔称为"现象学的孩子"，海德格尔也兴高采烈地配合着"养子"的角色，有时候以"亲爱的父亲般的朋友"作为写信的抬头。

同样，争吵也是不变的主题，而且通常都是因为他们相悖的政治理念。先是海德格尔反对他之前父亲般的导师胡塞尔，后来，海德格尔的朋友和同事也因为他的政治立场而背弃了海德格尔本人。加布埃尔·马塞尔攻击萨特，萨特与加缪争吵,加缪又与梅洛-庞蒂争吵,梅洛-庞蒂又与萨特争吵,匈牙利学者阿瑟·库洛斯则同所有人争吵。而本书中两个国家的哲学巨人萨特与海德格尔,最终在1953年见面时搞得不欢而散,以至于此后两人提起对方时,永远都带着嘲讽的口气。

"和他们栖居在自己的思想中一样,存在主义者也栖居在他们的历史与个人世界中。"作者正是希望通过展示他们的观念是如何被栖居的,以一种把哲学和传记结合在一起的方式,来探讨存在主义与现象学的故事。

三、存在主义的过去、现在和未来

存在主义者们生活在有着极端意识形态和深重苦难的时代,不论他们愿意与否,都参与了这个世界上最重大的一些历史事件。

1933年纳粹崛起,许多德国人,以及其他欧洲各地的人,惊恐地看着这一系列事件快速发生,却感到无能为力。保罗·冯·兴登堡总统领导的那个软弱不堪的联合政府,在重压之下屈服,任命阿道夫·希特勒为总理。3月,纳粹授予了自己随意逮捕可疑人员和入户搜查的新权力,并立法允许电话窃听和信件监控这些曾被认为神圣不可侵犯的隐私领域。5月,就已经发展到除国家社会党以外,其他政党均被正式取缔的地步。1934年,波伏娃和萨特一起离开柏林,军队游行和在街上瞥见的残暴场景已经让萨特开始做噩梦,"总是梦见城市发生暴动,鲜血飞溅到一碗碗的蛋黄酱上"。

在这样的政治局势下,海德格尔背叛了他的犹太朋友们。他接受了弗赖堡大学的校长职位,不仅贯彻新的纳粹法律,还加入了纳粹党。而萨特则继续完成他有关自由的哲学,尤其是在法国失去自由期间。在未来的几年里,萨特越来越感兴趣的是,当人们被巨大的历史浪潮席卷时,每一个人仍然可以保持自由和独立。

但人往往会因为自由而感受到一种眩晕般的焦虑,这时许多人会把长期的决定转变为某种"现实世界的限制"。萨特举了一个闹钟的例子:闹钟响起,我乖乖下床,仿佛我无法自由地考虑自己是否真想起床。这样的方法之所以能起作用,是因为它们让我们假装自己是不自由的,如果不诉诸这样的手段,我们将不得不在每一刻都要应对自由的广阔无边,而这将让生活变得异常困难。在萨特看来,这样的身不由己是选择的"投射",也是"许多对抗痛苦的护轨"。在否定自身的自由后，我们就进入了萨特所谓的"自我欺骗"之中。这也没什么特别之处，毕竟大多数时候我们中的大多数人都在自欺，因为只有这样，生活才能得以维系下去。

大多数自欺是无害的，但同时在那个年代也出现了自欺的反犹主义——当有人为了安全给自己立了一个反犹主义者的身份时，他则会在别人反复的印证中认为自己就是这样的人，即从非实体中制造了一个实体。因此，萨特用自欺概念，在此前人们从未将之并举的两件事之间建立了一种联系：对自由的恐惧和责怪，以及妖魔化他人的倾向。在萨特看来，"只要我们认为自己是被种族、阶级、民族、历史、工作、家庭、遗传、童年影响、事件，甚至是潜藏在我们声称自己无法控制的潜意识中的内驱力所造就的时候，我们就是在自欺"。

对于因种族或阶级而受压迫的人们，或者反抗殖民主义的人们而言，存在主义则提供了一种视角的转换——就像萨特提出的，一切情况的评判，要根据它们在那些最受压迫或是苦难最深重的人眼里所呈现的样子。1954年，阿尔及利亚民族解放战争开始，在最后的几年里，阿尔及利亚在争取民族自决权的过程中甚至还导致流血事件蔓延到了巴黎，导致一些支持独立的示威者在城市中心被杀害。面对这样的暴行，萨特即使受到死亡威胁和爆炸恐吓，也仍坚持他"在处境最苦难的人眼中"这一政治理念，继续和波伏娃在示威游行上发表讲话，撰写文章，并为那些被控参与恐怖主义活动的人提供证据，以示支持。

与此同时，《第二性》对世界各地的女性产生了强大的影响。无数女性因阅读《第二性》而重新审视她们的传统婚姻，继而对生活做出改变，去追寻真正的自由。后来自己也成为一名杰出女权主义者的凯特·米利特在读完波伏娃的著作后承认："她在巴黎，过着这种生活，她是一个勇敢、独立的人，就是我想在这个无名小镇变成的那种人。"

通过为女权主义、同性恋权利、阶级壁垒的瓦解、反种族主义和反殖斗争提供理论基础，存在主义从根本上改变了我们今天的生存基础，同时，存在主义的通俗标签还影响了日益壮大的反文化。学生们着迷于代表反叛和真实性的哲学，执着于去寻找一条更有意义的道路。存在主义把它的术语和变革能量注入后来接踵而至的巨大社会变化中，激进的学生、流浪的嬉皮士、拒绝越战兵役的人，以及那些沉溺于致幻药物和完全开放的性试验精神中的人越来越多。而这类生活方式中,渗透的是一种广阔和充满希望的理想主义。

而到现在,存在主义的观念和态度已经深深地融入了现代文化之中——那些我们几乎都不再把它们视为存在主义的东西。人们会谈论焦虑、不诚实和对承诺的恐惧,会担心处在自欺之中,会因过多的消费选择而感到应接不暇,但同时也感觉自己能掌控的事情比以往更少了。

人们对真实产生渴望。在电影中,如雷德利·斯科特的《银翼杀手》、沃卓斯基姐妹的《黑客帝国》、彼得·威尔的《楚门的世界》、米歇尔·贡德里的《美丽心灵的永恒阳光》和亚历克斯·加兰的《机械姬》,存在焦虑比以往任何时候都更紧密地与技术焦虑纠缠到了一起。

自由或许是现代生活的最大谜团。我们现在的自由是什么,我们需要自由来做什么,多少自由可以被容许,在多大程度上自由能被解释为冒犯或越界的权利,以及为了换取舒适和幸福,我们又准备把多少自由拱手送给高高在上的企业实体。在这类问题上,我们已经无法达成一致,我们也已经无法再把自由视作理所当然。我们对自由的不确定感,其实是我们对自身根本存在的不确定感。科学书籍和杂志用消息轰炸着我们,说我们是失控的:"所谓有意识、有掌控能力的头脑,不过是一个假象,下面掩盖的是一堆不合理但在统计上可预测的反应,而我们就是这些反应的总和。"

而重读存在主义或许可以提醒我们,人类存在面临着重重困难,人们经常会做出骇人之事,但同时人类的潜力也很大。存在主义者们追问着在还有很多其他人同样在努力生活的世界里,过一种真诚、完满的人类生活意味着什么,追问着在经历受苦、不平等和剥削后个人能做什么以及他们自己能提供什么。最重要的是,他们追问了自由,而且从个人和政治的角度予以了解读。

有关自由的话题从未离开过聚光灯。我们的私人数据被拿去牟利,我们被提供着各类消费产品,但不被允许表达自己的想法或是做任何太具破坏性的事情。这就是为什么,当人们阅读萨特论自由、波伏娃论压迫的隐蔽机制、克尔凯郭尔论焦虑、加缪论反叛、海德格尔论技术或者梅洛-庞蒂论认知科学时,有时会觉得好像是在读最近的新闻。因为它们关注的是人生,挑战的是人类最重要的两个问题:我们是谁? 我们该怎么做? 这或许会为我们迷茫的未来提供一定的思想指导。

参考文献

贝克韦尔.存在主义咖啡馆：自由、存在和杏子鸡尾酒［M］.沈敏一，译.北京：北京联合出版公司,2017.

导读人

刘晶晶,东南大学信息科学与工程学院本科生。

与自己和解有多难

导读人：刘宇庆

    《也许你该找个人聊聊》是一位心理治疗师的回忆录，讲述了发生在诊室中的故事。在这个小小的密闭空间里，人们会展现出最真实、最脆弱的一面；也是在这里，人们获得了陪伴和倾听，也获得了宝贵的觉察、成长与改变。

    在《也许你该找个人聊聊》这本书中，我们会看到四个来访者的故事，他们是：一个四十多岁，事业成功，自以为是，认为身边所有人都是蠢货的好莱坞制片人；一个三十多岁，刚刚新婚就被诊断出患有绝症，时日不多的大学女教师；一个六十九岁，离过三次婚，感觉孤独绝望，声称生活再不好转就要在七十岁生日当天自杀的老太太；一个二十多岁，有原生家庭创伤和酗酒问题，在爱情中频频受挫的姑娘。

    同时，书中还有第五个寻求帮助的人，那就是治疗师自己。她是一个单身的职场妈妈，四十多岁时遭遇失恋，几乎崩溃。有朋友对她说"或许你该找个人聊聊"，于是她也给自己找了一位心理治疗师。当她切换到来访者的位置，坐到另一位心理治疗师的沙发上诉说自己内心的脆弱与悲伤时，她就更能感受到心理治疗为何具有治愈和改变的力量。

    这本书从治疗师和来访者的双重视角展现了心理治疗的过程，让我们发现：无论身份背景有多相异，人类面对的烦恼其实都相通——爱与被爱、遗憾、选择、控制、不确定、死亡，这些都是我们生而为人必须共同学习面对的议题。我们在现实生活中所遭遇的切肤之痛和生命困境，都能在这本书中得到共鸣、找到希望。

    享誉全球的心理学泰斗、美国斯坦福大学精神病学终身荣誉教授欧文·亚隆为这本书写下推荐语:"我读心理治疗的书超过半个世纪了,但从来没见过这样的书:这么大胆、这么直白、这么多好故事,又这么深刻而引人入胜。"

迄今为止,这也是本人看过最温暖、最真诚,也是最能了解心理疗愈过程的一本书了。在书中,你可以随着作者对故事情节的描述以及感情的渲染去体会,去感悟,去感同身受。同时,阅读的过程本身也是一个自我治愈的过程,让你忘记自身的烦恼,在自己的灵魂方寸之地一寸寸探索,越往下,越是晦暗幽深,于无声处听惊雷。

一、洛莉·戈特利布的回忆录

本书的作者洛莉曾是一个小有名气的专栏作家,曾在好莱坞拥有一份事业。但在某个周日,为剧本搜集素材的洛莉跟随一位急诊医生到一家郡立医院,恰好目睹糖尿病并发症的惨状。在她强忍呕吐,一位残肢坏死的病人从容握住她的手反过来安慰她时,她内心经历的震撼是在好莱坞的任何工作中都未曾体验过的。虽然这的确可以成为《急诊室的故事》里一个精彩的故事,但在那千分之一秒内,洛莉知道自己不会再为那个节目工作了——她决定去学医。亲身经历的事情中有一些东西深深吸引着她,使得杜撰出来的故事显得那样单薄。与其把目睹的故事塞回电视剧中,她更希望自己的世界充满真实的生活和真实的人。

很多人对心理咨询师充满幻想,遇到走不出的麻烦,抱着试试看的心情,去找一位心理咨询师谈话。仿佛这场谈话有着神奇的魔力,通过张张嘴巴,问题就会好转。人们愿意相信心理咨询师有着大智慧,懂得洞悉人性的奥秘,哪怕咨询过程中的一个微表情都仿佛带着意味深远的禅意。但世上真有这样的心理咨询师存在吗?能够在职业状态中丝毫不露破绽,没有私欲,没有波澜,做到了了分明,如如不动?

洛莉告诉我们,"我做不到"。说出这一点需要勇气。在这个自传体的故事中,洛莉用第一人称的叙事视角,开放了她的咨询室,同时也打开了内心。她大方地承认,在这份职业中常常遇到困扰,有时甚至难以支撑。"要心怀慈悲",她在咨询中默默地进行着自我安慰。来访者们一度让洛莉耗尽心神,五花八门的问题,敲打着她的情感软肋。好在作者文风清新又幽默,字里行间生出许多忍俊不禁,甚至捧腹大笑。那些难以面对的生与死,也因为作者感同身受的描述,让读者可以从黑暗中窥探到希望的曙光。洛莉的这本回忆录,不仅是关于她帮助患者们重拾继续生活的勇气,更是关于她如何帮助自己找寻更多人生的意义。

二、你没法逃避痛苦只能承认

我们期待心理学能为人生提供一份万试万灵的解忧良方,人们有时会期待人生是存在某种标准答案的,心理咨询师也许在专业学习中已经提前获知了这些答案。然而真相是令人失望的。作为心理咨询师的洛莉学过一些心理学的方法,你也会看到她作为专业人士的一部分思考和操作,但总的来说,你会看到最核心也是最有效的办法始终是一条:你没法逃避痛苦,只能承认。

书中的约翰是一个喜欢爆粗口的好莱坞金牌编剧/制作人。他有着看似完美的职业和家庭,以及两个可爱的女儿。可他对生活依旧失望,觉得周围都是蠢货,每天有发不完的牢骚,和老婆的关系也趋于微妙。不过他有很多经典又搞笑的理论或行为,比如他偷偷看心理咨询不想被老婆知道,只能现金支付,于是把洛莉比作情妇;觉得面对面说话尴尬,一定要点中餐外卖在洛莉的办公室,边吃边讲……随着治疗的进程,我们了解到,约翰的故事其实始于三十年前。六岁时他在家里等着母亲,但她却永远没再回来。成年后的约翰不幸又一次遭遇灭顶之灾,几乎崩溃掉,因为害怕做一个情感上不能自理的人,他选择了童年时保护过自己的同样的办法,既不允许任何人触碰自己的感情,也不允许自己的感情触及任何人。约翰从此以粗鲁言行把人们推开,包括家人朋友和他所求助的治疗师,对这个让他痛苦的世界设置起重重障碍和自我保护——而这也是他唯一知道的解决问题的方式。他坚实的外壳下,其实藏着充满矛盾与悔恨的内心。年幼时母亲的突然离去,三十年后小儿子因车祸不幸丧生,他都将错归咎到自己身上。因为无法面对过去,他选择绝口不提。他在自己的悲恸中逗留太久,以至于偶尔感到快乐他都觉得内疚。洛莉的解释很有趣,她说人的心理也有免疫系统,帮你应对纷繁复杂的事情。你以为你不会再快乐,可那都是暂时的。感受/情绪就好像天气,突然到来又悄然消逝。此刻你感到悲伤,并不意味着下一秒或者明天你还会这么觉得。在洛莉与他多次的对话后,约翰逐渐敞开心扉。随着心结慢慢打开,连他编写的剧都因此变得更好看——剧中主角在没有失掉锋芒和混蛋一面的同时,更具人情味也更风趣,努力与深埋心底的过去做和解。

年轻、没有家族遗传病史的朱莉在蜜月旅行后查出罹患癌症。经历病情的反反复复，几次流产……她从最初满怀希望，到最终不得不接受在可预见的未来内迅速降临的死亡。在治疗过程中朱莉找到了洛莉——洛莉并非专攻癌症病人的心理治疗师，但这恰是她被选择的原因：因为朱莉不仅要对抗癌症，更想感觉自己仍是正常人，想感觉一切仍是正常生活的一部分。当一个人的生命临近尾声时，确实需要接受事实，就像朱莉努力在做的那样。身患癌症的事实已经无法改变，她现在应该做的就是抓紧当下的时光，好好把余下的生活活出价值，让自己不要满是悔恨地离开。看到乔氏超市的收银员和顾客亲切地攀谈唠家常，朱莉突然也很想在有限的时光里，做一些能见到实际收效的工作——打包购物袋，让顾客开心……后来她真的成为那儿阳光般闪耀的周末收银员，等着让她结账的队伍永远最长。明天和意外，不知道哪个会先到来。如果我们每个人都能提前知道自己的生命有多长，我相信很多人的人生都会不一样。

瑞塔的经历听上去像一个警世故事。她是一个对生活缺乏目标的人。从小就没有人真正爱过她，每次离异后又都变成孤家寡人。瑞塔曾默许丈夫家暴子女，导致几个孩子全部有心理问题。她与孩子们关系很差，也可能永远无法得到他们的原谅。对瑞塔来说，她所经历的丧失并不主要由衰老所导致，她只是在衰老中渐渐意识到一生中经历过的种种丧失。瑞塔表示如果自己的生活在一年内还没有改善，就打算在七十岁生日前"自我了结"。她注视着治疗师的眼睛，给出了一道难题：为时已晚，人还能改变些什么？

我们成年时期如何应对感情、友谊，很大程度上取决于小时候如何被父母对待。一个人很可能也会跟与父母同类型的人结婚，因为这会给他带来熟悉的感觉。夏洛特风华正茂，青春正好，本来处在最好的年龄，她却总是习惯用酒精麻醉自己，只有饮酒才能让她安然入睡，她和一个又一个男人约会，但她找到的伴侣却清一色都是多情又滥情的渣男。随着治疗的深入，洛莉慢慢发现，夏洛特的问题来源于她的家庭。她的父亲非常不负责任，对家庭不管不顾，她的母亲便经常借酒浇愁，忽略对孩子的照顾，两个人经常爆发剧烈的争吵，夏洛特就在这样不稳定的家庭中长大。在洛莉的引导下，夏洛特终于认识到自己无法改变父母，也无法改变自己不幸的童年，只有与自己和解，她才能真正迎接自己的未来。她加入了戒酒互助会，努力摆脱自己对酒精的依赖，也开始慎重地选择约会对象，努力维持一段稳定正常的关系，开始为自己的人生重新做规划。沉溺于"不痛苦"的幻想，否认痛苦，有时会反而带来更大的麻烦。虽然无力，但不得不承认现实。故事中的约翰是如此，朱莉、瑞塔、夏洛特也是如此。但和普通人相比，心理咨询师对此认识更明确，也更熟悉如何与之相处。一个安全的地方，一个愿意倾听的人，人们可以有机会去讲述这些痛苦，多多少少会得到一点告慰。讲述本身其实就已经在开始自我治愈了。

三、真正能拯救我们的是直面的勇气

书中洛莉做的最有勇气的事，就是放下咨询师的职业角色，诚实地讲述她自己的人生难题。为此，她甚至给自己找了一位心理咨询师。来访者想逃避的痛苦是可以一眼看穿的，克服自我的逃避却需要另一个咨询师的帮助。

洛莉是一位八岁男孩儿的母亲，在和一切看上去完美的男友融洽相处两年后，本以为这段感情能修成正果，却毫无征兆被突袭分手。情感的重创令她无法自愈，一边要接待自己的来访者，一边只能在治疗的间隙躲到洗手间哭花了妆。最后她只好如同自己那些患者一样去找心理治疗师，自述希望"通过几次治疗来渡过眼前难关"。

洛莉的前任应该是个"暖男"，至少她自己一开始是这么觉得的。然而交往两年后的某天，"暖男"突然坦白说没法和她共同抚养她的孩子，他爱她，但孩子不行，所以他们没法在一起。洛莉花了许久试图从这段以为会修成正果的关系中缓过来，也曾在她的心理治疗师温德尔面前哭诉到泪流满面。洛莉找心理医生是为了进行一次短期的危机管理，并证明男友就是一个"天理难容人性泯灭自私自利的社会性病态者"。不料几次交谈之后，温德尔医生却对她说："我在想，或许你悲伤的症结是一些更重大的事情。"但洛莉坚称自己没除分手外的任何问题。

从来访者角度说，在某一个认知水平上产生的问题，无法在同一个认知水平上得到解决。所以心理治疗的重点在于了解自己，而要了解自己就必须先承认对自己的无知——抛开那些重复讲给自己听的固步自封的故事，这样才不会裹足不前。温德尔的任务就是要帮助洛莉编辑她的故事。其实所有心理治疗师也都是这么做的。温德尔让洛莉明白：过去并没有真的过去。人们会在对过去的继承中发现模糊的歉意，以及随之而来的悲伤，因为它们不够好。过去已埋下今日的祸根。另外，过去其实并没有完成，也没有结束，它仍在发生的过程

中——换句话说,当过去重新被评价、分析时,过去就已经在改变了——如果人们愿意鉴别出它所回避的、所扭曲的、所诓骗的,并解开其中的秘密,那么过去可能会比想象中的未来更加自由。

随着治疗的进程,洛莉逐渐显露出了自己更大的人生困境——从她做出职业转换开始,洛莉回顾了自己一步步走到今天的历程:她的家庭、她的亲密关系、她的财务和健康,以及她自身作为一名职业人士和一个女人的身份认同。洛莉用她的故事告诉读者,鼓起勇气说出来,把问题暴露在阳光下。讲述的好处就在讲述本身。就像本书的标题所写,也许你该找个人聊聊了。

承认本身,就是最隐秘也是最关键的改变。当痛苦终于被言说,人们才能获得最基本的勇气,去看、去感知、去信任。我们才有勇气从对方眼睛里看到自己在做什么,也有智慧去思考为什么做,或者,还存在哪些不同的选择。语言让我们沉静,不急着改变,而是储备时间与能源。交谈让我们接纳自己,接纳自己的痛苦,也接纳我们用来逃避痛苦的徒劳无功的尝试。洛莉用她和来访者们的每一处转折、每一段对话提醒着我们,世上没有奇迹。我们无法逃避我们所遇到的痛苦,心理学也不能提供任何幻想,但是世界上有这样的地方,有这样一些人,可以直面这个无处可逃的、困惑的、痛苦的我们。我们可以言说真实的自己,而这就是心理咨询的奇迹所在。瑞士著名心理学家卡尔·荣格说过:"人们会想尽办法,各种荒谬的办法,来避免面对自己的灵魂。"但他还说过:"只有直面灵魂的人,才会觉醒。"

参考文献

戈特利布.也许你该找个人聊聊[M].张含笑,译.上海:上海文化出版社,2021.

导读人简介

刘宇庆,图情硕士,东南大学图书馆馆员。

伟大的天才是怎样诞生的

导读人：刘珊珊

"古之立大事者，不惟有超世之才，亦必有坚忍不拔之志。"正如苏轼所言，他一生数次被贬，跌宕起伏，历经人生百态，然无论身处何境，其心志不变，宠辱不惊，进退自如。这既是性格使然，更是个人对生活、对生命的一种顽强意志。可见即使是天纵英才，也需千锤百炼，才得流芳百世。

历史的长河中，有三颗闪亮的星星：贝多芬、米开朗琪罗、托尔斯泰。19世纪末20世纪初法国著名批判现实主义作家罗曼·罗兰为三位名人所著的传记《名人传》又称《巨人三传》，包括《贝多芬传》《米开朗琪罗传》《托尔斯泰传》三部"英雄传记"。如果要用一句话来介绍一位英雄的一生，贝多芬是"我要扼住命运的咽喉"，米开朗琪罗是"愈使我痛苦的就愈让我喜欢"，托尔斯泰则是"我哭泣，我痛苦，我只是欲求真理"，这无不表明伟大的人生就是一场无休无止的战斗。

三位艺术家虽身处不同领域，但同样有着崇高的人格、博爱的情感和宽广的胸襟。在这三部传记中，罗曼·罗兰通过刻画他们在忧患交织的人生征途上历经苦难而初衷不改的心路历程，表现了三位艺术家的高尚品格，从而为我们谱写了一阕震撼人心的"英雄交响曲"。

一、贝多芬——乐圣

路德维希·凡·贝多芬（Ludwig van Beethoven，1770年12月16日—1827年3月26日）是德国作曲家和钢琴家，是迄今为止最有知名度和影响力的作曲家之一。我还记得小学课本里的一篇文章《月光曲》，文章主要讲述了贝多芬给一对兄妹演奏钢琴曲，这让我第一次知道这位即兴创作的大师。后来了解到这个故事只是一个动人的传说，但"我要扼住命运的喉咙，它绝不会使我完全屈服"被我当作至理名言，拿来鞭策鼓励自己。这句话是失聪的贝多芬在创作第五交响曲《命运》的时候说的，振奋人心、振聋发聩。

贝多芬出生在德国莱茵河畔的小城波恩的一个普通家庭，祖父路德维希为波恩宫廷的乐长，父亲约在宫廷里做一名不起眼的男高音。其父奢靡浪费，酗酒无度，使全家陷入贫困。但贝多芬自小就展现出音乐天赋，其父便试图把自己的儿子也当作音乐天才进行推广，以增加家庭收入。他用威胁、利诱、暴打等手段强迫4岁的儿子整天待在屋子里，永无止境地练习钢琴或小提琴，5岁起贝多芬就接受高强度的艰苦技能训练，高强度的训练时常让年幼的贝多芬掉眼泪。这就是他的音乐萌芽期，跟随父亲或老师学弹琴、作曲，经常半夜上课、练习。16岁的贝多芬第一次前往维也纳，希望跟莫扎特学习音乐，但很快因母亲病重赶回波恩。22岁的贝多芬开始拜海顿为师学习作曲，定居于维也纳。但由于师生两人性格不同又有音乐思想上的分歧，2年后学习中止。作为钢琴家的贝多芬逐渐在贵族沙龙里声名鹊起，并于其25岁时举行了首次维也纳公演。但他26岁时开始耳聋，这正是其年富力强、满腔热血的黄金年龄。32岁的贝多芬来到了维也纳附近的一个小镇海利根施塔特，写下了一份遗嘱："我早就要自我了断——只是我的艺术把我给拉了回来。哦，看来在我尚未把自己内心想写的作品都写完之前，是无法离开这个世界的。"这就是著名的"海利根施塔特遗嘱"。到晚年贝多芬全聋，只能通过谈话册与人交谈。

贝多芬最广为流传的作品，也是在他逐渐失聪后创作出来的，如交响曲《英雄》《命运》《田园》和《第九交响乐》及其第四乐章合唱部分《欢乐颂》，还有《悲怆奏鸣曲》《月光奏鸣曲》等。为什么逐渐失聪的贝多芬能创作出动人的音乐？首先，是他的意志力战胜了绝望，他的作品带着一股激情澎湃和英雄气质。也是音乐拯救了他，只要想到还有音乐他就能够面对这些痛苦。其次，贝多芬信仰共和，崇尚英雄，他创作的很多优秀作品充满了时代气息。1789年法国大革命爆发，革命影响到德国，正在波恩大学作旁听生的贝多芬也沉浸在革命的激情之中。法国大革命对贝多芬产生了决定性的影响，他推崇人民、斗争、胜利，并把这种信念当作自己的奋斗目标，他的很多作品都表达了"自由、民主、博爱"的民主理想。再次，贝多芬一生坎坷，虽向往爱情追逐所爱，但是由于世俗地位等客观因素,他终生未娶。这些经历都影响了他的创作风格。如《月光曲》充满了画意诗情,高潮部分热情激烈,其实这是他献给他的爱慕对象朱丽埃塔·居奇亚迪的一首作品。但由于自身耳聋以及朱丽埃塔的自私、虚荣,两年后她嫁给了一个伯爵。在之后贝多芬与布伦瑞克小姐订婚,爱情的美好使他创作了一系列伟大的作品。不幸的是,爱情又一次把他遗弃了,未婚妻和另外的人结婚了。最后,面对个人生命的低潮,贝多芬常常通过大自然来抚平自己的伤痛。当他在维也纳的乡间漫步时,总会才思泉涌,贝多芬把大自然赐予他的灵感都写进音乐里。

贝多芬和历史上其他伟大的音乐家不同,他是前无古人,后无来者的。他既是古典音乐风格的集大成者,又是浪漫主义音乐风格的开创者。贝多芬是英雄的化身,他的创作带有强烈的个人主义倾向,表现个人的体验和思想,他将自己的意愿施于世界,掩埋苦痛,歌颂欢乐并将欢乐抛洒人间。古希腊神话中的普罗米修斯盗取天上的火种,把温暖、光明和启示传到人间。贝多芬应该是盗取了天上的音符,把它们组合在一起,创造出美妙的音乐,给人们精神力量。

二、米开朗基罗——文艺巨匠

米开朗琪罗·博那罗蒂(1475年3月6日—1564年2月18日)是意大利文艺复兴时期伟大的绘画家、雕塑家,与拉斐尔·桑西和达·芬奇并称为文艺复兴三杰。初次了解到米开朗琪罗是看到了大理石雕塑《大卫》。这个男性裸体使得还处于青少年时期的我震惊,难道外国人都是这么开放吗?后来才了解到,这种体现人体之美、反对神学束缚的创作理念,是文艺复兴时期的主要代表思想之一,米开朗琪罗更是文艺复兴的"巨匠"。

米开朗琪罗出生于现意大利城市佛罗伦萨附近的卡普雷塞。他父亲是卡普雷塞和丘西两个地区的最高行政长官,母亲在他6岁时就去世了。他被送到一个石匠家中喂养,他曾开玩笑地说,他当雕塑家的志愿就是源于这石匠妻子的乳汁。米开朗琪罗从小迷恋绘画,在学校里总是画素描,为此他经常遭受家人的毒打,因为他的父亲认为从事艺术是可耻的事情。13岁时他去画室当学徒,还只是学生的他就展现出少年非凡的艺术才华,而伯乐——佛罗伦萨的美第奇家族也及时出现了,他得以进入美第奇学院学习。300年间,这个家族是欧洲最强大和最有影响力的家族之一。但在洛伦佐·美第奇去世后,米开朗琪罗失去了保护,遭受排挤,流亡到罗马。在罗马他受到贵族赏识,艺术才华得到重视和推举,很快名声大噪。之后他不断往返佛罗伦萨和罗马,为教皇工作,建造陵墓。到了老年,米开朗琪罗已经成为文艺复兴时期最后一位艺术大师,但他痛苦地回顾自己的一生,看到过去的巨作未完的未完,被毁的被毁,感到力不从心。最终,他孤独地在画室内安息了,而其他人都在关心他的遗产。

看完传记,我感受到了米开朗琪罗灵魂深处的孤单痛苦,他的痛苦首先来源于他在艺术上凡事喜欢亲力亲为,"如果他需要建造一座纪念碑的话他就会耗费数年的时间到石料场去选料,还要修条路来搬运它们;他想成为多面手:工程师、凿石工;他什么都想亲自动手,独自一人建起宫殿、教堂"。其次,他的痛苦来源于总是被迫做自己不喜欢做的事情。因为他的爱好是雕塑,一直想成为一位著名的雕塑家而不是画家,但是教皇却总是让他为教堂作画,并且每一次作画还会受到小人的诬陷和诽谤。他不得不为教皇奔波卖命,这个任务还没完成,又有新的任务在催促着他。当前一任的教皇死去,他自觉可以松口气了,新一任教皇又把他找来干活。再次,他的痛苦来源于他的家人,他的家族从未给过他任何温暖,总是一次又一次从他身上榨取金钱,利用他的名誉到处炫耀,而他根深蒂固的家族观念和光宗耀祖的思想却使他出手大方。最后,他的痛苦来源于自身性格,焦虑多疑,优柔寡断。他总是怀疑家人和朋友要伤害他,但是他又深爱着他的亲朋好友,显得非常矛盾。他骄傲固执,目空一切,他在艺术上坚持自己的独立见解,甚至不惜和教皇闹翻,但他又软弱可笑,总是在关键时刻选择妥协投降,做出种种与他名誉不符的可笑举动。而在爱情方面,书中并未叙述米开朗琪罗曾追求过某一位女士,没有爱情的他孤单地生活着。虽然他曾有一位非常好的异性朋友,但他们之间的交往也只是一种精神上的。这位异性朋友虽然也给米开朗琪罗孤单的生活带来了一些安详和慰藉,但是当她死去的时候,他仅有的一丝慰藉也烟消云散了。虽然米开朗琪罗活到89岁,但是死亡对他来说反而是解脱。

三、列夫托尔斯泰——文学大师

列夫·尼古拉耶维奇·托尔斯泰(1828年9月9日—1910年11月20日),俄国批判现实主义作家。"一百年前在大地上火光闪亮的俄罗斯的伟大灵魂,对于我们这一代人来说,曾经是照耀我们青年时代的最纯洁的光芒。在19世纪末那阴霾浓重的日暮黄昏，他是那抚慰人的星辰，他的目光吸引着、安抚着我们青少年的心灵。"开篇罗曼·罗兰就深情地叙述了托尔斯泰对他人生的影响，似是人生强与弱、希望与恐惧的明镜。实际上，托尔斯泰及其累累巨作对于全世界都有巨大影响。列宁评价托尔斯泰是"俄国革命的镜子"，是具有"最清醒的现实主义"的"天才艺术家"。

托尔斯泰出身贵族家庭，但父母早亡，兄弟姐妹5人由姑妈抚养监护。16岁时，托尔斯泰考入喀山大学东方语言系，第二年转到法律系。他在那里受到了法国启蒙思想家的影响，开始了对沙皇专制和农奴制产生不满，于19岁退学回家为农民子弟兴办学校。23岁自愿去高加索服兵役，这是他人生的一个重要转折点，他的艺术天才开始显露出来。他根据亲身经历写了《塞瓦斯托波尔故事》，又完成了《童年》《少年》《青年》三部曲以及《一个地主的早晨》和反映克里米亚战争的小说《高加索》。克里米亚战争结束后，托尔斯泰以陆军中尉的头衔退伍，来到了首都圣彼得堡。25岁的他在那里受到了广泛的欢迎，被公认为是果戈理的继承人、俄国文学的希望。后来，厌倦上流社会的托尔斯泰去国外旅行，到过波兰、法国、瑞士、意大利、德国等国。旅行结束后，31岁的托尔斯泰回到家乡，致力于推动农奴进步，重新办教育。34岁的托尔斯泰与医生波尔斯之女索菲娅结婚，从此开始了一段互相热爱又互相折磨的婚姻生活，一直维持了48年之久。婚后托尔斯泰将大部分时间用于文学作品的精雕细刻，3篇长篇小说《战争与和平》《安娜·卡列尼娜》《复活》等传世之作由此诞生。在19世纪70至80年代之交新的革命形势和全国性大饥荒的强烈影响下，托尔斯泰弃绝本阶级，站到农民的立场上。但是妻子和他的理念相左，索菲娅渴望金钱，喜爱奢华，追求社交界的名声和赞誉。1910年10月28日的凌晨，托尔斯泰抛弃了世俗生活中的一切，离家出走，最终因患肺炎在阿斯塔波沃车站逝世，享年82岁。托尔斯泰至死都不想再看到妻子一眼。

托尔斯泰灵魂的伟大，源自他的自我反省。从19岁开始，到82岁为止的60多年，他一直尝试将身上的小我投入全人类中去，希望拯救人类灵魂，开拓一个博爱平等的世界。托尔斯泰灵魂的伟大，首先表现在对底层农民的关心上。他不断在自己的领地上尝试农奴制改革。他购买教学设施，聘请年轻的老师，开了20多家远近闻名的学校，想以教书育人的方式，改变俄国的现实。其次，托尔斯泰灵魂的伟大，体现在反对战争、反对暴力。18世纪后半期，俄国出现了一个叫杜霍包尔的教派，他们的思想跟托尔斯泰不谋而合：反对人们拿枪去打仗。但他们受到俄国政府的残酷迫害，托尔斯泰知道这一消息心急如焚。在他出面与政府谈判失败后，只好利用自己的影响力向国际求援，并将《复活》的全部稿费用于资助杜霍包尔教徒移居加拿大。再次，托尔斯泰灵魂的伟大体现在他的内省渗透到了作品中。托尔斯泰的书，好似尖刀，划破那个时代的腐朽。他思考、写作、出版，每一次都是对旧世界的沉痛打击。愤怒的揭露和批判，巨大的声望，让政府胆战心惊。并且托尔斯泰不顾妻子反对，发表声明：从1881年以后他的任何作品，可以由任何人免费出版。最后，托尔斯泰灵魂的伟大，体现在他想放弃贵族的财产及身份。他唾弃贵族阶级寄生腐朽的生活，决心要受苦、劳动、谦卑、救人。他把自己的生活平民化，从事劳动，耕地、缝鞋，为农民盖房子，摒绝奢侈，持斋吃素。他82岁高龄还和妻子决裂离家出走，从某种意义上来说这是对现实生活的逃避，也是一种对出路的寻求和探索。

罗曼·罗兰为具有巨大精神力量的英雄树碑立传，让世人"呼吸英雄的气息"，他也于1915年因《名人传》获得诺贝尔文学奖。该书是一部独具魅力的人物传记，罗曼·罗兰倾注了他的全部激情，成功地让读者在传记中跟三位大师接触，分担他们的痛苦、失败，分享他们的快乐、成功。

当我们欣赏这些艺术大师的作品时，也在倾听他们的声音，从他们的眼神里、他们的人生历程中可以看到，生命从来没有像处于苦难中时那样伟大、那样丰满、那样幸福。如果感到缺乏斗志，就枕在他们的膝盖上休息一会儿吧！我们会从他们身上得到安慰，获得面对困难的勇气与力量。

参考文献

［1］罗兰.名人传［M］.傅雷，译.北京：作家出版社，2017.

［2］罗兰.名人传［M］.陈筱卿，译.南京：译林出版社，2013.

导读人简介

刘珊珊，图书情报硕士，东南大学图书馆馆员，从事阅读推广相关工作。

物理学第一夫人

导读人：刘珊珊

2022年东南大学120周年校庆之际，不由得想起杰出校友吴健雄，她被誉为"东方居里夫人""核物理女王""物理学第一夫人""世界最杰出的实验物理学家"。120年来，东南大学始终恪守"以科学名世、以人才报国"理念，作育英才、精进科技，服务国家、造福社会，培养了众多大师巨匠，开创了许多科技先河，在国家发展和民族复兴的伟大进程中书写了雄伟篇章，赢得了历史荣光。东南大学也以吴健雄的名字命名人才培养实验特区——吴健雄学院，这是东南大学培养拔尖创新优秀人才的荣誉学院。东大校园还有吴健雄实验室、吴健雄纪念馆，并设有"吴健雄袁家骝奖""吴健雄袁家骝科学讲座基金会"等。这里介绍下，袁家骝是吴健雄的丈夫，也是一位著名的高能物理学家。

《吴健雄》一书作者江才健是台湾著名资深科学文化工作者，写本书时为《中国时报》科学主笔，曾在世界多国采访科学家、科学实验室及重要科学活动。作者以严谨忠实的态度、广阔的历史视野和丰富详实的描述，真实地呈现了吴健雄的生活和成就。著名物理学家杨振宁、丁肇中、李远哲也推荐本书，固体物理学家"中国半导体之母"谢希德女士为该书作序。有人问作者为什么要写吴健雄？甚至有人问谁是吴健雄？作者认为站在一个中国人的立场，多方访问并参考文献来忠实记录这位在近代科学领域中，有着世界一流地位的科学家的生平事迹，显然是值得一为之事，也会对中国青年人有所帮助。

一、中国情怀

吴健雄于1912年生于江南小镇太仓浏河镇的读书人家庭，她是吴家第二个出生的孩子，却是头一个女孩，排行"健"字辈，第二个字依次以"英雄豪杰"顺序取名。吴健雄的父亲吴仲裔是一个思想极端开明，有见解、有胆识的人物，父亲希望吴健雄不让须眉，积健为雄。父亲参与过爱国学社（蔡元培创办）、同盟会，在上海洋行里做过事，在"上海商团"内习过军事武艺，后回到乡里勇于任事，开风气观念之先。吴健雄的小学教育是在浏河镇的学校——明德女子职业补习学校完成的，这所由她父亲创建的学校教学内容正规且新颖。父亲在生活中的行事为人给予了她人格启蒙和教诲，对她日后身处人事的自有定见和对科学研究坚毅恒久、一丝不苟的态度，有着无可比拟的重大影响。

11岁的吴健雄考入苏州市第二女子师范学校，在此学习期间，胡适先生的演讲给予了她深刻影响。胡适的演讲内容生动，观念上不落俗套，屡有新意，其中的新思想使少年健雄思绪澎湃。由当年老友的叙述可知，"豆蔻年华的吴健雄，外貌十分的出色，而在她朴素服装打扮、谨守节度的言行之下，却有着豪气凌云的壮志"。6年教育使吴健雄由一个智识初萌的女童，成为一个有识见、专心定志的少女。之后吴健雄被保送南京国立中央大学（东南大学前身），由于念的是师范，照规定要先教书服务一年才能继续升学。但是当时规定没有那么严格，吴健雄反倒进了上海的中国公学学习。胡适当时在中国公学教书，少年健雄成为胡适的得意弟子。经过一年的准备，吴健雄正式进入东南大学数学系，第二学年转到了自己最感兴趣的物理学系。毕业之后吴健雄受聘到浙江大学任物理系助教，不久进入中央研究院从事研究工作。1936年吴健雄得到她叔叔资助她出国的费用，准备到美国密歇根大学念书。本以为只是出国几年，很快就学得知识回家，哪知道这一去就是37年的离别岁月，她再也没能见到挚爱的双亲。第二年中日全面战争就开始了。

虽然1954年在美国待了18年之后，吴健雄为了工作和外出开会签证上的方便，加入了美国国籍，但她在美国的悠长岁月里，无论生活和工作中为何事系绊，心底深处总是对中国无尽关爱。后来，吴健雄也多次回到台湾和大陆访问讲学。

二、崭露头角

1936年吴健雄初抵美国加州旧金山，本来只是停留一个礼拜探望一位女同学，但她改变心意，在加州伯克利留下。聪慧过人，对物理学发展有着极佳眼界，又具强烈成就动机的吴健雄发现加州大学伯克利分校物理系无可抗拒的吸引力，这正是她梦寐以求的探索科学知识之地。于是吴健雄加入美国加州大学伯克利分校，师从物理学界巨擘欧内斯特·劳伦斯、塞格瑞、奥本海默等。头两年的一般课程上完，吴健雄开始准备她的博士论文报告。虽有塞格瑞指导但多数是吴健雄独立完成的这项实验工作，对于后来美国造原子弹的"曼哈顿计划"，做出了关键的贡献。吴健雄在原子分裂和放射性同位素方面的杰出工作，使得老师辈的大科学家都对她赞叹不已，她的同学合作者也认为她前途无可限量。此时的吴健雄，已经是科学上一颗耀眼的明日之星了。吴健雄最出名的一个故事，是她有一次演讲时太过投入，居然将物理公式像中国字一般，在黑板上由右向左写出来。

1942年，虽然吴健雄在伯克利有出类拔萃的表现，但她毕业后还是离开了伯克利到美国东岸的史密斯学院教书，因为加州大学伯克利分校物理系不能聘她为教席，理由很简单：那时候，美国最顶尖的20个研究大学，没有一个学校中有女性物理教席。一年后，她的老师劳伦斯写了推荐信，寄给了很多大学。结果美国东岸常春藤盟校的普林斯顿、哈佛、麻省理工和哥伦比亚等八个学校，都回信接受了吴健雄的申请。吴健雄选择去了普林斯顿，给一些参与国防计划的军官讲授物理学，成为普林斯顿大学有史以来头一个女讲师。1944年开始，吴健雄进入纽约哥伦比亚大学任资深科学家，并且获特殊的保密许可，以一个外国人的身份参加当时美国最机密的"曼哈顿计划"。她的工作主要是参与浓缩铀制程，发展γ射线探测器。对于吴健雄自己，也是想为苦难中的祖国尽一些力量。1945年，人类第一颗原子弹试爆成功。三个礼拜之后，投在日本广岛和长崎的两颗原子弹，促成了第二次世界大战的结束。日本的提早投降，也使得中国战场上少牺牲了不计其数的中国人。后来吴健雄多次回到台湾，蒋介石咨询她原子弹之事，吴健雄一直建议不宜进行这一计划。

三、科学成就

吴健雄的主要学术成就之一是用 β 衰变实验证明了在弱相互作用中的宇称不守恒，即用实验证明了核 β 衰变中矢量流守恒定律，结合 μ 子、介子和反质子物理方面的实验研究，从而验证"弱相互作用下的宇称不守恒"。宇称不守恒定律指出，在弱相互作用中，互为镜像的物质的运动不对称。"宇称守恒"原本是研究物理的人一致相信的原理之一，而杨振宁和李政道却向这个原理提出挑战。1956年，杨李二人决定要从弱相互作用入手检验宇称守恒定律，自然就会想到和吴健雄讨论。因为1945年战后，吴健雄在哥伦比亚大学全身心投入研究β衰变，已成为β衰变实验的世界权威，而β衰变正是一种重要的弱相互作用。吴健雄放弃了回台湾访问的计划，与美国国家标准局的四位科学家合作进行实验。实验结果证实了弱相互作用中的宇称不守恒，宇称不守恒定律彻底改变了人类对对称性的认识，促成了此后几十年物理学界对对称性的关注，在粒子物理研究、完善宇宙大爆炸理论等方面具有重大意义。次年杨振宁和李政道因此获得了诺贝尔物理学奖。吴健雄并未成为共同得奖人，许多大科学家都公开表示了失望和不满。后来以色列人设立了沃尔夫奖，该奖专为那些应得而未得到诺贝尔奖的落选者而设。吴健雄成为该奖第一位得主，奖金甚至超过诺贝尔奖。可以说吴健雄获得了除诺贝尔奖以外所有重要的大奖。

接下来的一项重大成就是她在1963年完成的"向量流守恒"实验。这个概念最早是两位后来分别因量子电动力学和夸克模型得到诺贝尔奖的物理学家费曼和戈尔曼提出的，是一个极其重要但是相当困难的实验。吴健雄完成了这一实验，再一次展现了她选择重要问题并以完成困难实验著称的特质。物理学是一门实验科学，而在吴健雄40年的科学生涯中，最为科学家称道的就是她做实验的精确完整。多位本身有着一流成就的实验物理学家也说，吴健雄是他们所知道的，唯一从来没有做过一个错误实验的物理学家。因为对物理科学有广阔的认知和绝佳的品位，吴健雄得以在门类众多、百花竞放的物理进展中，透视出真正重要的问题，并专心致志以她极精确的实验本领，去建立起这些重要问题的坚强实验证据，从而成就了她书写科学历史的多项贡献。

四、爱情婚姻

吴健雄到达加州大学伯克利分校时，当时学校中有一位华裔中国学习会会长，他跟吴健雄说正好两个礼拜前才来了一位念物理的中国学生，可以带吴健雄参观物理系。这位中国留学生就是袁家骝，这是他们的初见。袁家骝父袁克文是袁世凯的庶出儿子，因写下"绝怜高处多风雨，莫到琼楼最上层"诗句影射洪宪帝制而遭软禁。所以袁家骝只有远离北平，自幼在老家安阳念书，后到天津、北京等地求学。从此吴健雄和袁家骝成为同学，在物理研究所同班上课。刚到美国的两人英文听说都还不好，所以两人也会一同抄同学的笔记。吴健雄吃不惯西方食物,专门到校外找中国饭馆。她热情好客,也经常拉袁家骝等同学一起去那吃饭。袁家骝完全靠一笔免学费、可住宿国际学舍的奖学金过日子,经济上十分拮据。中餐馆一元美金可以吃饱四个人,确实经济实惠。当时吴健雄由于才貌出众,个性相当开朗爽快,受到许多人的爱慕。吴健雄和男同学在一起毫不扭怩作态,就当时中国女性而言,她确是与众不同的。当时还是众多爱慕者之一的袁家骝也回忆,有时与吴健雄在图书馆看书留到很晚,她也并不在乎。除了袁家骝外,可以确定十分仰慕并追求她的同学至少还有两位,其中一位便是后来在美国高能物理学界享有盛名,创立费米国家实验室的威尔森,一位是相当聪明的年轻理论学家史丹利·法兰柯,吴健雄与之谈过恋爱。

1940年后吴健雄和袁家骝感情趋于稳定,他们于1942年5月30日(吴健雄30岁生日的前一天)结婚。婚礼在袁家骝的指导教授密立肯(时任加州理工学院校长)家中举行。婚礼简单而隆重,两人在美国的许多同学好友都来出席盛会,钱学森还为他们的婚礼拍了一部短片。婚后他们到洛杉矶的一个海滩度"蜜月"(只一个礼拜,还是四人同行)。婚后的两人十分幸福,他们唯一的儿子于1947年出生,取名袁纬承。

五、女性身份

身为一名女性,在20多年科学生涯中的奋斗和困难,也使她关心女性在科学工作上的机会和权益。也正是因为这种关心,她不但在学校实验室中鼓励她的女性学生坚持她们对科学工作的投身,也在很多公开场合,以她自身经历的真实心路,呼吁社会给予女性在科学工作上的公平对待。吴健雄当年选择在伯克利而不是密歇根学习的一个重要原因是从朋友口中听说,密歇根大学有一个学生俱乐部,是由学生募捐得款盖成,这期间女学生也出了许多力。但是俱乐部落成后,女学生却不可以由正门出入。这种对女性的歧视是吴健雄不认可的,她绝对不愿意去接受这种二等待遇。美国社会对于女性的歧视持续多年,吴健雄在职称晋升上没有得到公平的对待,除了她的亚裔背景之外,最主要的原因就是她是一名女性。

吴健雄是美国物理学会历史上第一位女性会长,于1975年正式担任。美国科学界向来是一个男性主宰的社群,吴健雄当选可谓完全打破了美国物理学会长久以来的"规矩",而且她也是迄今为止,唯一获选担任此职位的华人科学家。吴健雄做会长不但认真任事,还在宣传推广工作方面取得很好的成绩,不时与美国新闻界的科技记者举行经常性的沟通会议。她还写信给当时的美国总统福特,说明基础科学研究的重要,并得到回信。

吴健雄在科学工作上的投入和成就,使她成为女强人型的人物,但她也不会因为这些工作成就,而改变了她是一位女性的特质。到美国后的吴健雄,衣着始终是中国式的高领旗袍,十分俏丽高雅。她也会参加中国太太的聚会,也会在闲暇时买菜烧菜。丈夫特别点出吴健雄做的馄饨、鸡、炒青菜和狮子头很好吃,是她的代表之作。身为女性,要面对的不仅有社会固执的对女性的看法,还有传统观念中认为女性作为妻子和母亲要为家庭多分摊的思想,这和工作难免相互冲突。吴健雄认为夫妻要共同分担家庭的工作,这是解决问题的方式之一。袁家骝作为丈夫,数十年如一日地体谅和支持吴健雄。婚后袁家骝恪尽丈夫的职守,还延揽太太的活儿,练就十八般武艺:洗衣、吸尘、带孩子乃至下厨。吴健雄由于工作繁忙,自然不能长时间陪伴和照顾儿子,她也没有时间去盯着孩子,查看其作业完成情况。但她作为母亲的关心是整体性的,给予了孩子充足的发展空间。

1997年吴健雄在美国因病逝世,享年85岁。根据吴健雄的遗愿,她的丈夫袁家骝教授将骨灰送回中国故乡。墓体由东南大学设计,"现代建筑的最后大师"贝聿铭任设计顾问。吴健雄的墓志铭由江才健先生题写:"这里安葬着,世界最杰出女性物理学家——吴健雄;她一生绵长深刻的科学工作,展现了深思力作和真知洞见;她的意志力和对工作的投入,使人联想到居里夫人;她的人世、优雅和聪慧,辉映着诚挚爱心和坚毅睿智;她是卓越的世界公民和一个永远的中国人。"

参考文献

江才健.吴健雄:物理科学的第一夫人[M].上海:复旦大学出版社,1997.

导读人简介

刘珊珊,图书情报硕士,东南大学图书馆馆员,从事阅读推广相关工作。

从容优雅的精神贵族

导读人：艾雨青

　　杨绛是我国当代著名的作家、翻译家和学者,她那本不到十万字的回忆录《我们仨》可说是家喻户晓。其实,杨绛还创作了不少回忆性散文作品,如《干校六记》《将饮茶》《杂忆与杂写》等。然而,杨绛始终没有为自己写下一部自传,她说:"我只是个平凡的小人物,不值得写。"不写自传,是老人低调淡泊的性格使然,但为杨绛先生立传,却是极有必要的。

　　《杨绛传》(北京联合出版公司2015年版),是资深传记作家罗银胜为杨绛所著的传记。全书三十余万字,分为十八章内容,记叙了杨绛幼年时期的家庭生活,青年时期的求学经历,成年后与钱锺书携手走过的风雨岁月,以及在女儿和丈夫离世后依然笔耕不辍的积极姿态。书中没有使用过多华丽的辞藻,语言质朴,表述凝练。在叙述中,作者融合引用了许多杨绛本人作品中的记述,通过这些详实的细节,真实全面地展现了这位世纪老人的传奇人生。作者在撰写过程中,与杨绛先生多有书信往来和电话沟通,手稿也曾呈杨绛先生亲自审阅。因此,本书可以说是当代读者了解杨绛的一份详实资料。

一、寒素人家,书香门第

　　江苏无锡,太湖之滨的江南名城,自古便是富庶文明之邦,人杰地灵,英才辈出。这里是杨绛的故乡,也是杨氏家族的世居之地。杨氏家族是一个传统的知识分子家庭,用杨绛本人的话说,这是一个"寒素人家"。杨绛的曾祖父、祖父曾在江浙地区做官,秉性正直,酷爱读书。杨家子弟自幼读书受教,可谓是恪守"耕读传家"家风的书香门第。

　　杨绛的父亲杨荫杭，于1895年考入北洋大学堂，后于1897年转入南洋公学，因成绩优异被选派赴日本早稻田大学留学。学成回国后，被派往北京译书馆从事编译工作，因从事反清革命活动招致通缉，再入日本早稻田大学研究科，后赴美国宾夕法尼亚大学深造。辛亥革命爆发后，杨荫杭步入官场，出任江苏省高等审判厅厅长，后历任浙江省高等审判厅厅长、京师高等审判厅厅长、京师高等检察长、司法部参事等公职。杨绛的母亲唐须嫈，与丈夫杨荫杭同龄，也是无锡人，曾就读于上海著名的务本女中，是一位贤惠文静的知识女性。唐须嫈为人朴素低调，从来不愿抛头露面，与杨荫杭结婚后，更是相夫教子，料理家务，专心做一名贤妻良母。旧式婚姻，乃是父母之命、媒妁之言，但杨绛的父母却很般配，他们无话不谈，好像老朋友，相互之间没有吵过一次架。这样和睦自由、民主开明的家庭氛围，无疑为杨绛创造了良好的成长环境。1911年7月17日，杨绛在北京出生。她出生时，已有寿康、同康、闰康三个姐姐，所以排行老四。她原名杨季康，小名阿季，因"季康"与"绛"谐音，这才有了杨绛这一笔名。

　　杨绛的童年处于古老的中国波澜壮阔的百年巨变之中。她随父母不断迁居，光是小学就分别就读于北京、无锡和上海三地。虽辗转奔波，小阿季却是在父母的关爱下无忧无虑地度过了童年。在父亲杨荫杭看来，女孩子身体娇柔，不宜过分用功，故而他对杨绛的学业从不过度强求。这样顺其自然的育人办法，反而为杨绛的自由发展提供了广阔空间，自然也培养了杨绛广泛的兴趣和深厚的素养。其中最让杨绛受益的，莫过于父亲对她阅读习惯的培养。杨绛幼年时常陪在父亲身边看书，如果她对什么书表示兴趣，父亲就把那本书放在她桌上，可如果她长期不读，那本书就会不见了——等于是谴责。杨荫杭还注意教育子女自食其力，树立大志，凡事要自己争取，这些都对杨绛的心灵塑造产生了很大影响。除却父亲开明通达的教育理念，母亲温柔娴静的形象也给杨绛留下了深刻印象。在一般世俗之人看来，杨绛是有钱人家的"大小姐"，有佣人奴婢使唤，但她从不指手画脚，盛气凌人，对谁都客客气气。这低调谦逊、淡泊名利的品性无疑是秉承了她母亲的性格。在回忆父母的教育方式对自己的影响时，杨绛这样写道："言传不如身教。我自己就是受父母师长的影响，由淘气转向好学的。爸爸说话入情入理，出口成章，《申报》评论一篇接一篇，浩气冲天，掷地有声……妈妈操劳一家大小衣食住用，得空总要翻翻古典文学，现代小说，读得津津有味。"家庭是人生的第一所学校，家长是孩子的第一任老师。父母的一言一行都会对孩子产生潜移默化的影响,恰当的家庭教养方式有利于促进良好品性的养成。杨绛父母以身作则的教育方式,为杨绛日后的性格、气度和学识奠定了良好基础。

二、伉俪情深,患难与共

杨绛与钱锺书相识于1932年春日的清华校园,一年后便在苏州订婚,并于1935年夏天在无锡举行了婚礼。从相识相恋,到成为终身伴侣,在长达半个多世纪的人生旅途中,他们始终相濡以沫,共赴患难。杨绛与钱锺书结为伉俪,恰似中国现代文学史上的双子星座,交相辉映,共放光芒。正如胡河清所言:"钱锺书、杨绛伉俪,可说是中国当代文学中的一双名剑。钱锺书如英气流动之雄剑,常常出匣自鸣,语惊天下;杨绛则如青光含藏之雌剑,大智若愚,不显锋刃。"

杨绛与钱锺书婚后即赴英国求学。此番出国,钱锺书系公费,杨绛则是自费。为节省开销,她只好"安于做一个旁听生,听几门课,到大学图书馆自习"。在国外求学的岁月里,夫妻二人互相扶持照顾,生活安逸而满足。初到牛津,他们借住在老金家寓所,后为改善饮食和居住条件,租住了达蕾女士的一套房间。搬入新居的次晨,杨绛因搬家劳累还没睡醒,没想到钱锺书一人做好了早餐,还用小桌把早餐端到了床前,鸡蛋、面包、牛奶、红茶,还有黄油、果酱、蜂蜜,让杨绛"在酣睡中也要跳起来享用了"。至于杨绛对钱锺书的照顾,则更加细致入微。她学着用文火煮红烧肉,用电灶涮羊肉和蔬菜,学着炒菜,学着处理活虾。她围上围裙,卷起袖口,每天负责张罗两人的饭菜。这段厨房"冒险"无疑是成功的,也为二人的生活增添了不少欢乐,杨绛称之为"生平最轻松快乐的一年"。

在杨绛怀孕后,钱锺书颇为郑重其事,很早就陪杨绛到产院订下单人病房,并请女院长介绍了最好的专家大夫。为了探望产后的杨绛,钱锺书一天四次前往产院,往返走了七趟,足以见得杨绛在他心中的重要地位。不过,在杨绛住院期间,钱锺书也给她添了不少"麻烦"。到产院探望时,他常苦着脸对杨绛说"我做坏事了"。这些坏事比如打翻墨水染了桌布、砸坏了台灯、弄坏了门轴等等。面对这些"坏事",杨绛总是安慰钱锺书说:"不要紧,我会修。"而钱锺书由于杨绛说"不要紧",真的就放心了,因为他对杨绛说的"不要紧"深信不疑。这样的意外事件,放在任何一个普通人家,或许都难免一场口舌之争,然而在杨绛这里,简单的三个字便足以应对。事后证明,钱锺书做的种种"坏事",在杨绛回寓后,真的全都被修好了。

钱锺书在牛津大学取得文学学士学位后,二人遂转巴黎大学继续求学。然而好景不长,一年后,他们的学业因第二次世界大战被迫中断。1938年9月,钱锺书和杨绛携女儿钱瑗,乘法国轮船返回祖国。当时,钱、杨两家都逃难避居上海,杨绛带着女儿,不得不有时挤居钱家,有时挤居杨家。虽然家中人口众多,居住逼仄拥挤,但家人的温馨陪伴却是缓解苦寂生活的良方。杨绛说:"我们不论有多少劳瘁辛苦,一回家都会从说笑中消散。"也正是在他们挤居的辣斐德路(今复兴中路)亭子间里,钱锺书创作了那部被誉为"新儒林外史"的长篇讽刺小说——《围城》。《围城》的问世,得益于杨绛的全力辅助。正如钱锺书在《围城》序言中所写:"这本书整整写了两年。两年里忧世伤生,屡想中止。由于杨绛女士不断的督促,替我挡了许多事,省出时间来,得以锱铢积累地写完。照例这本书该献给她。"这一时期,杨绛甘做"灶下婢",包揽劈柴生火烧饭洗衣等家务,这成为四十年代文坛的一段佳话。

我想,杨绛与钱锺书的深厚情谊源于高度的精神共鸣,而这份共鸣,来自他们共同的嗜好——阅读。在牛津大学求学期间,图书馆的海量藏书让他们受益匪浅。除了听课之外,他们把业余时间全部泡在图书馆里,坐拥书城,享受阅读的惬意美好。他们固定占一个座位,借来文学、哲学、心理学、历史等各种图书,一本接一本地阅读,并作详细的笔记。读罢大学图书馆的藏书,他们还想阅读十九、二十世纪的经典和通俗书籍,这就需到市里的图书馆借阅。市图书馆的图书限两星期内归还,他们往往不到两星期就要跑一趟市图书馆。新中国成立后,夫妻二人任教于清华,除了上课、办公、开会,晚上的空余时间便是他们青灯摊卷的好时光。即使在下放干校期间,他们依然随身携带着可供阅读的工具书、碑帖和笔记本等,并抓紧一切时间阅读写作。这份对阅读的热爱,成为他们心灵沟通的桥梁,也支持着他们共同走过生命中的患难岁月。

三、笔耕不辍,文化担当

杨绛自幼喜爱文学,来自家庭的书香熏陶培养了她广泛的阅读兴趣。考上东吴大学后,杨绛对所选的政治学专业毫无兴趣,遂将课余时间都花在图书馆里博览群书。大学毕业后,杨绛不想出国读政治,只想考清华研究院攻读文学,这便足以看出她对文学的钟爱。考取清华研究院外文系研究生后,杨绛又选修了中文系的写作课，由朱自清任授课教师。朱自清慧眼独具，发掘了杨绛身上的文学创作潜质，她的散文《收脚印》、短篇小说《璐璐，不用愁》就是于这一时期，在朱自清的鼓励和指导下创作并发表的。广博精深的阅读训练奠定了杨绛深厚的文学素养，与生俱来的天赋才情也注定她将在文坛绽放光芒。

抗战时期，上海"孤岛"的生活虽然清苦，人们的精神世界却丰富充实。戏剧是当时人们喜闻乐见的文艺样式，也是文化界开展抗日救亡运动的重要形式。杨绛便是在这期间步入了剧坛。在友人陈麟瑞、李健吾的鼓励下，杨绛利用课余时间完成了话剧处女作《称心如意》。该剧本以主人公李君玉在几个亲戚家庭之间的颠沛流离为线索，充分揭示了二十世纪三十年代大上海的小社会全貌。柯灵说："杨绛的笑是用泪水洗过的，所以笑得明净，笑得蕴藉，笑里有橄榄式的回甘。"《称心如意》就是这种含泪的喜剧，人们在捧腹嬉笑过后，会深入思考。该剧本经李健吾审阅后，立刻安排练习表演，于1943年春正式公演。公演过后，很快便引来阵阵喝彩。随着《称心如意》的成功，杨绛接连创作了喜剧《弄真成假》《游戏人间》和悲剧《风絮》，均在剧坛赢得很大反响。

除却在文学、戏剧方面的建树，杨绛在翻译领域也取得了丰硕成果，其译作有《小癞子》《吉尔·布拉斯》《堂吉诃德》《斐多》等。其中最负盛名的莫过于西班牙作家塞万提斯的长篇小说《堂吉诃德》。为了翻译好这部作品，杨绛于1959年开始自学西班牙语。经过两年的学习，她才开始动手翻译。为了做好这项翻译工作，杨绛专门制订翻译计划，并称自己"是个死心眼儿，每次订了工作计划就一定要求落实"。在"文革"期间，《堂吉诃德》的译稿被迫交出，随之经历了遗失、复得、弃用、重译等多次波折，但正是这份对翻译的热爱和责任，使杨绛没有放弃这项艰巨的任务。至1976年秋冬，她终于译完全书。1978年3月，汉译本《堂吉诃德》由人民文学出版社出版。杨绛翻译的《堂吉诃德》是我国首部从西班牙文翻译而来的中译本，填补了我国西班牙语文学翻译的空白，在促进中西两国文化交流方面无疑起到了积极作用。

除了完成既定的翻译任务，杨绛还积极从事文学创作、理论研究等多项工作。她的散文作品已经结集的有《干校六记》《将饮茶》《杂忆与杂写》等。她的小说作品，当推那部脍炙人口的长篇小说《洗澡》。该小说采用幽默和讽刺的笔法，描摹了知识分子在新中国成立之初的众生相。此外，杨绛还有短篇小说集《倒影集》，收录了《璐璐，不用愁》《"大笑话"》《"玉人"》《鬼》《事业》共五篇短篇小说。在文学评论方面,杨绛的论文集《春泥集》和《关于小说》分别于1979年和1986年先后出版。而当唯一的女儿钱瑗和一生的伴侣钱锺书相继离世后,九十二岁高龄的杨绛独自一人长伴青灯,细细回忆了这个家庭一路走来的风风雨雨,用心完成了回忆散文《我们仨》。2007年,年近期颐的杨绛又推出了《走在人生边上——自问自答》一书,展现了老人对生死、灵魂以及人的本性等哲学命题的终极思考。杨绛笔下的文字,深沉、实在、朴素、含蓄,看似平淡,实则发人深省,令人回味无穷。这也难怪夏衍要发出"你们捧钱锺书,我捧杨绛"的赞赏了。

四、风雨人生,智者真经

著名作家邵燕祥在杨绛百岁生日当天,发表文章《勇者寿》,称赞杨绛为"真正意义上的达人"。文章这样写道:"说您'世事洞明',自然当之无愧,而您更达到了超越世俗的人生智慧。这是难得的通达和透彻。现在媒体经常炒作所谓'达人',真正意义上的达人在您这里!"我想,杨绛的这份通达和透彻,是她历经百年沧桑而积淀的人生智慧。

早在1938年,杨绛、钱锺书携女儿乘船由巴黎归国。海上风急浪大,他们经常晕船。几经颠簸,杨绛总结出一个不晕船的办法,她对钱锺书说:"坐船不晕船,就要不以自我为中心,而以船为中心,顺着船在波涛汹涌间摆动起伏,让自己与船稳定成九十度直角,永远在水之上,平平正正,而不波动。"后来,杨绛将此番经历提炼为人生的"晕船哲学":不管风吹浪打,我自坐直了身子,岿然不动,身直心正,心无旁骛,风浪其奈我何?杨绛的一生历经"风浪",但不论遭遇何种艰难坎坷,"晕船哲学"始终是她秉持的处世态度。在"文革"期间,杨绛被打为"资产阶级学术权威",她沉痛却坚定地写道:"我虽然每天胸前挂着罪犯的牌子,甚至在群众愤怒而严厉的呵骂声中,认真相信自己是亏负了人民、亏负了党,但我却觉得,即使那是事实,我还是问心无愧,因为——什么理由就不必细诉了,我也懒得表白,反正'我自岿然不动'。"

岿然不动、身直心正的"晕船哲学",也让杨绛在"文革"中始终保持乐观积极的心态,遇事总能从容冷静面对。比如制作自己罪证的牌子,杨绛形容为"像小学生做手工那样,认真制作自己的牌子……做好了牌子,工楷写上自己的一款款罪名,然后穿上绳子,各自挂在胸前,互相鉴赏"。又如被剃"阴阳头",

本是奇耻大辱，杨绛却说："小时候老羡慕弟弟剃光头，洗脸可以连带洗头，这回我至少也剃了半个光头。果然，羡慕的事早晚会实现，只是变了样。"再如被分配到打扫女厕的任务，杨绛将两间女厕收拾得"焕然一新"后，还发现了"收拾厕所有意想不到的好处"：不仅无须保持头脑清醒，还可以避免被红卫兵揪住盘问，更可以将家中容易成为罪证的书信带去销毁，可说是"大开方便之门"。正是这份坚定不移的信念、通达乐观的心态，支撑杨绛走出了那段乌云蔽日的岁月，看到了阴霾散去的万里晴空。

　　虽然在"文革"期间历经坎坷磨难，但在回顾那段困苦的经历时，杨绛始终保持温和、平直的心态，不斤斤计较，不怨天尤人，表现出了她一贯的宽容温婉、大度谦让。胡乔木形容《干校六记》为："怨而不怒，哀而不伤，缠绵悱恻，句句真话。"这是因为杨绛懂得释然，懂得忍让，懂得卑微。杨绛说："我和谁都不争，和谁争我都不屑。简朴的生活、高贵的灵魂是人生的至高境界。"她不争不抢，是因为她懂得含忍与自由的辩证关系。她说："我这也忍，那也忍，无非是为了保持内心的自由，内心的平静……我穿了'隐身衣'，别人看不见我，我却看得见别人，我甘心当个'零'，人家不把我当个东西，我正好可以把看不起我的人看个透。"与那些争名逐利终致迷失自我的人不同，杨绛洞达人生，对功名利禄有着通透的认识。她说："一个人不想攀高就不怕下跌，也不用倾轧排挤，可以保其天真，成其自然，潜心一志完成自己能做的事。"她身披一件由"卑微"制成的"隐身衣"，虽远离尘世喧嚣，却也自得其乐。"万人如海一身藏"，她用这件"隐身衣"构建了属于自己的一方天地。

　　生于1911年的杨绛，经历了中国最为动荡的年代，她历尽人世坎坷、尝尽世间百态，却也凝练成了淡然从容的生活态度。她低调谦逊、宽厚平和，是钱锺书眼中"最贤的妻，最才的女"。她身着一袭旗袍，从容、优雅地走过一百零五个风雨春秋。"我们曾如此渴望命运的波澜，到最后才发现，人生最曼妙的风景，竟是内心的淡定与从容；我们曾如此期盼外界的认可，到最后才知道，世界是自己的，与他人毫无关系。"这是杨绛先生在一百岁高龄时写下的真挚感言，展现了她一路走来的淡定和平静、豁达和释然。品读《杨绛传》，读的是一份优雅，读的是一份从容，在回顾杨绛成长历程和生活经历的同时，汲取这位百岁老人的生活智慧。

参考文献

[1]罗银胜.杨绛传[M].北京:北京联合出版公司,2015.

[2]杨绛.干校六记[M].北京:生活・读书・新知三联书店,2015.

[3]杨绛.将饮茶[M].北京:生活・读书・新知三联书店,2015.

[4]杨绛.我们仨[M].北京:生活・读书・新知三联书店,2003.

导读人简介

艾雨青,图情硕士,东南大学图书馆馆员。

我心归处是敦煌

导读人：孙莉玲、李瑞瑞

敦煌，对有些人来说，可能是一次旅行；但对有些人来说，却是一辈子的修行。对于樊锦诗来说，敦煌就是一辈子的事。"舍半生，给茫茫大漠。从未名湖到莫高窟，守住前辈的火，开辟明天的路。半个世纪的风沙，不是谁都经得起吹打。一腔爱，一洞画，一场文化苦旅，从青春到白发。心归处，是敦煌。"这是2020年中央电视台《感动中国2019年度人物》栏目写给樊锦诗的颁奖词。在耄耋之年，樊锦诗终于在《我心归处是敦煌》这部口述自传中，亲述了自己的人生经历。

一、敦煌的女儿

1963年夏天，一个瘦弱的年轻女孩背着行囊来到了敦煌。

她生于北京，在上海长大，在北大求学，到敦煌工作。她就是樊锦诗。《我心归处是敦煌》的封面是一张樊锦诗的近照，剪短的发已是繁霜尽染，简单的白衬衣外是一件深色的线衫，袖管挽起，细长而清瘦的手指似乎随时可以轻柔地划过千年的痕迹。轻巧的镜片后是淡然而又深邃的目光。历经世事，从她的眼神里，依然能看到一份令人动容的纯粹。真可以说是"风雨既霁清尘路，心有青天眼有云"。她曾说："我这一生只做了一件事，就是守护、研究、弘扬世界文化遗产——敦煌莫高窟，这是最大的幸福。"通读全书，我们可以看到，虽然樊锦诗自己说她"几次想离开敦煌都没有离成，敦煌是我的宿命"，但实际上她在少年时代就已经开始了"出走敦煌"。

"敦煌是少年时代的一个梦，把她想得特别美妙。"樊锦诗小时候曾在中学课本上读到过一篇关于莫高窟的课文,那篇课文说莫高窟是祖国西北的一颗明珠,有几百个洞窟,洞窟里面不仅有精美绝伦的彩塑,还有几万平方米的壁画,是一座辉煌灿烂的艺术殿堂。

"如果宿白先生没有选我去敦煌,也许就不会有后来我在敦煌的命运。"樊锦诗认为她与敦煌的结缘始于一次"偶然"。1962年经学校安排,她和3名同学到敦煌文物研究所实习。当时别提多开心,她把敦煌之行想得格外美妙,那些敦煌图片为她勾画了一个格外美好的世界。但当地的生活条件简直是想象不到的艰苦。因为身体原因,那次实习没有结束,樊锦诗就提前离开了敦煌,实习报告也是在上海的家里整理写出来的。

"实话实说,我当时并不想去敦煌。"1963年,樊锦诗其实并没有想到,最后的毕业分配把她分配去了敦煌。系里知道她体质很差,也知道她有男朋友,男朋友被分配到武汉大学工作。而且考古系那么多男生,为什么最后会定下让樊锦诗去敦煌呢?她不是没有想过拒绝,甚至她父亲还给学校领导和系领导写了封信请樊锦诗转呈,讲述了很多事实和实际困难,希望学校改派其他体质好的学生去。但最后她还是背起行囊出发了。因为苏秉琦先生的一次召见,跟她说"你要去的是敦煌。将来你要编写考古报告,这是考古的重要的事情"。学校毕业教育时鼓励北大的学子服从分配、报效祖国,到祖国最需要的地方去。母校和老师们的嘱托她忘不了,完成莫高窟石窟考古报告的使命她忘不了,北大的精神传统她忘不了。因为自实习回来后,她的潜意识里是非常喜欢敦煌、喜欢莫高窟的。系里的领导找她谈话,说北大今后还有毕业生,过三四年再把她替换出来,就是这个理由让她看到了一点希望。

但是没想到,这一待就是50余载。敦煌的美震撼人心,敦煌的苦同样令人心惊。初见敦煌,惊艳无比。可只有真正留在这里才知道,洞内是神仙世界、艺术殿堂,洞外却是飞沙走石、黄土漫天。住土房、睡土炕、吃杂粮、喝宕泉河水……这些咬咬牙也就挺过去了。最痛苦的是骨肉分离,莫高窟人的命运都非常相似,只要你选择了莫高窟,似乎就不得不承受骨肉分离之苦。从常书鸿先生、段文杰先生到樊锦诗自己,再到后来的王旭东院长,都有相似的境遇。她是可以离开敦煌的,她也不是没想过离开。然而,在每一个荆天棘地的人生路口,她都选择了坚守。她曾是愧疚的妻子,为长期两地分居而困扰;她也曾是自责的母亲,为没有好好教育两个孩子而忧心。而她的爱人彭金章,则一生毫无怨言地支持着她的事业,陪她走过风风雨雨。

任何的命运安排都有无数的铺垫。在樊锦诗的敦煌宿命中我们至少可以读出:任何一个决定实际上都是价值观的选择。这里有家庭教育的影响,尽管她的父亲想为女儿再争取一个不去敦煌的可能,但是当父亲知道了女儿的决定,只说了一句话:"既然是自己的选择,那就好好干吧。"这里有北大精神的影响,"作为北大学子胸怀天下、报效祖国的志向我忘不了"。这里有个人兴趣的无限吸引,"所有种种,都在向我传递着一种强烈的信息,那就是敦煌的空间意义非同凡响,这里封存的是丝绸之路上东西方文化交流的奥秘,这里是一个独一无二的人类艺术和文化的宝库。也许,我倾注一生的时间,也未必能穷尽它的谜底。"

50余载中,樊锦诗把敦煌文化遗产保护、研究、弘扬、管理工作当作终身事业,在敦煌莫高窟永久保存与永续利用等方面作出重大贡献,被誉为"敦煌的女儿"。

二、敦煌的辉煌与艺术

敦煌:敦,大也;煌,盛也。关于敦煌最早的神话出现于《山海经》,那里面讲:"三危之山,三青鸟(为西王母取食的神鸟)居之。是山也,广员百里。"敦煌历来是东西方贸易的中转站,也是宗教、文化和知识的交汇处,莫高窟就是古代中西文化在敦煌交汇交融的见证。史书上称敦煌是丝绸之路上的一个"咽喉之地"。敦煌作为丝绸之路的战略要地,伴随古丝绸之路兴盛和繁荣的一千年,东西方文明长期的荟萃交融,催生了公元4至14世纪的莫高窟艺术和藏经洞文物的硕果。著名的敦煌学者季羡林先生曾指出:"世界上历史悠久、地域广阔、自成体系、影响深远的文化体系只有四个:中国、印度、希腊、伊斯兰,再没有第五个;而这四个文化体系汇萃的地方只有一个,就是中国的敦煌和新疆地区,再没有第二个。"季先生的话充分说明了敦煌在世界文化史上的重要地位。

敦煌莫高窟创建于公元366年,直到14世纪,其间连续建造时间达千年之久。饮水思源,莫高窟的初创者是一位叫乐僔的僧人,从中原远游到敦煌,因为天色已晚,旅途劳顿,乐僔和尚打算就地歇脚过夜,他掸去僧袍上的尘土,不经意间抬头望向三危山,只见金光万道,璀璨光明,仿佛有千佛化现,于是乐僔发心在此开凿了第一个洞窟。乐僔之后又来了一个叫法良的高僧,莫高窟的营建就从这两个人开始,此后连续10个世纪,从未间断建窟、塑像、绘画的佛事活动。

莫高窟是世界上现存规模最大、保存最完好的佛教石窟艺术圣地,至今在1700米长的断崖上保存了735个洞窟、45000平方米壁画、2000多身彩塑。1900年藏经洞出土了公元4至11世纪初的50000多件文献和艺术品。敦煌西千佛洞保存了公元5至14世纪的22个洞窟、818平方米壁画、56身彩塑。安西榆林窟保存了公元7至14世纪的43个洞窟、近5200平方米的壁画、200多身彩塑。世界上没有另一处佛教遗址能如莫高窟般绵延千年持续建造,又保存有如此丰厚博大的艺术和文献珍宝。

敦煌莫高窟属于综合艺术,由建筑、彩塑和壁画组成,是历经千年的中西文化交融形成的,连续千年吸收多民族文化艺术和东西方文化艺术,独具特点、自成体系。洞窟建筑因功能不同而形制多样,包括禅窟、中心塔柱窟、殿堂窟、佛坛窟、大像窟。

彩塑是莫高窟艺术的主体,位于窟内显著的位置。樊锦诗认为莫高窟最美的彩塑是第45窟的两尊菩萨像。这两尊菩萨像充分体现了莫高窟石窟艺术的魅力以及中国塑像艺术的高度。他们头梳高髻,赤裸上身,斜披天衣长裙,站立作s形,一足实而一足虚,一臂屈而一臂垂。菩萨慈眉善目,表情松弛,庄重慈悲,弯弯的眉弓,长长的蛾眉,脸部线条极其优美。尤其是菩萨的微笑,既有现实人物的平和亲切,又有超人间的慈悲神情。

另外还有第427窟,这是隋代开凿的洞窟。迦叶,身披红色蓝边袈裟,手捧碗钵,一手扶胸前,立在佛身旁,方脸大耳,满面皱纹,肌肉松弛,两眼深陷。画匠刻画了一个饱经风霜、不辞辛苦、终生苦修的迦叶尊者的形象。阿难立于释迦牟尼的右侧。阿难的塑像透露着富有教养的贵族气质,神情平和沉静。他总是以聪慧年轻、漂亮可人的形象示人。最为著名的阿难塑像在第328窟,他有着略带稚气的脸,洋溢着青春的活力以及聪慧的灵性,姿态从容洒脱,落落大方,佛法奥妙,尽在其智慧的神情中。

再来看看敦煌的壁画,壁画分布于佛龛、四壁和洞窑顶部等处。要了解敦煌的壁画,必不可少的就是要了解飞天和经变画。敦煌石窟里有各种各样千姿百态的飞天,作为最典型独特、最受人喜爱的艺术形象,敦煌的飞天总计有4500余身,他们以飞动的身形、婀娜的舞姿、飘渺的仙乐、芬芳的鲜花,生动形象地向世人和众生展示了如来世界的盛景、五音繁会的世界、鲜花盛开的阆苑仙境。

敦煌最有代表性的飞天是无羽而飞的飞天，飞天的飞翔并不依靠翅膀，而靠迎风招展的几根彩带，是用线表现出来的飞舞，通过缠绕在手臂上的飘带来呈现出轻盈飞翔的姿态。

第112窟的《反弹琵琶》是敦煌的标志性壁画，画面中的天神，神态优雅，落落大方，一举足一顿地，一个出胯凌空跃起。这个反弹琵琶舞女表演的是唐代的乐舞，这是最生动的一个瞬间，一个高潮的段落，少女的体态风韵自在优美，肌肤似雪，神情专注，轻柔的腰肢和胳膊体现了西亚地区女性特有的含蓄和奔放。画工的技艺高超，站在壁画前，仿佛感觉有音乐从墙体里流出来。《反弹琵琶》是大唐文化一个永恒的符号。《反弹琵琶》之所以具有永恒的审美价值，还在于它的构图和造型具有"有意味的形式"，具有可以回味的"美"的深层底蕴，使人在审美愉悦中体验时间的流动感。

樊锦诗在书中把飞天称作"永不停息的飞舞"，而把经变画称作"说不尽的经变画"。笼统地说，一切佛经变为图像，均可称经变。敦煌壁画中数量最多、内容最丰富、延续时间最长、艺术成就最高的就是经变画。第220窟是空前绝后的壁画杰作，其南壁的通壁大画《无量寿经变》，是敦煌无量寿经变的代表作。《无量寿经变》被誉为净土群经之首，是公认的净土宗的根本佛曲。这一窟的《无量寿经变》便勾画了安乐国的种种庄严，飞舞着的乐器代表十方世界的妙音。极乐世界的精舍、宫殿、楼宇、树木、池水，皆七宝庄严自然化成。在最重要的阿弥陀佛说法的场景中，所有天人都置身于碧波荡漾的象征八功德水的七宝池中。无量寿佛居中，左右两尊胁侍菩萨坐于莲台，周围还有33位菩萨。特别是七宝池九朵含苞待放的莲花，能看见里面化生的童子，活泼可爱。

三、敦煌的苦难与保护

敦煌的兴衰与朝政的兴衰密切相关。陆上丝绸之路原本有着非常重要的地理位置和战略位置，正是因为地理位置的重要性，敦煌才成为一个东西方贸易和交流的重镇。然而，唐中期到宋代，中国的经济中心逐渐南移。至北宋年间，随着海上丝绸之路的发展、陆上丝绸之路的衰落、元蒙疆域的扩大，敦煌失去了中西交通中转站与西域门户的重要地位，莫高窟逐渐淡出了历史的视野。到了明嘉靖七年（1528年），嘉峪关闭关，敦煌的百姓东迁到了关内，莫高窟遂彻底被遗弃。之后的400年间，莫高窟长期处于无人管理、任人破坏偷盗的境况，这个曾经的佛教艺术圣地逐渐沦为破败不堪、满目疮痍、病害频生的废墟。直至敦煌藏经洞被发现。1900年，发生了两件中华民族历史上堪称耻辱的大事。一件是八国联军入侵北京，慈禧和光绪仓皇避难，北京陷落；另一件就是敦煌藏经洞被发现和被盗。

提到藏经洞，总是不得不提一个名字——王圆箓。冯骥才先生在《敦煌痛史》中有一个章节就叫"道士王圆箓"，他是这样开篇的："说到藏经洞，第一句话要说的是：当藏经洞里的千年宝藏横空出世时，历史居然安排王圆箓这样糟糕的人物来担当主角，真是一个极大的错误！但历史是不能修改的，只能是这样。"这个穿着土布棉衣、目光呆滞、长相猥琐、奸猾而又愚昧的王道士，这个小人物的罪行却让中华民族的伤口依然在流血。

藏经洞被发现的重大意义在于，这里藏着几个世纪以来有关中国古代政治、经济、军事、天文、历史、地理、文学、艺术、医药、科技以及中西文化交流等各个领域的文献，其中大部分是印刷术使用之前的手写珍品。这些文书的书写时间不等，除汉文、藏文外，还有大量已不再使用的古老文字，可以说藏经洞藏着一部中国古代的百科全书。因此，谁得到了敦煌及西域的文书文物，谁就能有机会复活中国及世界许多被遗忘的往事。但在晚清政府腐败无能、西方列强侵略中国的特定历史背景下，藏经洞的文物未能得到妥善保管。

第一个来到藏经洞的是英国人斯坦因。斯坦因在后来的回忆中反复提到他看到藏经洞被打开时的兴奋和激动。他看到藏经洞内的景象时，简直不敢相信，里面堆满了古代的经文。斯坦因用七个晚上的时间充分翻检了藏经洞的经书，最后共运走二十四箱敦煌写经卷本，五大箱绢画和丝织品，总计一万多件，足足雇了四十多头骆驼才运走这些宝贝。当然，斯坦因并没有忘记施舍给"恩主"王道士一些"功德钱"，据说只是区区四锭马蹄银，合二百两白银。接下来法国人伯希和、日本人橘瑞超、俄国人奥登堡等外国探险家接踵而至，以并不光明正大的手段，从王道士手中骗取大量藏经洞文物，致使藏经洞文物惨遭劫掠，流散世界各地，分藏于英、法、日、俄、印、土等十多个国家，仅有少部分保存于国内，这是中国文化史上的一次空前浩劫。正如陈寅恪先生所说"敦煌者，吾国学术之伤心史也"。

直至1944年，国立敦煌艺术研究所成立，敦煌艺术才开始得到持续的保护和管理。敦煌莫高窟文物的保存受到多种风险影响和威胁,包括风沙的自然侵害、水的渗入、可溶盐的危害、地质灾害、人为导致的破坏等等。莫高窟最早的洞窟距今已有1653年,最晚的也有七八百年的历史,历经千年的莫高窟,有着不同程度的病害,莫高窟的保护就是要和时间赛跑。"文革"之前基本上都是抢救性保护,那段时间,对壁画空鼓、起甲、酥碱、崖体风化、坍塌等问题进行了抢救性保护修复,同时完成了莫高窟危崖体加固、部分洞窟的防渗等工程。20世纪80年代末,莫高窟保护从抢救性修复转化为系统和科学保护修复,还在国家文物局的支持下,采用互联网技术建立了莫高窟检测中心,加强了莫高窟预防性保护体系的建设和完善。

随着时间流逝,樊锦诗发现了莫高窟的很多洞窟及其壁画在逐渐退化和病变,难道就眼睁睁地看着世界上独一无二的敦煌石窟艺术逐渐消亡吗?樊锦诗很焦虑。如何在抢救性保护的同时,尽可能地把这些文物的原貌保留下来呢?"踏破铁鞋无觅处,得来全不费功夫",一个偶然的机会,樊锦诗接触到了"数字化"。壁画不可再生,也不能永生,但是"数字化"存储可以使壁画信息永远"保真"。樊锦诗产生了一个大胆的构想——要为每一个洞窟、每一幅壁画、每一尊彩塑建立数字档案,使它们可以被永久保存、永续利用。经过不断探索和努力,2016年5月"数字敦煌"上线,观众只要轻点鼠标,就可以全景漫游浏览莫高窟。

敦煌研究院坚持保护、研究和弘扬敦煌石窟文化,几代莫高窟人为之付出了青春和毕生的精力;但敦煌的保护、研究和弘扬工作,是一个漫长的过程,需要世世代代不断地付出、不断地努力!

历时千年,敦煌是这个世界上最古老和最辽阔的文化宫殿,其价值无可比拟,然而她所给予我们的启示,却远远超出了她本身的艺术性和文化性。她的创造者是千千万万中国各民族的民间画工,贡献给她精神素材和创作激情的却是万里丝路上所有的国家和人民。她一定是人类的敦煌,她必定是永远的敦煌。

参考文献

樊锦诗,顾春芳.我心归处是敦煌[M].南京:译林出版社,2019.

导读人简介

李瑞瑞,硕士研究生,东南大学图书馆馆员。

孙莉玲,研究员,管理学博士,东南大学图书馆党总支书记,致力于做一个文化传播者和优秀的阅读推广人。